MELISSA

眠り姫と変態王子

ユキチ

Illustrator
沖田ちゃとら

この作品はフィクションです。
実際の人物・団体・事件などに一切関係ありません。

眠り姫と変態王子

MELISSA

●眠り姫と麗しの王子

光が差すのを感じて、ゆっくりと瞼《まぶた》を開けた瞬間美しいサファイヤブルーの双眸《そうぼう》が飛び込んできた。

私を心配そうに見つめる青年は輝く金糸の髪に宝石のような青の瞳、形のいい鼻梁《びりょう》と唇。

整ったパーツが完璧な均衡で配置され、まるで奇跡のよう。

何て綺麗なんだろう……はっきりとしない意識の中、ぼんやり眺めていると、麗《うるわ》しの彼は私の名を口にする。

「セシリアっ」

「クラウス殿下……？」

「嗚呼《ああ》、セシリア。私が分かるかい？」

彼はこの国、ローゼンシアの王太子クラウス殿下であり私、セシリア・ルーセントの婚約者でもある。

「セシリアは実践魔術の授業で魔力暴走を起こし、倒れてしまったんだよ。呼びかけても目を覚まさないからとても心配した」

私の手を両手で握りしめて、微笑《ほほえ》む彼の瞳が心配そうに揺れている。

確かに意識が無くなる直前の記憶は、実践魔術の授業中……。

「ご心配おかけしてしまい申し訳ございません」

「謝らなくていい。私が離れたくなかったからセシリアの側《そば》にいたんだよ」

クラウス殿下のしなやかな手で髪を撫《な》でられると、気持ちよくてもう一度寝てしまいそう。そう思っていると、室内に扉を叩《たた》く音が響き渡る。

「入れ」

クラウス殿下が発すると、すぐに扉が開かれた。室内に入って来たのは殿下の側近候補であり、私達と同じく学院の生徒であるエドことエドワルド・グリフィス伯爵令息だった。

エドは伸ばした薄茶の髪を一つに結び、緑の瞳を持つ、顔立ちも立ち振る舞いも上品な青年で、クラウス殿下も私も彼には絶大な信頼を寄せている。

「馬車の用意が整いました。セシリア様のご容体はいかがでしょうか」

「ありがとう、普通に立って歩けるわ」

起き上がろうとすると、すかさずクラウス殿下が支えてくれる。

「無理をしてはいけない、私に寄りかかればいい。なんなら横抱きにして送り届けるけど？」

「いえ、このままの状態でお願いしてもよろしいでしょうか？」

「分かった」

体調不良とはいえ学院内で密着しているだけでも照れてしまうのに、抱えられて周囲の視線を集めてしまうのは流石《さすが》に耐えられない。

医務室を後にすると、クラウス殿下に支えられたまま回廊を渡り、門前に停《と》まっている王家の馬車に乗り込んだ。

「しばらくは魔力も安定しないと思うから、無理は禁物だよ」

「はい」

クラウス殿下は馬車内でも私の体調を気に掛けて下さる。

しばらくすると、窓の外に侯爵家の屋敷が見えてきた。蔓薔薇《つるばら》の細工の施された白い門を潜《くぐ》り、馬車が屋敷の前に到着した。クラウス殿下は私を送り届けて下さった後、執務などのお仕事があるため早々と王宮へとお帰りになられた。

自室にて一人になると、ドレッサーの鏡に自身を映す。明るい亜麻色の髪に紫の瞳、鏡の中の私は普段より少しだけ顔色が悪く見えるが、他は問題なさそう。

身に纏《まと》う純白の生地の制服は、金糸と銀糸で精緻な刺繍《ししゅう》が施されている。前と袖に縫い付けられた金のエンブレムボタンに刻まれているのは薔薇の模様。

そんな一目見ただけでも分かる外見の確認はさておき……。

実は他にずっと気になっていたことがある。

なんだか下半身がスースーするのだ。

事実を確認するのは恐ろしいが、学院に居た時から気になっていた。ようやく確かめられるとあって、意を決して自身のスカートを捲《まく》り上げてみた。

「やっ、やっぱり！！？？」

穿《は》いてなあああああああああい！！！！

なんとスカートの下はノーパンだった。

「な、な、なんで！！？？」

ずっとノーパンのまま学院にいたというの⁉

もしかして朝から一日中……？　そんなわけない、朝絶対穿いた！

脱いだ覚えもなければ足から落ちていった記憶もない。……私のパンツ消えたの？　……え、どうやって？

「お嬢様、どうかなさいましたか？」

「ちょ、ちょ、ちょっとまって！」

私は急いでチェストから新たなショーツを出して、それを素早く穿くと一呼吸置いてから、扉の向こう侍女のアンを呼んだ。

訝《いぶか》しげに入って来たアンは、クローゼットの中からドレスを選ぶと私を着替えさせてくれる。

(アンにノーパンがばれたわけではないわ。落ち着くのよ)

仮に知られていたら、恥ずかしすぎて死んでしまう。

着替えさせてもらいながら再び今日の記憶を探る。

(記憶の限り私はショーツを朝穿いていたし、学院で化粧室に行った時も確認している。ということは授業で倒れた際にショーツを盗まれたとでも言うの……？)

医務室で起きた時はクラウス殿下と二人きりだった。

(ま、まさかクラウス殿下が!?　そんな、ありえない)

王子の中の王子。麗しく性格も品もいい彼がそんなことするなんて考えられない。

しかしクラウス殿下が犯人ではないとすると、彼以外が自分のショーツを脱がして奪い去ったというのか。

思案すると、体が小刻みに震えだす。

下半身はショーツを穿いてないせいでスースーしていたくらいしか違和感はなく、純潔を散らされたような形跡もない。

（もしかしたら女子生徒の嫌がらせとか……）

どれもこれも嫌な想像しか出てこない。一旦狼狽《ろうばい》する心を落ち着けようと、アンが用意してくれたお茶を頂くことにした。

ティーテーブルに用意されたミルクティーを一口飲む。

お茶の温かさが身体に染《し》み渡った。


次の日学院に行くと、倒れた私をクラウス殿下が横抱きにして医務室へと運んだことが学院中の話題となっていた。

意識を失っていた私にとって、抱きかかえられていたのは後から知った事実だ。

「本当にとても愛されていて羨ましい限りですわ」

「理想の王子様にお美しいセシリア様、お二人は皆の憧れですわ！」

など賞賛の嵐である。

その後も一日中女子生徒から羨望《せんぼう》の眼差《まなざ》しを浴び続けていた。

倒れた私をすぐに医務室に運んでくれたのはクラウス殿下である。これは皆やクラウス殿下本人から伝えられた話と一致している。そして私が目を覚ますまで殿下は付きっ切りで側にいてくれたらしく、彼以外誰も医務室に訪れていない。

本日も実践魔術の授業が予定されている。しかしつい昨日魔力を暴走させて倒れてしまった私は、先生から見学を言い渡された。魔力が安定するまでは仕方がない。

魔術の授業は専用のグラウンドで行われる。

石の壁がグラウンドを覆うように建てられており、壁に埋め込まれた無数の柱が、空間内に魔術を封じ込める仕組みとなっている。この魔防壁により、ここで使用された魔術は外に漏れ出ない。

ここでは魔術の試合も行われており、学院内ではグラウンド以外での攻撃魔術の使用は固く禁止されている。

試合のための観戦席もあるのだが、授業の様子がよく見えるようにと皆の近くに一人用の椅子《いす》を用意してもらった。

用意された椅子に腰かけ授業の様子を見ていると、伯爵令息や宰相の息子などを引き連れた女子生徒がクラウス殿下のほうに近づいて何やら話しかけている。

「まぁ、はしたないですわ」

声のほうを見るとウィッカム伯爵令嬢のマーガレット嬢が眉を顰《ひそ》め、クラウス殿下に近づく女子生徒を睨《にら》みつけながら言葉を続けた。

「ルッソ男爵令嬢のアイラさんは随分いろんな男子生徒に色目を使っていて、しかも婚約者のいる方でもお構いなしなんです」

「まあ、そうなのですね」

クラウス殿下に話しかけに行った女子生徒はアイラ・ルッソ男爵令嬢という方らしい。

実践魔術の授業は選択科目であり、他のクラスの生徒も混ざっている。

彼女は他のクラスに在籍しているらしく覚えはないが、艶やかで真《ま》っ直《す》ぐな黒髪、サイドは顎の辺りで切り揃《そろ》え、大きな橙《だいだい》色の瞳を持つ。小柄で華奢《きゃしゃ》な外見は、とても可愛《かわい》らしい。

「最近また新たに有力貴族のご子息方に近づいたと思ったら、とうとうクラウス殿下にまで声をかけるなんて」

確かに大胆な行動が目立つ令嬢だなと思っていると、私達の会話を聞いていた周りの女子生徒達も食い気味で話に入ってきた。

「もしかしてクラウス殿下狙いでお二人に近づいたの⁉」

「あの二人はクラウス殿下のご学友でもありますし、その可能性もありますわ」

「だとしたら許せませんわ！」

「身の程知らずにも程があります！　それに殿下にはセシリア様という立派な婚約者がいますのよ！」

貴女達《あなた》、今は授業中ですよ？

課題の炎系魔術を一人ずつ先生の前で披露するため、今は練習用にある程度時間が設けられている。とはいえ共通の敵への不満を爆発させた彼女達の不平不満は授業中にしては流石に白熱し過ぎである。

「でも殿下はセシリア様をとても大事にされていますから安心ですわね」

「そうですわっ」

男爵令嬢に対する不満から、急に生暖かそうな話題に急転換したところで私は仮病を使うことにした。

丁度頭が痛くなってきた気がするし、多分。

「私、少し貧血かもしれないので医務室に行って参りますわね」

「大丈夫ですかセシリア様？　無理は禁物ですわ、私達から先生に伝えておきますね」

「ありがとう」

見学のサボりなど褒められたものではないが、ご令嬢方のお喋《しゃべ》りで頭が痛くなってきたのも事実。

言い訳になるが学生とお妃《きさき》教育を両立している身としては、隙を見つけてたまには手を抜かないと正直身がもたない。

今は丁度魔力切れで体調が不安定という言い分も通る。

私は貧血とは思えない顔色の良さで医務室に向かった。扉を開けると中は無人。

(お布団最高!!)

私は上機嫌で寝台に入った。

実は昨日医務室の寝台がなかなか快適なことに気付いてしまった。もちろん一番は私室の寝台。

眠るつもりはないが目を閉じて休むことにした。

しばらくすると扉が開く音と共に誰かが室内へ入ってくるのが、寝台のカーテン越しに分かった。

「セシリア?」

声はクラウス殿下の物だった。

姿を確認しなくても声だけで彼だと分かる。

「セシリア、気分が優れなくて医務室に行ったと聞いて、心配で様子を見に来たよ」

殿下が仕切りのカーテンを開け、寝台で横になる私に声をかける。私を案じて見にきてくれたらしい。

「あれ?　セシリア、寝ているのかい?」

意識はあれど、このまま目を閉じたまま寝たふりをキメることにした——とある疑惑を確かめるために。

私に掛けられている布団がゆっくりめくられていく。

（ん？　寒いんだけど何なの？）

若干クラウス殿下の行動にイラつきつつ、そのまま狸寝入《たぬきねい》りをして様子を窺《うかが》っていると……。

挙げ句クラウス殿下は私のスカートに手を突っ込み、ショーツを脱がせてきた。

（犯人お前か！！！）

起きて問い詰める勇気もなく、バレない程度に目を薄っすら開けてこの後どうなるか様子を窺うと決めた。

大丈夫、私目が大きいから「寝ている時半目だったよ？」って言われた過去もあるし、多少目が開いていても起きてるってバレないはず。

このまま見届けてやるわ。

半目で。

すると「セシリア……」と呟《つぶや》きながら私のショーツに頬ずりしやがった。


（へ、変態だーーーー！！！）


変態だ！！！　絶対変態だ！！！

今まで生きてきて変態なんて初めて見た。

動揺しまくりな私の耳にカチャカチャと金属音が響く。今度は何だと半目のまま視線を向けるとべルトを緩めてズボンからナニを取り出していた。

(この後何されるのか確認しようと思ったらナニを取り出したですって！！？)

生まれて初めて見た変質者は婚約者の王子様でした。

初めて見る男性のソレは、気品漂う殿下とは真逆に醜悪に感じてしまう。

びっくりして目を見開きそうになるのを必死に堪《こら》える。

「セシリアっ……くっ……」

そう呟きながらなんと自分のソレを右手で上下にシゴき始めた。

(何してくれてんのコイツ？？)

今までクラウス殿下を心の中でも「コイツ」呼ばわりなんてしたことがなかったのに、すんなりと出てきてしまった。

当のクラウス殿下は片足を寝台にのせ私の顔を覗《のぞ》き込むようにし、行為を続ける。


止《や》めろ。


「セシリア……ああ……私も気持ちいいよ……」

(誰と会話してんのコイツ？)

「ああっイケない、このままではセシリアのショーツを汚してしまうところだった」

そう呟いてズボンのポケットにショーツをしまった。

(パンツを！　入れんな！　ポケットに！　つーか盗むな！　ドロボー！)

今更だけど、完全に犯人コイツです！！！

「セシリア……セシリアっ！」

なおも夢中でシゴき続けるクラウス殿下は私がまあまあ目が開いている事実に気付かない。

どれだけ必死なんだ。

思わず身悶《みもだ》えそうになるが今は我慢。

あれ、私なんで我慢しているんだっけ？

「セシリアっ……、出すよっ……！」

懐《ふところ》から素早く取り出したチリ紙へと盛大に精を放った彼を確認し終えた私は、そっと完全に目を閉じた。

今更視界を遮断しても全て見届けてしまった後だが、今のうちに何とか平静を取り戻さないと。

その間にクラウス殿下は素早く丁寧に、私が寝ている寝台を整えてくれる。

しばらくして勇気を振り絞りながら目を開けると、視界には憂《うれ》いを帯びた表情の麗しいクラウス殿下の顔、もとい変態が私を見つめていた。

少し頬が赤いのが泣きかけみたいにみえるが、自慰の後だからだろう。

「セシリア……」

(めちゃくちゃ心配してそうに見える。しらじらしいな)

「大丈夫かい？」

「ご心配お掛け致しましたわ、見学がつまらなくて少しサボっていましたの。そしたら寝てしまって……」

（パンツ返せ！）

と、大声で叫びたい。

だがあんなことに使われてしまったパンツを返されても正直困る。

当の本人はとんでもない変態行為をしておいて表情や態度にこれっぽっちも出ないのはやはり王太子としての適性値が高いからでは？　とよく分からない方向に感心してしまうくらい、クラウス殿下の振る舞いは憎たらしい程いつも通りだった。

お昼休憩の時間を告げる鐘の音が鳴り響く中、私も負けじと何も知らないふうを装う。

「お昼の鐘が鳴りましたわね」

「そうだね、一緒にランチしに行こうか」

「はい」

できれば直ぐにでも家に帰りたい。

だってノーパンだもの。

医務室の外で待機していたエドを加えて、私達三人は学院のカフェテリアへと向かった。

クラウス殿下とエドがサラダやメインのお肉、パンなどが載ったプレートランチを取りに行っている間、私は軽食の気分だったのでサンドイッチと飲み物を手にし、先に空いている席へと腰をかけた。

この席はガラス張りからテラスが見渡せるお気に入りの場所だ。

しばらくすると殿下とエドがこちらにやって来たが、先程の伯爵令息、宰相子息、ルッソ男爵令嬢の三人が後を追うように近づいて来る。

「クラウス殿下、エド。俺達と一緒に食べませんか？」

ブラウン伯爵家の嫡男、クリス様が殿下とエドに声をかける。

クラウス殿下が振り向いた瞬間、すかさずルッソ男爵家のアイラ嬢が距離をつめる。

「私もクラウス殿下やエド様と仲良くしていただきたくて、今日は五人でランチしたいなってお願いに参りました」

五人で。

やはり私は数に入っていないらしい。

先に食べ始めるのは悪いのでせめて温かい紅茶が冷めないうちに少し口をつける。美味《おい》しい。

一息ついた次の瞬間、目線を上げると丁度横を向いている殿下の長い脚が目についた。

刹那、彼の着用している制服のポケットから、ほんの僅かに薄ピンクの布が出ていることに気付く。

ん？？　あれは何――まさか……。

（私のパンツ！！？？）

危うく紅茶を吹き出しかけた私は周囲に目を走らせる。狼狽しているが顔に出してはいけない。

今は視線を向けられたくないと思う心に反し、周りの生徒達はこちらのやり取りに興味津々の様子。

お願い、こっち見ないで！

私のパンツバレませんように！

私は神に祈った。

「悪いね、昼食は今からセシリアと食べる予定だ」

ゴトリと音を立てて殿下は手にしていたランチプレートをテーブルに置いた。

「まぁまぁ、たまには他の生徒とも交流を持ってみてはいかがですか？　アイラ嬢は市井《しせい》や平民の様子もよく知っているようで、彼女の意見は参考になると思いますよ？」

「私、殿下にお話ししたいことが沢山ありますの。こんな私でも、殿下のお役に立ちたいと思いまして……おこがましいのは承知なのですが……」

「そんなことはないよアイラ！　クラウス殿下、アイラはとっても博識なうえに愛らしくて……！」

断られてなお引き下がろうとしない三人のやり取りに「今アイラさんが愛らしいとか関係なくない？」と心の中で呟く。

「あ、セシリア様もいたんですか。私知らなくって……ごめんなさい」

目を伏せて申し訳なさそうに謝ってくるアイラ嬢の姿はたしかに可憐《かれん》で庇護《ひご》欲がそそられる。

だが。

（しらじらしい、でもしらじらしさでは目の前のド変態王子の前では誰もが霞《かす》むわ）

今このド変態王子よりもインパクトがある話題を私に提供できる者がこの学院にいるのだろうか。

ド変態のお陰で男爵令嬢の存在が霞み、不思議とこれっぽっちも腹が立たない。

なおも諦めの悪い三人に向け、殿下は青の双眸に真摯な光を宿して通る声で告げる。

「私は婚約者との約束を破ってまで他の生徒との交流を優先させるつもりはないよ。王太子としても恋人としても、不誠実な真似はしたくないんだ」

そう宣言すると彼はポケットに手を突っ込んだ。

（さりげなくポケットに入れている私のパンツを握りしめんな！！！）

冷や汗が止まらない。

パンツ自体はポケットの奥に引っ込んでくれて見えなくなったが、安堵《あんど》できる状況ではない。

そんな私の心の内を知る由《よし》もない、白い目でアイラさんを見ていた周りの生徒達が表情を輝かせ、一斉に拍手を送った。拍手喝采のカフェテリアは温かな一体感に包まれていく。

目の前で繰り広げられるのは、ポケットに入れた婚約者のパンツを握りしめ、生徒達から拍手喝采を受けている王太子様という異様な光景。

(何これ!?　どんな状況よ！)

それにしてもアイラさんの取り巻きの二人は気まずそうね、貴方方《あなた》の婚約者のご令嬢達だけ目が笑っていないですよ。

……って、何でアイラさんは私のほうを睨んでくるのかしら？

その日の夜、クラウス殿下について考え事をしていたらなかなか寝付けなかった。

人前に出れば人々から羨望の眼差しを一身に受ける、中性的な美貌を持つ王子様。幼少の頃から洗練された立ち振る舞いが目を惹《ひ》き、同年代の誰よりも思慮深く、大人びていた。

乙女《おとめ》の理想とする王子様像そのもの。

そう思っていたのにド変態だったとは！

何度あの光景を思い出しても戦慄する。

殿下の変態行為はかなり特殊だと思う。

下着を抜き取られる際や衣服を整える時以外、身体に触れてこないしキスすらもしてこなかった。

犯されているとはまた違うような気がする。

私を見ながらひたすら一人で致していた……。

医務室での狸寝入り中、突如変態行為を始めた殿下に声をかけるべきか悩んだが、私が魔力暴走を起こして意識がない間に何をされていたのかを知る必要があった。

知ってしまったらそれはそれでドン引きしたけれど。ショーツを脱がされた後で、もし声をかけるならどのタイミングだった？　一物を取り出した時？

「何してんだ仕舞えよ」って言えば良かったの？

それって相当気まずくない？

今まで婚約者としてとても理想的な関係を築いてきたと自分では思っている。

婚約者にパンツ盗まれた挙げ句、その場で自慰行為された時の、正解のリアクションを、誰か私に教えて下さいませ。切実に――祈りながら眠りについた。

――次の日。

朝起きると身体が僅かに気怠《けだる》かった、体調不良らしい。

思い当たるのは魔力暴走を起こしてから未《いま》だ体調が安定していない可能性と、昨日ノーパンにされたこと。

体調不良を両親に告げ、今日は学院を休んでもいいと言われたので、家で身体を休めることにした。

日中は本を読んだりして過ごし、夕刻前に下着泥棒がお見舞いにやってきた。

「お嬢様、クラウス殿下がお見えになりました。お嬢様？」

現れたわね下着泥棒。

返事がないのを不思議に思ったアンが何度も呼びかけてくる。

「あら、お嬢様ったら先程まで起きていらっしゃったのに。お昼寝かしら？」

扉をそっと開けてベッドの上を確認したアンが呟いた。

「セシリア……やはりまだ体調が安定していなかったんだね、心配でお見舞いに来てしまったよ。寝ているのにごめんね？」

クラウス殿下も私に呼びかけてくる。

(貴方がノーパンにしたのが原因かもしれませんよ？　……まあ、魔力暴走が原因でしょうけど)

「寝顔を見たら帰るから少しだけ二人きりにしてくれないだろうか？」

アンがクラウス殿下のためにベッドの脇に椅子を用意して部屋から出て行った。

「セシリア、今は暖かくしないといけないからお預けだね」

一応は気を遣ってくれるんですね。

まぁクラウス殿下は紳士でもありますし……変態という名の！　変態紳士！

椅子に座って私を見つめるクラウス殿下をバレないように薄目で確認すると、彼の視線の先は私ではなく別の所にあった。

首を動かさないように殿下の視線の先を追ってみると、取っ手や装飾部分を金で統一された白のチェストがあった。チェストの上にはユニコーンと精霊と、色取り取りの薔薇の絵付けが施された陶磁器のオルゴールなど、殿下に今まで贈っていただいた小物を飾って置いている。

クラウス殿下はそのチェストを食い入るように見つめている。

(パンツが入っている棚をガン見するな！)

何故か的確にパンツの入っている場所を見抜いている。何故知っている？

「イケないイケない……」

悩ましげに首を横に振る姿がまた麗しいけど、頭の中はパンツだろ貴様！

「流石に人様の屋敷で漁《あさ》るのは……イケない……」

（当たり前だわ！）

いや、剥ぎ取るのも駄目に決まってるでしょ！

それにもう二枚も盗《と》られているから今更罪は消えませんけども？

「結婚したら毎晩セシリアの……いくらでも貰《もら》えるしね」

（どんだけパンツ欲しいのよ!? そんなにパンツいらないでしょ！ そもそもあげてないわ！）

あげてない、盗られたんだ。

もはやコイツ、私が好きなのか、私のパンツが好きなのかどっちなのだろう。

「やっぱり使用済みの脱ぎたてがいいし……」

（変態だー!! 家に変態がいる！ つまみ出して!!）

「セシリア、早く良くなってね」

そう言いながら軽く頬に口付けされた。

嗚呼、眠っている女の子に王子様からの口付け。

まるで眠り姫と王子様、世の女の子が夢見る場面。

でもさっきの台詞《せりふ》で台無しですクラウス殿下。


この日は午後からお妃教育の一環として、王妃殿下の側で隣国との外交を学ばせていただくため、学院は早退することが決まっていた。

昼食は手早く済ませ、午後の授業開始を告げる鐘が鳴るより先に学院を出なければいけない。ステンドグラスが並ぶ尖頭《せんとう》アーチの廊下を歩いていると、不意に後ろから声がかけられた。

「あっ、セシリア様っ！　もう帰るのですか？　またサボりですか？　魔力暴走を起こすわ体調崩すわ早退するわで、王太子妃向いてないんじゃないかって、皆噂《うわさ》していましたよ？　勿論《もちろん》クラウス様も言っていたと思います！」

「へぇ」

思いますって何。

声の主は、アイラ・ルッソ男爵令嬢だった。柱の陰から現れたようだけれど、偶然にしてはタイミングが良すぎる、もしかして見張られていた？

……ストーカー？

そういうのはもう間に合ってます。

アイラさんはまだ何か喚《わめ》いているけど、私は意に介さず歩みを進める。

「ちょっと聞いてるんですか!?　無視するなんて酷《ひど》いです！」

「えっと、貴女はどなたでしたっけ？　私は王妃殿下に呼ばれていて急いでいますの、それでは御機嫌よう」

「なっ!?　私はルッソ男爵家のアイラ……って聞きなさいよ！」

私はアイラさんが話し終わる前に踵《きびす》を返し、背を向けて再び玄関へと歩き出した。

それにしてもクラウス殿下達の前ではもう少し、しおらしかったように見えた。いつもの取り巻きを連れていなかったのは私に嫌味を言うため、敢《あ》えて一人でこっそり尾《つ》けて来たのだろう。

何だかキーキー喚いていたが、実はお猿さんですか？　道理で会話が成立しないわけだ。

一人納得しつつ話が通じないお猿さんは適当にあしらっておきましょう、と結論づけた。無理に理解しあおうとしても時間と労力が無駄なのは明白。

しかし変態はどうだろう？　生涯の伴侶となると、これからの長い人生を変態と共に歩んでいかなくてはならないが、正直変態とどのように向き合っていけばいいのか極普通の私にはさっぱり分からない。

そもそも変態って治せるのかしら？　年々酷くなっていったらどうしよう怖い。

これからの未来について思い悩みながら、薔薇窓のステンドグラスが印象的な玄関を出て真っ直ぐ正門へと歩みを進める。

門の前には王家の紋章が刻まれた黒い馬車が既に到着していた。

(そういえばアイラさん、いつの間に殿下を名前で呼ぶようになったのかしら？)

ふと先程のやり取りを思い出しながら馬車へと乗り込んだ。

◇

王宮の内部は柱など全体的に白で統一され、ステンドグラスや燭台《しょくだい》が等間隔で配置されている。

廊下はリブ・ヴォールトの高い天井で、ステンドグラスの美しい彩《いろど》りとシャンデリアから明かりがふんだんに採り入れられ、光が満ちる空間である。

隣国で友好国でもあるメルキア国の使者をもてなすため、先に王妃様との打ち合わせに向かった。

クラウス殿下の母君であらせられる王妃様は、若々しくて美しい。クラウス殿下と同じ金髪を結い上げ、紺の布地にダイヤをちりばめたドレスをお召しになられている。

私も王宮の侍女により学院の制服から空色のドレスに着替えさせてもらった。

「まぁ、セシリア。そのドレスとっても素敵だわ」

「お褒めに与《あずか》り光栄にございます」

私は淑女の礼を取った。

「若くて可愛らしい侯爵家の姫が迎えてくれるなんて、きっとメルキアの使者も長旅の疲れが癒やされるわ。それにクラウスの妃になったあなたをこの王宮に迎えるのが、私とっても楽しみなの」

(クラウス殿下の……妻……)

しかし王妃様、オタクの息子さん――とんでもなく　変　態　ですよ。

それもかなり特殊な部類の変態です。

その言葉を胸に秘め「私も心待ちにしております」と返すのだった。


隣国のメルキアという国は魔術を軍用に使うだけではなく、生活に活用できるよう画期的な魔導具の開発に力を入れている国だ。

そういえば私やクラウス殿下と同い年のメルキア第三王子は、魔術の研究や開発に没頭しており、王位にも興味がないという噂。そして同い年のクラウス殿下とは仲が良いとも記憶している。

メルキアの外交官とは来月に行われる我が国ローゼンシアの建国祭についても話し合った。

建国祭にはメルキア側の王族も招待している。

メルキアでは現在、北の地方から雪や氷を運んだり保存するために開発した、魔導具の生産に力を入れているらしい。

氷と共に肉や魚介類などを一緒に箱型の魔導具に入れることで鮮度がある程度保たれる。

そして魔導具で運んできた冷たい氷を牛乳や果物や蜜などと混ぜて作るジェラートがメルキアでは人気を博している。運ぶだけではなく、作ったジェラートを溶けないように保存できるから、貴重な氷菓子がメルキアでは気軽に楽しまれているようだ。

様々なレシピが考案され、氷を砕いてお酒を注いだシャーベットなども夜会では人気らしい。

話を聞いていると甘い物が大好きな私は涎《よだれ》が出そうだった。

建国祭ではメルキアのジェラートが提供される予定である。王家主催の夜会や行事では国外の珍しいスイーツが並ぶことが多く、私はそれらを堪能するのがいつもの楽しみとなっている。

そして魔導具の原動力に使われる魔力を帯びた鉱石がこのローゼンシアでは多く採掘される。

魔導具を安く提供してくれる代わりに魔鉱石の値下げ交渉などが話題に上った。

外交を終え、侯爵邸に帰宅するとお父様に呼び出された。

すぐにお父様の執務室へと足を運んだ。お父様は早速用件を話し始める。

「お疲れ様セシリア、帰って来て早々申し訳ないが話さないといけない件がある」

「何でしょうか？」

「実は今日、クラウス殿下が学院での授業中に魔力暴走を引き起こして医務室に運ばれた。一時的にだが、ルッソ男爵家の令嬢と医務室に二人きりになっていたらしい」

「えっ……？」

頭に衝撃が走る。

私がお妃教育で王宮にいる間に起こった事故らしい。さっきまで王宮にいた私には知らされていなかった情報だった。

そういえば王宮に滞在する際はクラウス殿下が一目でも会いに来てくれることが多いのだが、今日は学院以降会っていない。クラウス殿下のご容態は大丈夫なのだろうかと心に不安の影が差す。

考えを巡らせている中で、私はここで初めてとある疑問にぶち当たった。

(どうしよう、クラウス殿下の変態が私のみに向けられたものじゃなくてただ女性のパンツが好きなだけだったら!?)

今までは何故自分だけがこのような境遇に陥っているのかという思いばかりが頭の中を占めていたが、もし殿下の変態が私だけでなく他の女性にも向いたら……他の女性の……アイラさんの下着を欲したら……。私とアイラさんの下着が一緒に殿下の部屋のどっかの棚に収納されでもしたら……。

(それは絶対に嫌！)

当然下着を盗まれるのは納得いかないし、ただでさえ腸《はらわた》が煮えくり返っているのに、殿下が他の女性の下着まで剥ぎ取りまくっていたのなら、更に許せない。

今になってアイラさんに言われた、『クラウス殿下もセシリア様が王太子妃に向いてないと思っている』という言葉を思い出してしまった。

百面相している私を気遣わしげに見ていたお父様が再び口を開いた。

「それでだね、学院内で立て続けに魔力暴走が起きている原因を探るため、セシリアは捜査が終わるまでの間、自宅待機との連絡がきた。そもそも滅多に起きるはずのない魔力暴走が短期間に二度も起きるなんて誰が聞いても不自然だからね。それも国にとって大事なクラウス殿下とその婚約者のセシリアの二人に起こるなんて偶然とは考え難《にく》い」

「自宅待機……」

（また休んでいるのかと他の生徒に思われてしまうかもしれないわね）

「これはセシリアを守るためなんだよ。王家も二、三日で収束させると言っているから心配はいらない」

お父様は気落ちする私の心を察して優しく言い聞かせてくれた。


私が自宅待機を言い渡されてから丁度三日後にクラウス殿下がルーセント侯爵家の屋敷を訪れた。

「お嬢様、お嬢様？」

侍女のアンが私に呼びかけながら部屋の扉をノックしている。

「お嬢様、クラウス殿下がお見えになられました……って、……ま、またいきなりお昼寝しちゃったんですか!?　ドレスがシワになってしまうではありませんか」

部屋に入って来たアンは寝台に横になる私を確認すると、慌てた様子で声をあげた。

この位置からは見えないが二人分の足音が聞こえる。クラウス殿下も部屋に入ってきたようだ。

「今日はセシリアにどうしても伝えなきゃいけない話があるから、起きるまでここで待たせてもらいたい、時間に余裕もあるし、起こすのは可哀想《かわいそう》だから気長に待とうと思う」

クラウス殿下の、優しい声音が落ちてくる。

「申し訳ございません」

アンは深々と殿下に頭を下げると、私が狸寝入りをキメているベッドの脇に椅子を用意した。

自分でも何をやっているのだろうと正直思う。

先日抱いてしまった不安により、殿下はもしかしたらもう他の女性の……アイラさんの下着に夢中で、私の下着には興味を示さなくなっている可能性もあるかもしれない。つい試すかのように寝たフリをしてしまった……いつものように薄目を開けているけれど。

――しかし、この判断を私はすぐに激しく後悔することになった
アンが扉を閉めたと同時に素早く、それでいて音は最小限に抑えられつつ、布団がめくられる。そしてスカートの中に流れるような作業で手を滑らせ、一瞬でショーツが脚から引き抜かれていった。

……ついに彼は職人になったのでしょうか？

は……早い……！

寝ている人に気付かれることなく下着を抜きさる職人なのでしょうか⁇

これなら本当に寝ていたら下着を盗られても気付かれないのではないかと思う程。

クラウス殿下の流れるような一連の動作に、下着を盗られて怒るのを忘れてただただプロの技に圧倒されてしまった。

そして職人は呟く。

「これでローテーションができる」

（は⁇）

何だって？　ローテーション？　は？

凡人の私には殿下のおっしゃっていることがよく分かりません。

私が訝しんでいる間に、クラウス殿下は奪って手にしたパステルブルーのショーツのクロッチ部分にキスをした。

(ぎゃあああああああああ!!)

史上最悪の口付けを私は今、見た！　半目だけど!!

悲鳴を上げそうになるのを必死に堪える。

思わず目を固く瞑《つぶ》って一瞬暗闇の世界に逃げ込んだが、再びおそるおそる殿下のほうに視線を向けると未だに長い口付けの最中だった。パンツとの。

(無理無理無理無理無理無理本当無理！)

鳥肌が止まらない。

しかし、その絵面《えづら》だけ見ると殿下の瞳は閉じられており、手にしている物に口付けを落としている様は一見とても美しい場面のように錯覚する。

その手にしているのが女性物の下着でなければ。

(長いわ！　いつまでやってる!?)

瞳が伏せられ、長い金色の睫毛《まつげ》が頬に影を落としている光景はとても神秘的で……そう、まるで宗教画に描かれている天使様のよう。

「ハァっ……ハァっ早く……これにかけたいっ！」

呟いている言葉は最低極まりない。

もうこの時点で既にここ数日の悩みは塵《ちり》となって消滅していた。

挙げ句、先程の発言で今まで盗られたショーツの使い道を想像してしまい震え出しそうになる。

（か……かけたい……？）

私は何故寝たフリなどという愚かな真似をしてしまったのでしょうか!?

変態なのは分かりきっていたのに、久々にその変態性を目にすると破壊力半端ない。

奇行の塊のような王子（婚約者）を半目に映しながら私は心の底から激しく後悔した。
◇

そしてクラウス殿下は制服の上着にある内ポケットへと、私のパステルブルーのショーツを仕舞い込んだのでした。

こうして私はまた一枚のパンツを失ってしまった……下して間もない下着なのに、こんなにも早く別れの日が来るとは思ってなかった……。

パンツとの別れに浸っていると突如意識を引き戻される――膝を掴《つか》まれたのだ。

掴まれた膝を立てられ、両脚が左右に開かれる。思わずヒュッと喉が鳴った。

（ちょっとおぉぉぉぉ！）

スカートの下、今は何も穿いてない。誰にも晒《さら》したことのない秘められた場所を見られてしまう。

パンツを盗っていく時以外は、指一本身体に触れて来ないと思っていたのに。

今日もどうせ身体には何もしてこないだろうと油断していた。

（もしかしなくても不味《まず》い状況？　貞操の危機だったりするの？）

止めたほうがいいのだろうか、なんて声をかければいいのだろう？

「そこまでだド変態野郎」「王宮のバルコニーから全国民に向かって変態でゴメンなさい！　と絶叫して来い」「王妃様は大変悲しんでおられます」

ほぼ罵倒しか思いつかない。

悩んでいる間に殿下は前のめりの体勢になっていたらしく、私の秘部の真正面に自分の顔を近づけた。

丁度頭一つ分くらい開かされている。

開かれた秘部を食い入るように見ながら、彼は激しく自身を刺激し始めた。

あまりの羞恥に頭がおかしくなりそうだ。……泣いてもいいですか？

開かれ、露《あら》わになっている太腿《もも》が震える。膝を立てられた時にスカートが腿まで捲れ上がってしまった。閉じたいけど今閉じたら腿で殿下の顔面を挟んでしまう。それも嫌だ。

今までパンツにしか興味がなかったらどうしようと思っていたけれど、どうやらそうでもないらしい。

だが今は安心している場合じゃない。開かれた脚の間で、彼は呟く。

「セシリア、セシリア」

しきりに私の名前を呼んでいる。

(ソコにセシリアと呼びかけるな！)

「初めて見たっ！　こんな所を男に見せるなんて本当にセシリアはいやらしい子だね。指で広げて沢山舐《な》めてあげるよ、セシリアはここを僕に舐められるのが好きだからね」

ヒィィィイ！

何この拷問!? 言葉ではそう言っているが実際には舐めるどころか、触ってはこない。

しかし、触られてなくても精神が犯される！

そもそも舐めるって何？ まさかそんなところを舐めるのが一般的だとでもいうの!? そんなわけない、私は騙《だま》されない！ それに自分も初めて見たって言っているくせに、何で私は舐められるのが好きな設定になっているのよ！ 納得いかない！

何故妄想の中で私に変な設定を付け加えてくるのか。

生粋《きっすい》の貴族令嬢で当たり前のように処女でまだまだ性的なこととは無縁のハズだったのに。解《げ》せない。

「ほら、入れるよ、セシリアの中蕩《とろ》けていて凄《すご》く熱い」

どうやら今度は挿入している妄想に取り憑《つ》かれているらしい。

クラウス殿下は更に目線を低くして秘部を見ようと寝台に頭を擦《こす》り付けてそこを食い入るように見ながらシゴき続けている。

羞恥が限界に達し、暫《しばら》く固く目を瞑って耐えていたのだが、ギシギシとベッドが激しく音を立てて揺れ始め、驚きのあまりついに目を見開いてしまった。

一瞬ヤバいと思ったが、殿下はシゴきながら激しく腰を振り興奮しきっている様子で、私が目を見開いたとはまったく気付いていない。

「そんなに締め付けてくるなんてっ」

自分が強く握りしめすぎているだけでしょ、相変わらず妄想が酷い！

私は驚き目を閉じず、見開いたままその光景を直視していた。

一体だれが今の私の顔を見て寝ていると騙されるというのだろうか。むしろ普段以上に目が見開かれている。

「気持ちよすぎてまだイキたくない……」

こちらは大変不快です。はよ終われ！

本当に早く終わってほしい、切実に。

そういえば一体この変態は何をしに、この屋敷に来たのだろう？

しばらく粘っていたようだが、クラウス殿下はとうとう限界に近いらしい。

「ああ、出るっ……セシリアの中に出すよ！」

やかましいわ！　こんなに煩《うるさ》かったらたとえ本当に寝ていたとしても起きるわ！

チリ紙に盛大に精を放ち、殿下の荒い呼吸のみが室内で聞こえている。


しばらくしてクラウス殿下は掌《てのひら》の上にある大量の精を受け止めたチリ紙に視線を落とす。

（えっ、その汚いゴミどうするの⁉　この部屋のゴミ箱に捨てたら張っ倒すぞ！）

罵倒の言葉が頭に浮かんだ直後、クラウス殿下の声が落ちてくる。短い魔術詠唱の後、彼の掌に魔法陣が現れ、ゴミは瞬時に消えてなくなった。

（⁉）

転移魔術だ。物を転移させる転移魔術は主に戦地への武器や食料などを送るために開発され、一般的な使用はほぼされていない。それくらい膨大な費用や魔力を必要とし、しかも相当な魔術の使い手ではないと使えないはずだ。

転移する予定の場所に魔術装置を設置しておくのだが、もしかしたら殿下は自分の部屋のゴミ箱の中にでも設置しているのかもしれない。

高位軍用魔術をなんという、しょうもない使い方しているのだろうかこの変態王子。

クラウス殿下は私の体勢とドレス、布団を整え、寝台の脇に置かれた椅子に腰掛ける。

どうしよう目が開け辛《づら》い。

前は対抗して平静を装っていたけれど今はそんな気力はない。

ふいに何かが私の頬に触れる。

殿下の手が私の頬を優しく撫でている。

閉じていた瞼をゆっくり開けるとクラウス殿下の麗しいお顔。

「クラウス殿下……」

(手……洗ってないよね……ちょっと殺意湧いちゃった)

多分私の目は今死んでいると思う。

上半身を起こし、殿下と視線を合わせると、死んだ目のまま眼前の変態王子をジロリと睨みつける。

「どうしたの？　寝ぼけているのかな？　寝起きも可愛いね」

無駄に爽やかに微笑んでくるけど……。

(は？　マジ殺意)

「ナニしにいらしたのですか？」

なおもゴミ虫を見るような目で睨みつけると、私の想定外の言葉を彼は口にする。

「ルッソ男爵令嬢が投獄され、彼女の部屋からは魔導具も押収された。その報告に来たんだよ」

「えっ」

丁度自宅待機を言い渡されてから三日だが、もうそこまで調べがついているとは思いもよらなかった。

（そのような事態になっていたなんて……と言いつつ、さっきまでまったく関係ないことをしていた気がしますけど。不本意ながら先程の変態行為が脳裏に焼き付いて、真面目な話題に思考を切り替えるのも大変なんですけど？）

「魔導具……ですか」

「うん。私達に魔力暴走を引き起こさせた指輪型の魔導具が彼女の部屋から見つかった。その魔導具は本来戦争で敵国の魔術師の魔力を暴走させ、戦闘不能にさせるために作られた物だ。あんなもの男爵家が所有できるはずがない。彼女には他国のスパイ容疑もかかっている」

何その恐ろしい魔導具……これからの戦争は人間同士の魔術合戦よりも、魔術の力を用いた兵器が多く使われていくのだろうか。

指輪型だなんて、随分兵器を小型化できたものだ。

そんな恐ろしい軍用兵器が自分に向けて使われたことを知り血のけが引く。

しかも他国のスパイ容疑――。

彼女の振る舞いは無駄に悪目立ちしすぎていて正直スパイなどとはとても思えない。

学院では多くの女子生徒からの反感を買っているため、常に動向を監視されている状態にある。

しかし単独犯とすると魔導具の入手経路が不明なのは確かである。いろいろ納得できない部分もあるけれど、詳細はこれから調べていくのだろう。

「セシリアも先日、ルッソ男爵令嬢の所持する魔導具によって魔力を暴走させられていたから、証拠を見つけて捕まえるまでは念の為《ため》学院を休んでもらうようにしていた。でもあまり授業から離れるのはよくないと思って、急いだから明日からは普通に登校できるよ」

「ありがとうございます」

私は素直にお礼を述べた。先程の変態行為と盗んだパンツの件は許さんけど。

「それと前にセシリアが美味しいって言っていた、南国産のローズティーを取り寄せて持ってきたよ。薔薇の他にも果物とかとブレンドしてあって、これはストレートで飲むのがおススメなんだけど、あとセシリアはミルクティーが好きだからミルクティーに合う茶葉も持ってきた。こっちはテイスターが特に質の良い茶葉を選んでいるから、王宮に取り寄せている物の中でもかなり希少なんだ、両方侯爵家の使用人に渡しておいたからね」

「まあ、嬉《うれ》しい。では今日持ってきて下さったローズティーを早速頂きますわ」

話題が物騒なものから一変したところで、私達はお茶の時間にするためサロンに移動した。

お茶の用意が整うまで軽くお喋りをして待つことにする。

「そうだ、休んでいた時の授業の内容を書いたノート。自分の分とは別にセシリアに渡す用に書いたものだから返さなくていいよ」

はい、とノートを手渡して下さるクラウス殿下の微笑みはとても眩《まぶ》しくて眼福物です。

あぁ、優しくて気遣いもできるし私の好みも把握してくれている、普段は本当に理想の王子様。

普通にしてくれていれば……普通に……普通に……普通……。

(何で普通でいてくれないのォォォォ！)

思わず私は心の中で叫び散らした。

翌日から通常通り学院に通うことができた。

休み時間にクラウス殿下が生徒会の仕事をしている隙に、私はエドを呼び出して問い詰めることにした。

クラウス殿下とルッソ男爵令嬢が二人きりでいる時に、医務室へと踏み込んだのがエドだ。

「なんだか私が学院にいない間、大変だったようね」

「はい……ですが、男爵令嬢とクラウス殿下の間には何もなく、拘束された男爵令嬢は投獄された後も精神が安定しておらず、意味不明な発言を繰り返していまして……。あの時は自分が急いで駆けつけましたが、お二人の間には本当に何もありませんでした」

クラウス殿下と比べてエドは焦燥が顔や態度に出やすい。いけませんね、そのような反応では私に疑ってくれと言っているようなもの。そのまま真っ直ぐに見つめていると、エドは逡巡《しゅんじゅん》しながら顔を背けた。

「正直に見たものを教えてほしいの」

「本当に、殿下と男爵令嬢の間には決して……」

彼は眉尻を下げる。

「そのような返答を聞きたいわけではないの。クラウス殿下に関しては、何か重大な物を見てしまったのではなくて？　例えば、そうね殿下の下着に関することとか」

「セ、セシリア様っ、ご存知だったのですか⁉」

エドは更に狼狽した。

「ただ少し思い当たる点があるだけよ」

◇

——その日クラウスが学院での授業中に魔力暴走を起こし、グラウンド内は騒然となった。

王子と仲が良いと見受けられる男子生徒の二人が、医務室に運ぶと申し出たのでそれを教師は許可した。

先日は王太子の婚約者セシリアも魔力暴走を起こしていたが、医務室で休んだのち意識を取り戻し普通に帰宅して、翌日から問題なく学院に登校していた。魔力は数日枯渇していたようだが。

運ばれていくクラウスを心配そうに見ていた女子生徒が、アイラの姿も見えないことに気付き、嫌な予感がして騎士科の授業を受けている、エドの元へと知らせに向かった。この令嬢マーガレットのお陰でエドはすぐに医務室へ駆けつけることができた。

エドが医務室の前に到着すると、立ち塞がるように伯爵令息のクリスと宰相子息のロナルドが扉前に立っていた。

「今はアイラが殿下を看病しているから心配ないよ」

「退《ど》きなさい」

退く気配のない二人にエドの眼光が鋭くなる。

「でも……アイラが……」

「いいから退きなさい！」

怯《ひる》んだ隙に二人の間に割って入り、エドは医務室の扉を開けた。


——その頃の医務室。

アイラはずっと苛立《いらだ》っていた。クリスとロナルドはすぐにアイラの術にかかってくれたのに、肝心のクラウスがいつまで経《た》っても魅了される気配がないから。

魅了の術は駄目でも魔導具は効いてくれたらしい。上手《うま》くいった。自分に陥落してくれないのは面白くないがいい気味だ。

無理矢理既成事実を作って王族のお手つきとなれば、側妃や愛妾《あいしょう》にはなれるかもしれない。

それが無理でもセシリアが疑念を抱いて二人の関係が拗《こじ》れたらとても愉快だと思った。

貴族や王族なんてものは下の者を支配している気でいて、醜聞を気にしたり仕来たりに縛られたりして不自由で滑稽な生き物。馬鹿馬鹿しい。看病していたら目を覚ましたクラウスが自分に欲情し、襲われたことにしよう。

アイラは嫣然《えんぜん》と微笑み、眠っている金色の髪を持つ美しい王子の上に跨《また》がる。

指でクラウスの頬を撫で、首筋を伝い胸元まで滑らせていく。

流れるような動作で制服の上着をはだけさせたが、視線を落とすとアイラは訝しんだ。

内ポケットから薄いラヴェンダー色の繊細な布が僅かに見えている。

(ポケットチーフ？　色味的に女性用っぽいけれど婚約者から渡されたものかしら？)

セシリアから贈られた物かもしれない、ズタズタに切り裂いてクラウスがやったとでっち上げよう。

セシリアは傷付くかしら？　想像するだけで楽しい、そう思い立ち布を引っ張って広げてみた。

「……は？？」

トンデモない物が出てきた。

女性物の下着……？

意味が分からなくてもう一度クラウスの顔を見ようとしたその時、

「痛っ！」

物凄いチカラで腕を掴まれた。

「触るな、手を放せ」

いつの間にか意識を取り戻していたクラウスがアイラの腕を掴んでいた。

殺気を孕《はら》んだ眼差しで睨みつけ、冷然とした声音が発せられる。

「お前ごときがソレに触るなっ」

次の瞬間、扉の開く音と共にエドが勢いよく入って来た。

「殿下！」

入ってきたエドは目の前の光景が理解できず『えっ、何この状況？』と硬直した。

中では女性物と思われる下着を手にするアイラに、クラウスが怒りに双眸を揺らしながら掴みかかっている。よく分からない状況だが、とんでもない修羅場に遭遇してしまったらしい、取り敢えず殿下は無事のようだ。

剣呑《けんのん》な空気が漂う中、ラヴェンダー色のショーツを引ったくったクラウスは口を開く。

「触るな、これは私の大切な物だ！　返せ！」

（殿下ーーーー!?）

エドは頭の中で絶叫した。

どう見ても女性物の下着、それがまさか殿下の私物だというのか⁉

クラウス殿下自身が自分の物だと主張するのだから、間違いないのだろう。

あの下着はクラウス王子殿下の私物で間違いない。

「こっちだって、別にそんな物いらないわよ！」

下着泥棒の汚名を被りかけたアイラ・ルッソ男爵令嬢は捨て台詞と共に、猛スピードで医務室から逃走した。

そんなアイラには目もくれず、取り返した下着を胸に抱えてクラウスは叫ぶ。

「くそっ！　不覚をとって油断してしまったっ！　僕の宝物があのような下賤《げせん》の者に盗まれかけるなんて！　誰にも触らせたくないのに‼　絶対に許さない‼」

エドはこんなにも感情を露わにし、怒りに燃えるクラウスを初めて見た。何か分からないけど滅茶苦茶悔しそうだ。

(宝物⁉)

ただ悲痛に叫ぶ主《あるじ》を絶句して見つめることしかできない。

さっきまでの状況も、先程のクラウスの発言も何一つ理解できない。

狼狽する従者を前に、落ち着きを取り戻したクラウスの涼やかな美声が向けられる。

「エド」

「は、はいっ」

「今見たことは忘れてほしい」

「……畏《かしこ》まりました」

エドは脂汗を額に滲《にじ》ませ、振り絞るように答えた。

クラウスは魔力が暴走した際に、それが魔導具によって引き起こされたものだとすぐに気が付いていた。それも兵器として開発された物の可能性が高い。

すぐ宮廷魔術師や王太子付きの騎士団を統率し、迅速に調査を行った。

絶対に取り逃がしてはいけないと――。

調査が入るとすぐにアイラ・ルッソ男爵令嬢が容疑者として浮上した。アイラは自身の所有する指輪型の魔導具で、故意に魔力暴走を起こさせたとし、拘束された。

こうして変態によって学院の平和が守られたのだった。

「なるほどね」

話を聞き終え、私は遠い目をしていた。

むしろ聞いてる途中何度か軽く目眩《めまい》がした。

いやいやいやいやいやいや。

ツッコミ所多すぎてもう何処《どこ》からツッコんでいいのやら……。

(パンツ盗るなって？　まず、お前が、盗ったんだろーが、この私から!!　持ち歩いてんじゃないわよ！　しかもそれ一番最初に私から盗ったパンツじゃない!!　魔力暴走を起こして家に帰った後ノーパンで驚愕《きょうがく》したわ！　お気に入りだったのに！)

誰も見ていない状況なら地団駄踏んで暴れ出していたかもしれない。

それにしてもエドが可哀想！

こんなにも真面目で清廉潔白な臣下なのに、仕える主人がド変態なばかりに、普通では抱えなくてもいい悩みを抱えてしまうなんて可哀想！

あんな変態による変態の事情に巻き込まれてしまうなんて……！

（うぅ……可哀想エド可哀想！　これからも大事にするからね！）

それとは別に私が一番許せないことがある。

「しかしあの下着は一体……」

エドの一言に私は凍りついた。

悟られてはいけない。

一番許せなかったのは他の人間に私の下着を晒したこと。

まぁそれでアイラさんを撃退できたという事実はさておき……。

「セシリア様はご存知ですか？」

『あ、それ私のパンツです』

とはまさか言えるわけもなく逡巡してから口を開く。

「な、何が？」

「殿下と下着について……」

「……知らないけど殿下ったら試しに穿いてみたら、なかなか穿き心地良くて気に入ったのかしら？」

と、つい思いついたたとえ話を適当に口にしてみたら、エドは顔面蒼白《そうはく》になり、今にも泣き出してしまいそうな表情へと変わった。

(あれ？　このたとえ話不味かったかしら？　断定してないし別にいいよね)

私の下着だと知られるのは恥ずかしいし……。

殿下が変態なことには変わらないのだから、今更新たな変態の罪状が一つ加算されたところで特に問題はないはず。

そもそも穿き心地がいいから懐に忍ばせているとか辻褄《つじつま》があっていないのだが。エドは考えるのを止めてしまったのだろう。


学院から帰宅する際、馬車の中でクラウス殿下から休日についての提案がなされた。

「久々に町へ行ってみない？」

「町ですか、実はずっと家にいて退屈だったのです」

「そう言うと思っていたよ」

「こっそり屋敷を抜け出そうかと思ってしまいましたわ」

私の一言にクラウス殿下は虚を衝《つ》かれたような色を浮かべた。

しまったと思いながら私は咄嗟《とっさ》に言い訳の言葉を口にする。

「ち、ちょっと思っただけで本当に抜け出すわけではないのですよ？」

おずおずと上目遣いで見つめる私にクラウス殿下がクスリと笑う。穏やかで優しい声が落ちてくる。

「本当、しょうがない子だね」

◇

豊かな土地に恵まれ、一年を通して四季折々の花に彩られるローゼンシア国。

年中美しい景観を保つこの国は精霊信仰も相まって他国から、『精霊に愛される国』と呼ばれている。

穏やかな春の季節、王都の町並みは整っていて、至る所に色彩豊かな花を咲かせている。道行く人々の身なりも綺麗《きれい》だ。

町に出るので二人共いつもより簡素な装いに身を包んでいる。清楚《せいそ》なクリーム色のワンピースに下ろしたままの髪は丁寧に梳《と》かし、以前クラウス殿下から買ってもらった髪飾りを一つだけ着けた。クラウス殿下との外出ということもあり清楚だけど地味になり過ぎないよう気を付けたつもりだ。

侯爵家の屋敷まで迎えに来てくれたクラウス殿下は、シンプルな平服がスタイルの良さを際立たせていた。普通に見惚《みと》れてしまいそうになる。

ランチを食べた後は橋を渡り、露店を見て回ったりして散策いた。

緩やかな石畳の坂を並んで歩き、広場を目指す。

広場の噴水周りはいつも賑《にぎ》わっているが今日は特に人だかりができている。

人々に囲まれ輪の中心にいるのは、異国の楽器を持った男性と妖艶《ようえん》な美女。美女の黒髪には薄いヴェールが被《かぶ》されている。

「わぁ、クラウス様。旅芸人の演奏ですよ」

演奏はまだ始まっておらず更に人が集まろうとしている。

町では殿下ではなく、『クラウス様』とお呼びしている。

思わず駆け出そうとする私の手が掴まれ、振り返った。

「っ！」

「人が集まろうとしている所に走って行くのは危ないよ」

辺りを見渡すと歩きながら向かう者や走っている者。駆け出す子供達などそれぞれの速度で多方面から旅芸人を近くで見ようと向かっている。特に子供達の動きは予測不能だ。

私まで走ってしまったら、確かにぶつかってしまう可能性がある。

「ソウデスネ」

……やってしまった。今でこそ淑女として申し分のない振る舞いができるようになったが、それは長年のお妃教育によるもの。実は子供の頃相当お転婆だった私は、他の貴族の目がないとつい本性が出てしまいがち。気を付けなければ。

そんな私の手を引いて歩みを進める彼に、そのままついて行く。

手を繋《つな》いだまま、クラウス殿下は私の少し前を歩いて誘導してくれる。

子供の頃と比べて随分身長差があるはずなのに、歩く歩幅に違和感がないのは殿下が私の歩く速度を把握してくれているからだろう。

「ここだと見えやすいと思うけれど、どう？」

私の身長でも演奏を見ることができる位置を探してくれたようだ。

「はい」と答えると繋いだ手は自然と放れていった。

曲が終わるまで、私達は演奏を聴いていた。演奏を聴き終え場を離れようとすると、黒髪の歌姫から声が掛けられる。やはりクラウス殿下が目立つからだろうか。

「あら、素敵なカップルね。夜はもっと凄い出し物が観られるから良かったら来てね。火吹きや、火食い、ヘビ使いもいるわよ」

「火吹き!? 火食い!?」

（み、見たい！ 蛇使いも全部見たいし、できればいつか自分でも火を吹いてみたい。だって火を吹けたら何か格好良い気がする。火を吹く王太子妃って何か格好良くない？）

満面の笑みで殿下を見上げると、彼は困ったような笑みを浮かべる。

「駄目だよ、出掛けるとは言っているけれど遅くなるとは伝えてないからね。あまり遅くなり過ぎると家の者達に心配をかけてしまう」

「……はい」

正論すぎて言い返せなかった。

ここでゴネても仕方がないので素直に了承した。本当は物凄く見たいけど、流石に夜まで町にいるのは現実的ではない。分かっている。

俯《うつむ》いて項垂《うなだ》れる私の頭にフワリと優しく手が置かれた。長くてしなやかな指が髪を梳《す》くように撫でてくれる。

「遅くまで出掛ける時は予《あらかじ》め許可を取っておかないとね。また連れてきてあげるから。そうだ、代わりになんでも好きな物を買ってあげよう」

（嬉しいけど……何だかあやされている気がする）

その後は休憩するため、カフェへと向かった。町に流れる川が見渡せるテラスで、フルーツが載ったパイをお茶と頂きながら、橋の下をくぐっていくゴンドラを目で追う。川の流れと同じくゆったり流れていく時間。町の人々の何げない日常を眺めるのも楽しい。

カフェを後にするとお昼に見かけた露店で糸がレース状に編まれたブレスレットを選んだ。

殿下には「そういうのでいいの？　宝飾店の物とかじゃなくて？」と言われたけれど、高価な宝飾品は既に沢山贈っていただいている。それにこれなら町へ遊びに行く時も気兼ねなく着けられるし、軽いからコッソリ学院用の鞄《かばん》の中にも入れておける。ブレスレットにはいくつもの青い石が編み込まれている。青は殿下の瞳の色。

品物を受け取りまた少し町を歩いてから帰宅するために馬車へと乗り込んだ。

いつも通り対面で座る。

いつもの通りの私達の距離。

●眠らぬ姫

学院の休校日。この日の私は王宮でお妃《きさき》教育が終わった後王太子宮へと向かい、建国祭にて着用するドレスや宝飾品の打ち合わせをしていた。その後は同じく王太子宮の庭園でクラウス殿下とお茶をする予定となっている。

穏やかな春の昼下がり、王太子宮の庭園は薔薇《ばら》を中心とした花々が咲き誇っていた。庭園は石の花壇など白で統一されており、華やかだが全体的にとても上品な印象を与えている。

敷布を敷き、用意したふかふかのクッションにもたれ掛かる私の膝の上に頭をのせ、クラウス殿下は現在お昼寝中。

美しい刺繍《ししゅう》が施された青褐《あおかち》のジレと、揃《そろ》いのコート。白いトラウザーズという優美な衣装がとてもお似合いで、その姿は絵本の中から出てきたような乙女《おとめ》の夢を体現した王子様そのもの。

(気持ちがいい、癖になりそう)

手触りの良い艶やかに煌《きら》めく金色の髪を指で梳《す》く度、光に照らされてキラキラと輝く。それを眺めるのが楽しい。

眠っている顔はいつもよりあどけなくて、何だか可愛《かわい》い。何度も頭を撫《な》でては堪能していた。

(ふふ、私が起きていてクラウス殿下が眠っているなんて、何だかいつもと逆ですね……私はまったくもって殿下の下着はいらないけれどっ)

ふいにクラウス殿下は横向きになって私の腰にしがみ付いてきた。厚手のドレスの下にはペチコー

ト も穿《は》いているから、密着していてもあまり互いの肌は感じられない。

(まあ、これくらいなら許してあげよう。でもこんなにくっ付いてくるなんて珍しいわね)

「……セシリアも昼寝してみたら？　案外気持ちが良いものだよ」

「まぁ、私まで外で眠ってしまっては、後で王宮の方々に怒られてしまいますわ」

「大丈夫、人払いしてあるから心配ないよ。僕が起こしてあげるし」

人払いしてナニするつもりなんですかねぇ？

心配しかないのですが。

(そういえばクラウス殿下ったら、一人称が子供の頃みたく僕に戻ってる)

「じゃあ後でリラックスできるハーブティーを持って来させよう。カモミールやレモングラス、オレンジブロッサムなんてどうかな？　ゆっくり眠れるかもしれないよ」

どんだけ私を寝かそうとしてくるのよっ！

むしろ変態が側《そば》にいて安心し眠れるわけがない。

そもそも自分の宮の庭園だからって、全てが許されるわけ……。

えっ、もしかして本当に外でも変態行為に走る気⁉

……どうしよう新たな変態属性を身につけちゃって外で致すのに嵌《は》まってしまったら……！

ありとあらゆる野外で国の王子が致して、それが誰かに見られて国内国外問わず知れ渡ってしまったら……⁉

ヒィィィ！

そんなの婚約者とか恋人とか以前に一国民として嫌だわ！　恥！　恥よ！　国全体の恥よ‼　謝

れー！！！

城のバルコニーから城下の皆様に向かって『変態で申し訳ありません』と土下座しろ!!

（この変態王子っ）

横向きだった殿下が急に瞼《まぶた》を開けて寝返りを打ち、真上を向いた。

サファイアブルーの瞳と視線が絡み合う。そして私の亜麻色の髪の一房を指でつまんで遊び始めた。

（これはこれで気恥ずかしいわね……）

今更だけど寝たフリをすると変態行為されるのだから、寝たフリしなきゃいい。

何で寝たフリをしたかな……などと、私は密《ひそ》かに己の愚行を悔いていた。

普段の爽やか王子様っぷりに油断していた私が間抜けだったのだろうか？

それでも寝ている人の下着を剥ぎ取っていくクラウス殿下のほうがどう考えても悪い。

だから寝たフリなんてしてあげない。

◇

建国祭の催しは五日間行われる。準備期間の手伝いもあり、数日前から私は王太子宮に滞在していた。

建国祭当日——王宮の大広間。多くの燭台《しょくだい》やシャンデリアが煌めいていて夜なのに真昼のように明るい。

今日のドレスは薄水色をしたプリンセスライン、裾や袖には白のレースが施されている。

薔薇のコサージュは薄紫で、首飾りにはクラウス殿下の瞳を彷彿《ほうふつ》とさせるサファイアをあしらっている。

髪のサイドを編み込み、後ろはハーフアップで纏《まと》めてある。今日は王宮の侍女に髪を結ってもらった。

侯爵家から連れてきた侍女のアンが、王宮の髪結い技術を間近で勉強するのだと意気込んでいた。

楽師達が奏《かな》でる楽の音と共に舞踏会が始まりを告げる。まずはダンスから。私はいつものようにファーストダンスをクラウス殿下と踊る。

向かい合う正装したクラウス殿下の姿に見惚《みと》れてしまいそうになるけれど、今はダンスに集中しないと。襟と袖に銀糸の精緻な刺繍が施されている、濃紺の上着を殿下は纏っていて、良く似合っている。

何年も共に踊っている私達は、互いのステップなどの感覚が身体に染《し》み付いている。だからとても踊りやすい。クラウス殿下のリードは相変わらず上手で安心感を与えてくれる。

幼少時のダンスレッスンで毎回毎回、殿下の足を踏みまくっていた私は、流石《さすが》に悪いと思い、真面目に練習するようになった。その頃に比べて大分上達したと自負している。

何度私に足を踏まれても、彼は怒るどころか少しも気にした様子はなかったけれど。

「どうする？　もう一曲踊る？」

クラウス殿下が私に尋ねた。彼とファーストダンスを踊るのも、続けて踊れるのも私だけの特権。

でも……。

殿下と踊りたいご令嬢達の、急《せ》かすような視線を浴びながら踊るのはなんとも居《い》た堪《たま》れない。

「私ばかりがクラウス殿下を独り占めしてしまっては他のご令嬢方に申し訳ないですわ」

「そっか、僕が側にいない間に誰かに誘われても決して二人きりにならないように。それに休憩用に用意している部屋に一人でいかないこと、少しでも体調が優れなくなったら城の者に声をかけるんだよ」

「分かっておりますわ、休憩室で下着でも脱がされたら大変ですからね」

「そんなの許せないね」

(お前だよ！)

即答した!?

何なの？　今まで私から下着を盗《と》ったこと本気でバレていないとでも思っているの？　私をノーパンになっていても気付かないくらいの阿呆《あほ》だとでも思ってる？　実は舐《な》め腐っているだろ!?

驚愕《きょうがく》の表情でその背中を見送る。その後珍しく私も別の方と踊った。

王太子の婚約者である私を気軽にダンスに誘える殿方はあまり多くない。

別に私もクラウス殿下以外とのダンスに興味はなく、正直面倒くさい。

今踊っているのは他国の高位貴族の方で、今日は王宮の夜会に参加して、明日は町の祭りに行くためにこの国に遊びに来たらしい。

建国祭の間、町中がお祭り一色となっており、人々は仮面などを着けて様々な仮装をするのが伝統である。広場では人々が踊り夜通し賑《にぎ》わっているらしい。顔を隠せるから貴族がお忍びで混ざっている、などという噂《うわさ》も聞く。

言い伝えでは祭りの間、仮装した人々の中に精霊が紛れ込むと信じられている。いかにも精霊信仰が根付き、他国から『精霊に愛される国』と称されるローゼンシアらしい伝統と言い伝えだ。

曲が終わり、ダンスをする人々から離れようとすると目の前にクラウス殿下が現れた。

お相手の男性も気付いたようで、殿下に挨拶をしてからその場を去った。クラウス殿下に手を取られて耳元に唇を寄せられ囁《ささや》かれる。

「セシリア」

「あら、クラウス殿下。どうなさったのですか?」

「さっき一緒に踊っていた男がセシリアを、いやらしい目で見ていた気がする」

「そうですか?」

「気を付けて、変態かもしれない」

(だからお前が言うな! え、それを言いにわざわざ来たの?)

さっさと持ち場へ戻ってください。

クラウス殿下が国外の貴族との社交をこなしている間、私は楽しみにしていたジェラートを口にしていた。

メルキアのパティシエが作った、薔薇のリキュールが使われたジェラートだ。それを口に運びながら、壁の隅で歓談している人や、踊っている人々をぼんやり眺めていた。

その時――ふと外の庭園に目を向ける。

日の光の下の庭園も美しいが、篝火《かがりび》に照らされた夜の庭園も幻想的で好きだ。

ジェラートを食べ終えた私は、庭園のほうへと歩みを進めた。

テラスへと出ると、目の前に広がる庭園には薔薇が咲き乱れている。

見覚えのある人が立ち尽くしていた気がしたが、気のせいかもしれない。室内へ戻ろうと思いながら、何げなく目線を下げると自分の着ているドレスの胸元が、真っ赤に染まっていた。

(赤⁉　血⁉)

一瞬血かと思い心臓が止まるかと思ったが、身体に痛みなどはなく、特に異常は無さそう。私が怪《け》我《が》をしたわけではないらしい。

誰かに赤ワインでも掛けられたのだろうか？　流石にこのドレスのままではホールに戻れない。

「……着替えなきゃ……」

私は小走りで王太子宮を目指した。


王太子宮の庭を横目に回廊を駆けていると、後ろから私を呼び止める声がする。

「セシリア様」

立ち止まって振り返ると、慌てた様子で私を追いかけてくるエドの姿があった。

「エド？」

「一人になってはいけません、セシリア様っ」

「……あの、実はドレスが……」

「⁉　……セシリア様！　早くコチラに‼」

「え？」

狼狽《ろうばい》し声を荒げるエドの視線の先を追う。庭のほうを見るとアイラさんが立っていた。先程黒髪を靡《なび》かせたアイラさんに見られているような気がして、気になって庭園まで出てきてしまった。気のせいではなかった。

——しかし、何故こんな所に？　彼女は現在幽閉されているはず。

ずっと牢《ろう》に入れられていたせいか、艶を失い傷んだ髪にボロボロの囚人服を纏い、瞳は金色に輝いて……とても恐ろしい形相で幽鬼のようだった。

普段の彼女の瞳は橙色《だいだい》だったはず。

「ヒッ⁉」

こちらに歩いて来ているが、歩いているとは思えないほど素早く私の目の前に移動した。頭の中で警鐘が鳴る。アイラさんの右腕が振り上げられた。

瞬時にエドが私の前に立ちふさがり、それを防いだ。

「エド！」

「……お逃げくださいっ」

エドの腕はアイラに掴《つか》まれ、その服の部分は焦げていた。

か弱い少女、ましてや牢獄に入れられて衰弱した者とは思えない程の力……エドは振り払うことができないでいた。エドは苦痛に表情を歪《ゆが》める。

『ウィンクルム・カリブルヌス』

庭の奥から静かだが通る声がした。

魔術の詠唱と共にアイラさんの身体に無数の鎖が真《ま》っ直《す》ぐに伸びて、蛇のように絡みつく。搦《から》めとられたまま、引《ひ》き摺《ず》り倒された。

「お前はっ……！」

「やぁ、この国に来てからお前に気付かれないよう魔力封じの腕輪で魔力を一時的に隠しておいたんだが……何勝手に牢から出てんだ死に損ない？」

黒と紫の間のような髪色に瑠璃《るり》色の瞳。

燦然《さんぜん》と輝く月を背景に、漆黒の衣装を身に纏った青年が立っていた。先程の鎖の魔術を紡いだ声の持ち主。

パチンと指を鳴らした合図と共に、月明かりを反射した鎖に拘束されたアイラさんは、青年のほうへと更に引き摺られていく。

(この方は確かメルキアの第三王子、アルヴィス王子……確かメルキアの王族は何人か招待してはいたけれど、アルヴィス王子は招待客の中にいなかったはず……)

アルヴィス王子は手にしていた腕輪を地面に投げ捨て、横たわっているアイラさんの首を片手で絞め持ち上げながら侮蔑《ぶべつ》の色が宿る瞳を向け冷淡に言い放つ。

「勘違いするなよ？　ローゼンシアもその娘ごとお前を処分しても問題ないと判断しているけど、俺が直々に息の根を止めたいと言ったから処刑を待ってくれていただけだ。平民に入り込んでくれていて好都合だよ、その身体の持ち主もろとも死ね」

アルヴィス王子が左手を掲げると空中にクリスタルの剣が出現した。

「死ね！　死ね！　死ね！　死ね！　呪われろ!!　お前も！　メルキアも！　ローゼンシアも皆呪われろ!!　呪われろぉー!!」

アイラさんが狂ったように呪詛《じゅそ》めいた言葉を吐き散らす。

「言い残す言葉はそれだけ？」

緩められていたアルヴィス王子の手に力が込められる。再びアイラさんの首をきつく絞め上げ、黙らせた。死に際の言葉を聞くためだけに僅かな間、首の拘束を緩めたのだろうか。

「じゃあ、死ね」

言葉と共に頭上の剣が勢いよくアイラさんの頭に突き刺さる。

私は見ていられなくて目を閉じ、震えるしかなかった。

ドサリと音がする、アイラさんが地面に落とされた音だろう。

固く目を閉じていると耳馴染《なじ》みのいい聞き慣れた声が落ちてくる。クラウス殿下の声だ。

聞いたことのない言語を唱えている。古代語だろうか？

目を開けると殿下の後ろには巨大な魔法陣が出現しており、魔法陣から禍々《まがまが》しい大砲の砲身のような物が顔を出していた。砲身が真っ直ぐに捉える先は、宙に浮かぶ見知らぬ赤髪の女。

振り返ったその女の瞳は金色。

先程のアイラさんの瞳と同じ色をしている。

「撃て!!」

クラウス殿下による合図と共に、砲身から光の砲撃が放たれ赤髪の女を焼き貫く。

砲撃の光に私は目を眇《すが》め、あまりの威力と派手な爆風に顔を背けた。

しばらくするとアルヴィス王子とクラウス殿下の何とも緊迫感のないやり取りが聞こえてくる。

「殺《や》った？」

「多分」

「えぇー!? 多分って何～？ これだけ追い込んで取り逃がすとか無しなんだけど!?」

「仕方がないだろ、精霊殺しなんてしたことがないんだから。そもそも君がメルキアでトドメを刺しておけばこんな事態にはならなかったし、メルキアが魔導具を奪われていなかったら僕もセシリアも魔力暴走なんて起こさなかったんだ」

（精霊……？ もしやさっきの赤髪の女性が精霊？ アイラさんには精霊が取り憑《つ》いていたの？ あの魔力暴走を引き起こした魔導具はメルキアで作られた物……）

二人の会話から情報を整理する。

「だからこうやって直々に倒しに来たんじゃないか、自分の手で始末するために」

「トドメは僕だけど」

「えっ、ほとんど俺が倒したも同然なんだけど、クラウスは美味《おい》しいところ持っていっただけでしょ？」

二人のやり取りに肩の力が抜ける。恐る恐る地面に横たわるアイラさんの顔を見ると……確かに先ほどの剣は地面に刺さっているのだが、アイラさんの顔に損傷は見られない。そんな私の様子に気づいたのかアルヴィス王子が声を掛けて来た。

「あ、大丈夫だよ。刺さる直前に剣を霊体化して透過させておいたから、顔面を傷つけることなく通り抜けて行ったよ」

サラリと高度な魔術の説明をしてくるけれど、直前とは即《すなわ》ちアイラさんに刺さる直前だったという意味だ。無茶をする。

どうやらアルヴィス王子が剣で刺すフリをし、精霊がアイラさんの身体を見捨てて逃げ出した隙を見て、クラウス殿下が撃ち倒したようだ。

メルキアの第三王子は魔術研究に没頭していると噂に聞いていたが、魔術師として相当腕に自信があるように見える。

私はとうとう力が抜けてその場にへたり込んだ。

「セシリア、大丈夫!?」

「クラウス殿下……私よりもエドの方を！　私を庇《かば》って怪我をしてしまいましたの！」

「何っ、大丈夫かっ？」

殿下がエドに駆け寄った。

「はい、お見苦しい姿で申し訳ございません」

「いや、セシリアを守ってくれてありがとう」

エドの肩を抱きながら、クラウス殿下は私のほうに視線を向ける。

「私は平気です、自分で立って歩けますので早くエドの手当てを急ぎましょう」

王太子宮で現在寝泊まりしている部屋に戻ると私はすぐに意識を手放した。

◇

瞼に淡い光を感じてゆっくりと目を開いた。

眼前には透き通るような薄い純白の天蓋《てんがい》。手触りの良い毛布。

視線を移すと私の身体の上に金色の頭。

金髪……。

「イヤァァァァァ！　変態ーーーーー！」

ゴッ!!

鈍い音が室内に響き渡った。

咄嗟《とっさ》に下着を確認する。布団の中での行動だから側《はた》からは何をしているのか分からないはず。

ヨシ！　穿《は》いてた！

寝台から上半身を起こして状況を確認すると、ここは私が滞在している王太子宮の一室。

倒れる直前まで着ていたドレスは、清潔な寝衣に着替えさせられている。

膝の上には私にぶん殴られた殿下の頭。

部屋の中には王宮の侍女が四人と、うちの侍女二人。

あれ……？

めっちゃ人いる……あれれ……。

（……やってしまったー！　言い逃れ不可能なくらい目撃者多数のこの現場で、とんでもなく不敬を働いてしまった！　しかも王宮関係者の目の前で！　これはもはや婚約破棄どころの問題じゃない!?）

王宮の侍女が見ている前で王太子をブン殴るなんて……！

「なかなか目を覚まさないから心配したよ」

ムクリと頭を上げて呟《つぶや》くクラウス殿下に両手を握られ、アワアワと狼狽する私。そういえばもう外が明るい。

そんな私に年配の侍女から声が掛けられる。

「セシリア様、お加減はいかがですか？　たとえ婚約者といえど寝起きの令嬢のお側《そば》に殿方が居ては驚かれて当然です。しがみ付いている殿下が悪いのです」

そう言ってくれたのはクラウス殿下が幼少の頃から仕えている侍女のタニアで、普段から他の侍女達に比べ殿下にズバズバものを言える数少ない一人。

周りの王宮の侍女達もうんうんと静かに頷《うなず》いてくれているが、逆に侯爵家《うち》の侍女達が「ウチのお嬢様がやってしまった！」と言わんばかりの青褪《あおざ》めた表情をしていた。

変態がトチ狂ってついに襲って来たかと思ってしまい、つい……。反省はしている。

「セシリア様、部屋にはずっと私共もおりましたからどうかご安心下さいませ」

その言葉に私は心の底から安堵《あんど》した。


アイラさんに取り憑いていた精霊はディアーネという名前で、元は山や水辺などで旅人の男性を誘惑する美しい精霊。

ある日誘惑され魅了された旅人は精霊を大層気に入り自分の国へ連れ帰った。

実は青年はその国の王子で、精霊を妃の一人にしてしまう。

人間の贅沢《ぜいたく》を知ってしまった精霊はそれに味をしめ以降人間の貴族、王族ばかりを惑わすようになった。

そうして永きに亘《わた》りこの大陸中様々な国を内部から混乱させてきたようだ。

別に混乱させたくてしているわけじゃない。

ただ好きなように生きているだけ。

人間社会の規則なんて知らないしどうでもいい、だって私は人間ではないのだから。

そして数年前メルキアでいつものように貴族に取り入ると、第三王子アルヴィスに見つかり、ディアーネは半殺しの目に遭う。そうしてローゼンシアまで逃げて来たのだった。

アルヴィスは王位に興味はないが、自国を乱そうとする精霊には容赦はなかった。

アルヴィスとの戦いでかなり弱っていたため、実体化ができずディアーネは暫《しばら》く霊体でローゼンシア国内を彷徨《さまよ》っていた。すると運良く自分が取り憑ける少女を見つけた。

精霊をその身に宿せる人間なんて何十年ぶりに見た。

それがアイラだった。アイラに取り憑き、意思と身体の所有権を奪ってアイラとして生きながら、アルヴィスに負わされた傷の回復を待つことにした。

アイラに取り憑いた後はルッソ男爵に取り入り養女にしてもらった。男爵との血縁関係は当然ない。

この国の学院に編入生として入り、いつも通り有力な貴族子息を惑わした。

アイラは精霊を身に宿す器としてとても適していた。

もしアイラに宿った精霊が善良な精霊だったなら、のちに聖女と言われる存在にまでなれたかもしれない。

アイラさんとはどうも話が通じる気がしないと思っていたら何と、精霊に乗っ取られていたらしい。

（以前猿にたとえちゃったけれど、まさか精霊だったとは。しかも猿の精霊でもないらしい。何かキーキー煩《うるさ》かったから、猿だと思っていたのに……）

思い返してみると、人間の規則にまったく囚《とら》われない自由奔放な振る舞いや思考は、確かに精霊と言われると納得がいった。

お風呂に入れてもらい、身なりを整えた後はクラウス殿下、そしてアルヴィス王子と合流した。三人でお茶を飲みながら、昨日の出来事や精霊、そしてアイラさんについて説明をしてもらった。

お茶と共に軽食も用意され、ブルスケッタやサクサクの折りパイ、パフペイストリーでお腹《なか》を満たす。パフペイストリーにはレモンカードを混ぜたクリームが包まれている。

「まさか建国祭の祭りのお陰で力を取り戻しちゃうなんてね」

建国祭の時町では仮装が行われているが、その際に精霊が仮装した人々の中に紛れ込むと言い伝えられている。建国祭が周辺の精霊達の霊力を高ぶらせているようでその結果、弱っていたディアーネの精霊の力が回復してしまい、牢をぶち破って私の所まで来たなんて……怖すぎる。

「まぁ、セシリア姫を害そうとしたのは単にクラウスへの報復だろうね。婚約者を傷付けるのが一番の嫌がらせになる」

クラウス殿下が魔力暴走を起こした時期にはメルキアの外交官がローゼンシアに滞在していたため、メルキア産の魔導具が押収されたことと合わせ、火急にアルヴィス王子の元へと書簡が届けられたようだ。

ローゼンシアも投獄する際、アイラさんに精霊が取り憑いているとすぐに気付いたそう。

王族を害したことで即処刑が当たり前なのだが、アイラさんは操られていただけであり被害者。

しかし何度言ってもディアーネがアイラさんの身体から出て行かず、自分を殺すならこの娘も道連れだと喚《わめ》き散らした。

身分の低い娘だから精霊もろとも処分されても問題ないとの意見もあり、処刑一歩手前だった。

平民の娘一人の犠牲で質《たち》の悪い精霊を処分できるのなら国としても好都合だと。

見兼ねていたクラウス殿下に提案を持ち掛けたアルヴィス王子は、自国で仕留め損ねたディアーネの息の根を今度こそ止めるため、ローゼンシアへの協力を申し出た。

メルキアでもやらかしたディアーネは、アルヴィス王子の逆鱗《げきりん》に触れていたらしい。

口では「助けられたのは偶然」と言っているアルヴィス王子だが、結果的に彼がアイラさんの命を救ってくれたのは事実だ。

「アイラって娘はメルキアで保護するよ。どうせこの国では罪人だし、精霊を宿せる器って言っても本人が修行しないと精霊に利用されて迷惑極まりない存在だからね」

そう言ったアルヴィス王子に恐る恐る尋ねてみる。

「あの、もし……アイラさんがこの国に残りたいって言ったらルーセント家で保護させていただいてもよろしいでしょうか？」

アイラさんはローゼンシアの民だ。

できるだけ本人の意思でこれからの未来を選ばせてあげたい。

「……まぁ、一応本人にどっちがいいか聞いてみるよ」

精霊に取り憑かれる前のアイラさんはとても大人しく、人付き合いが苦手な控えめな少女だったらしい。

精霊に好き勝手身体を利用された挙げ句、投獄され処刑寸前だった彼女の境遇を思うと、今後の彼女の幸せを願わずにはいられなかった。

私が考えを巡らせていると、アルヴィス王子がポツリと零《こぼ》す。

「深淵《しんえん》を覗《のぞ》く時、深淵もまたこちらを覗いているとは、よく言ったものだよね」

「えっ？」

「セシリア姫がディアーネを思い出す時、それはディアーネも仄暗《ほのぐら》い地獄の底からひっそりとセシリア姫を覗き見ている時かもしれない……もしかしたら鏡とかから覗いていて映っちゃったり……」

「ヒッ!?」

想像してしまった私は咄嗟に、クラウス殿下へとしがみ付いていた。

「アルヴィス、セシリアを怖がらせないでくれ」

腕の中で怯《おび》える私を殿下は、よしよしと撫でてくれる。

「だってクラウスが仕留めたか分からないって言うから。もしかしたらまだ城の中を徘徊《はいかい》しているかもしれないよ、ズタズタぐちゃぐちゃの身体を引きずってズルズルと……」

「アルヴィス！」

(ドS！　ドS王子！)

何この空間！　ド変態王子とドS王子の夢の共演……いえ、悪夢だわ。

それに戦闘中はこの二人の王子と精霊とじゃ側から見れば、どちらが悪役か分からなかったのではないかしら……特にドS王子ことアルヴィス王子、本当にドSでした。

ちなみにクラウス殿下の外見はキラキラしていて眩《まぶ》しいけれど、アルヴィス王子は何処《どこ》か影が感じられるミステリアスな雰囲気を放っている。

それぞれ対照的な印象の美形だと思う。

（よし、昨日の出来事を私は『ド変態とドＳ悪夢の共演』と自分史に名付けよう）

そう心の中で命名しているとドＳ王子がまたとんでもないことを口にする。

「そんなに怖いんだったら、今晩はクラウスと一緒に寝てもらえば？」

「はい？」

「だって、怖いんでしょ？」

「あ、えっと……だったら侍女とかと……」

「あはは、クラウスで仕留めきれないような精霊を侍女が撃退できると思うの？　それに婚約者なんだから問題ないんじゃないの？」

（未婚なのだから問題あるわ！　何さらっと、とんでもないことを提案しちゃっているのこのドＳ王子！　提案とみせかけて、私をからかって楽しんでるだけでしょうが!?　確かに怖いのは間違いないけど……変態に守ってもらうか、グチャグチャの悪霊紛《まが》いの精霊に怯えるか、何て究極なの!?）

今日のドレスの色はローズピンクで、サイドに寄せて巻いている髪にパールを巻きつけるように飾ってあり、耳の少し上にはブルーローズの髪飾りを刺している。

今宵《こよい》も婚約者であるクラウス殿下にエスコートされ会場に入場した。

ホールはシャンデリアと燭台に眩《まばゆ》く照らされ、色取り取りの花が飾られている。

楽士達により優雅な音色が奏でられる中、殿下とファーストダンスを踊る。

一曲目が終わると、クラウス殿下から昨日と同じ質問がなされる。

「もう一曲踊る？」

そう聞かれてご令嬢の集団に目を向ける。熱い視線でクラウス殿下を見つめる花のようなご令嬢達。皆流行のドレスに身を包み、自身をより美しく魅せようと余念がない。

「えっと、ご令嬢方が……」

「もう一曲踊ろう」

私が言い終わる前にクラウス殿下が言葉を遮った。

虚を衝《つ》かれ彼のほうを向くと、預けた手を強く握り、抱いた腰が引き寄せられる。甘い微笑《ほほえ》みと共に声が落ちてくる。

「もう一曲踊っていただけますか？」

「は、はい」

平静を装ったものの、クラウス殿下に見惚れている自分を隠そうと必死だった。

二曲続けて踊った後、学友である令嬢達と暫く歓談していた。

そんな私の元に殿下がやって来て声を掛けてくる。

「あらクラウス殿下」

「セシリアを借りてもいいかな？」

「は、はいっ。セシリア様、お忙しいのにお相手して下さってありがとうございました」

「私こそお話しできて楽しかったわ、ありがとう。では、ごきげんよう」

「ごきげんよう、クラウス殿下、セシリア様」

学友と別れてから、殿下に連れ出されたのはテラス。

テラスに設置された白い椅子《いす》に腰かけ、夜の庭園を眺める。

「殿下に話しかけていたご令嬢方はよろしいのですか？」

別行動をしていた時に、殿下の姿を確認した際は大勢の令嬢に取り囲まれていた。一体どうやってあの令嬢の群れを捌《さば》いたのだろうか。

こういった社交の場でないとなかなか近づくことができない、綺麗《きれい》な王子様に皆夢中なのだ。

「うん、セシリアから目を離してしまうと、抜け出して何処かに行っちゃうかもしれないからね」

昨夜の記憶が蘇《よみがえ》る。

昨日は庭園に導かれるように足を踏み入れ胸元が赤く染まっていることに気付き、一人で大広間から出て行ってしまった。

「御免なさい御免なさい！　ち、違うんです昨日のアレは……」

後でドレスを確認するとシミ一つ無かった。赤い染みや私の一連の行動は、精霊ディアーネが見せた幻覚だったのだ。

あの時は自分の思考に何の疑問も持たず、ごく自然な行動だと思いこんでいた。

あれが精霊に魅入られるということなのだろう。

自分の頭の中に精霊の意思が介入していたとは……。

そんな私を遠目で見ていたエドは様子がおかしいと気付き、近くの衛兵に殿下へ知らせるよう言伝《ことづて》をしてから追いかけてくれたらしい。

エドが来てくれなかったら、あのまま精霊に殺されていたかもしれない。

「……ごめんなさい」

俯《うつむ》く私をクラウス殿下は引き寄せた。

「僕はセシリアがいないと生きていけないんだよ」

囁きが落ちてくると同時に強く抱きしめられる。

クラウス殿下の付けているコロンの香りが広がる。

「……口付けしていい？」

「え、何処に？」

（パンツにって言ったら張っ倒す）

「え、唇にだけど……ダメかな？　駄目なら無理にとは……」

（口付けは許可制なの!?　分からん！　変態の思考は全然分からん！）

「い、いいですよ」

初めては触れるだけの数秒の口付けでした。

◇

昨日の疲れもあり、私は早めに夜会はお暇《いとま》させてもらった。お風呂から上がると王宮の侍女達によって身体や髪に香油を塗って磨き上げられる。

「ちょっと！　これは何なのよ！」

王宮で働く人達の前で喚くことはできないので、子供の頃から仲のいい侯爵家の侍女アンと二人きりになった途端大声で叫んだ。

「何なのよってお嬢様、下着をご存じないのですか？　穿いたことがないのですか？　まさかいつもノーパンでお過ごしですか？」

「そ、そ、そんなわけないでしょう⁉」

（めっちゃ動揺した！）

「何でこんなにも透けている下着を穿く必要があるのかって聞いているの——！」

透けた下着を穿くのが恥ずかしくて現在ノーパンですスミマセン！

「お嬢様と殿下のためですっ」

「どういう意味？　……婚前交渉なんてはしたない真似するわけがないでしょう⁉」

はしたない真似はされたけど！

「はぁ～もう、お嬢様は分かってないですわねぇ、たとえ見せなくとも女性は色気のある下着を身につけることにより、意識的に内面から色気が増してくるのですっ！　それにクラウス殿下のような清廉潔白で浮き名のない王子様には、こういう機会にこそ更にお嬢様の魅力に気付いていただきたいという侍女心なのです」

どこが清廉潔白だ⁉　ドドドドド変態なんですけど‼

「見せるわけではないのですから大丈夫です」

見せるどころか盗まれるのよぉぉぉぉぉ！

夜が深まった頃、クラウス殿下が部屋にやってきた。

密室に殿下と二人きりはいかがなものかと、しかしもし精霊に襲われた際に対処するとなるとやはり彼が適任。万が一の危険に備えて侍女達は遠ざけ、部屋のすぐ外には衛兵を配置、警備を固めてある。

「僕は長椅子で寝るよ」

殿下は部屋に入ってくるなりそう告げた。

「いえいえ、クラウス殿下も寝台をお使い下さい」

「そんな、セシリアと同じ寝台で寝るなんてどうにかなってしまうっ……」

(既にいつもどうにかなってんだろ)

そもそもクラウス殿下は長椅子で眠っていると安心していたら……気付かないうちに移動していて、真夜中ふと目覚めようものなら、変態が私の横に立っていた。なんて事態になるほうが怖いに決まっている！　超怖い！　変態怖い！

変態と同じ空間にいるのだから、変態が長椅子にいようが寝台にいようがあまり変わらない。だったら最初から近くにいてくれたほうがまだマシ。

「その代わり、触ったりしてこないで下さいね？」

「分かった。もしどうしても心配なら……」

「？」

「縛ってくれても……構わない……ハァッ……ハァッ」

ハァハァするな！

何新たな性癖目覚めさせようとしているのよ！　そうはさせるか！

――静寂な夜。

横で眠っているであろうクラウス殿下を一瞥《いちべつ》する。

殿下はコチラに身体を向け、横向きになっている。

そして目を開いて私の顔を凝視していた。

(怖っ！)

しかも瞬《まばた》きもあまりしていないのでは……動揺した私は二度見した。

「怖い！　殿下怖いです！」

ガバリと起き上がった私は猛抗議する。

「え」

「人間は目を瞑《つぶ》らないと眠れないのです！　目を瞑って下さいっ」

「どうせ眠れないだろうから、このまま起きてセシリアの寝顔を見ていようかと思ってね、セシリアは気にせず寝ていいよ」

気にするわ！

「そんなの私だって気になって眠れなくなりますよ！　目を瞑るか、せめて向こう向いて下さいませっ」

指を向こうのほうへ指すと、彼は素直に反対へと向き直り、背中をこちら側に向けた。よし、これなら気にせず眠れる。私も反対側を向こう。

またしばらくして少し体勢を変えようと身じろぐと――ガツンッと頭が何かにブチ当たった。

「アイタッ!?」

どうやら殿下の頭と私の頭がぶつかったらしい。……って、いつの間にかものすっっごい至近距離にいた!?

(いつの間に移動した!?)

「すまない、寝ていたら寝返りを打っていたみたいで気付いたらここに……」

嘘つけー!

そんな音も気配も消して近づける寝返りなんてあるか! 気配消して超至近距離まで来てナニしていたんですかね!? しかも背後で! 全然気づかなかったわ!

変態に背中を向けてしまうなんて……不覚。

「さっさと持ち場に戻って下さい」

そしてまた目を開いたままコチラを見てくる変態と、一定の距離を保ったままお互い横向きで対面という状態に逆戻りした。

お前ワザとやっているだろ?

(本気でどうしようか……? やっぱり縛る? いえ、でも縛られて目を開いてこちらを見つめてくる変態……それはそれで怖すぎじゃない!?)

縛られて寝台に横たわりながらハァハァビクンビクンとなっている殿下を想像すると……やばい
……じゃあいっそ、縛り上げて目隠ししてみるとか……。

縛られて目隠しされているクラウス殿下を想像……。

(なんという艶《なま》めかしい姿! これじゃまるで私が変態みたいじゃない! グワァァァァ止《や》め

ろー！　私は変態じゃない！　私を変態に巻き込むな！）

「ぐあああああ！」

「……せ、セシリア……？」

（……眠れない！）

「あーもぉ！　殿下は絶対に動かないで下さい！」

言いながら殿下の頭を強く抱きしめた。

「えっ……!?　さっき触っちゃ駄目って……」

「殿下は触っちゃ駄目です。私はいいのです！」

ギュッと頭を抱え込むと、いい香りがするサラサラ艶々な金髪が頬をくすぐった。

これならよく眠れそう。目を開かれていても気にならないし。顔が見えないから。ついつい金糸の頭に頬ずりしてしまう、幸せ。

「……生殺し……」

「えっ……ナマゴロシ？　何ですかその物騒な単語!?　また怖い話ですか？　止めて下さい」

「…………」

これなら安眠できそう。

そう思った私が馬鹿でした。


――甘い香りの首筋、もう少しで唇が首元に届く距離。顔を下げれば白くて柔らかな胸元が覗く。

このままだと気が狂いそうでクラウスは我慢できるわけがなかった。

●安眠できなかった姫

なんだか意識が覚醒してしまい目を開く。まだ夜中のようだ。

気付けば頭を抱きかかえた時より、金糸の頭が随分下にある気がする。

あれ、頭そんなにも下の位置だっけ？

一瞬寝ていたらそうなったのかと思ったが、彼は寝ぼけて……いるわけではなく、寝衣《しんい》から覗《のぞ》く谷間に顔を埋もれさせていた。

それどころかクラウス殿下は胸の膨らみに頬ずりをし、存分に堪能しているご様子。

（この変態、確実に起きている）

自然とそうなったのか、はたまた王子が意図的にやったのか、肩紐《ひも》が肩から滑り落ちていた。

寝衣が着崩れ、胸の膨らみが溢《こぼ》れそう。

その時、生暖かい何かが胸を這《は》った。

（んっ、何……？　まさか舐《な》めてない……!?　確かに触るなと言ったけど、舐めるなとは言ってな……えぇー!?）

胸の膨らみを舐めたり、痕をつけるために吸ったりしているようだ。呼吸は既にかなり荒い。

そして胸元の寝衣を噛《か》んだかと思うと……引きずり下ろし、なんと手を使わずに私の胸を完全に露出させてきた。

（確かに手は使ってない……だと？　考えたなやはり天才、いや変態か！）

しかも寝る直前に頭を抱きかかえて、身体の密着を既に許してしまったのは自分である。

怒る以前に僅かに感心してしまったのも束《つか》の間《ま》、彼は恍惚《こうこつ》の表情で露《あら》わになった胸の頂を見つめて——うっとりと蕩《とろ》けるような眼差《まなざ》しのまま、先端を口に含み舐め始めた。

「んっ」

微《かす》かに声が漏れてしまった。

いつもは自分の快感のみを求めていた様子だったが、今は私の快楽を刺激するように、じっくりねっとりと舌で胸の先端を転がしたり吸ったりしてくる。

今まで感じたことのない甘い痺《しび》れが身体中を這う。

ひたすら胸を刺激され頑張って声を押し殺そうとしても、いつの間にかこちらの息も乱れ始めていた。

静かな室内に舌で胸を愛撫《あいぶ》する淫《みだ》らな音が響く。

ひたすら教え込まれるように快楽を与えられ続け、脚の間の快感を散らすように無意識に太腿《ふともも》をすり寄せる。

（しつこい……も、もうダメ、おかしくなるっ……！）

長く続く終わりのない焦《じ》れったい快楽に、とうとう耐えきれなくなり、身体を反対側に向けて逃れた。

すると背後から殿下がピタリと身体をくっ付けてきて、太腿の間に熱い何かが差し込まれる。

（ヒッ!?　何か当たってる……いつの間にスカート捲《まく》れ上がっていたのよ!?　本当に油断も隙もないっ）

胸が気になって気付かなかったが、スカートは大分前に腿のほうまで捲れ上がっていたようだ。

腿で挟まれた熱杭は、内腿に擦《こす》り合わされ、それがどんどん肥大しいくのが分かる。

(ちょっと！　布団の中で何出してるのよ!?　手で触ってないからってそんな物を擦り付けてくるな変態っ……)

耳元で荒い呼吸が聞こえ、吐息が耳にかかりゾクリと震える。

チュと耳に口付けされた。

「口付けはして良いって言ったよね……？」

確認するように耳元で囁《ささや》くと後ろから首筋に顔を埋《うず》め、唇と舌を這わせた。

(これ口付けって言うの!?　そんなことより太腿の間のコレどけなさいよ！)

気が付くと脚の間に挟まれた、そそり勃《た》った熱杭が下着越しの秘部へと押し付けられた。

頬や首元に口付けをし、舌を這わせながら自身の雄を打ち付けるように腰を激しく動かし続けてくる。薄い下着越しに互いの性器が擦り合わされる。

「セシリア……好き……愛してる……」

(……っ！　……愛してるなんて、起きてる時は言ってこないのにっ……まぁ今も実は起きているけれど)

「触っちゃダメって言われたけれど、セシリアを沢山気持ちよくしてあげたいな……」

耳元で囁いて耳たぶを甘噛みされる。

だんだん追い込まれるようにほぼ覆い被《かぶ》され、シーツを握りしめた手のすぐ近くに彼の手があった。

「気持ちよくなりたかったら言ってね、いつでもしてあげるから」

（知らない知らない！　私は今寝ているから知らないし聞こえてない！）

絶頂が近いのか、腰の動きが更に早くなる。

必死にシーツを強く掴《つか》み、目を固く閉じると次の瞬間、熱い白濁液が私の腿へと飛び散った。

◇

朝から変態王子ことクラウス殿下はキラッキラの爽やか笑顔全開だった。

「おはようセシリア、約束通り……指一本触れませんでした！」

「ヘースゴイデスネ」

（しばくぞ！　何で敬語なのよ、逆に腹立つな！）

「褒めてほしい」

「ハイハイ、凄《すご》い凄い、ある意味凄いです、いろんな意味で凄いです」

（褒める要素なんてあった!?）

確かに手や指では一切触れてこなかった。

クラウス殿下は密着しながら舐めたり擦りつけたりと、変態行為をひたすら続けていた、手は使わずに！

誰が言葉の揚げ足を取れと？

「ご褒美におはようの口付けとかを期待してもいいだろうか？」

「じゃあ足に」

「あ、足!? 分かった」

(分かったんかい)

諦めると見越して、雑な返答をしたはずが何と了承されてしまった。私は取り敢えず長椅子《ながいす》に腰を下ろす。悠然と腰かけ、足を組む一介の貴族令嬢である私――の前に跪《ひざまず》く金髪の王太子様。

私は組んだ足をクラウス殿下の前に差し出す。

完全に女王様と犬の構図が出来上がってしまった。

一体この国の誰が、このような朝の王太子殿下の現状を想像できるだろうか。

殿下は跪き、私の脚の脹脛《ふくらはぎ》を片手で持ち上げつつ、もう片方の手でヒールをゆっくり脱がす。

そして踵《かかと》をそっと掌《てのひら》で持ち上げ、私の爪先に口付けを落とす金髪の麗《うるわ》しき王子様。

(あら、こういうのは案外悪くないかも)

そう思った瞬間。

「ハアッ……ハアッ……ハアッ……レロ……」

舌を這わせ、足の指を口に含んだり、指の間に舌を入れたりと、荒い息遣いと共に興奮しながら私の足をしゃぶり始めた。

「いっ、イヤアアアアアアアアア！」

(思ってたのと違う！)

急いで足を引っ込め、舐めるのを止《や》めさせた。

鳥肌が止まらない！

「あっ……」

跪いたまま捨てられた子犬のような眼差しでコチラを上目遣いで見上げてくる王子。

(口付けって爪先に軽くするものだとばかり……なに舐め回してんのよ！　何でいちいち変質的なの!?)

「セシリア……？」

「もういい！　もういいです！」

「そっか……」

(残念そうな顔をするな！)


本日の昼間は建国祭の賓客とローゼンシア王族とで、会食の予定が組まれている。私もそこに出席させていただいた。会食を終えた後は部屋に戻り、夜会まで昼寝をすることにした。体力温存は重要なのである。

どこかの変態殿下のお陰で寝不足だから尚《なお》のこと。

お腹《なか》が満たされた直後とあり、よく眠れる気がする。

思った通りすぐに眠りについたが――突如不快感により目が覚めてしまった。

その不快感の先に視線を向けると、王子《変態》が足元にいて私の太腿を興奮しながら舐め回していた。

「!?」

声にならない悲鳴を上げた後、自分の状態を確認するとドレスのスカートが大きく捲り上げられており、脚が露わになっていた。

「ハァッ……ハッ……セシリアの脚……太腿……」

まさか昨日の「触るな」発言からの「舐めるのはＯＫ」という変態的解釈が、クラウス殿下の中で定着したとでもいうの？

そんなまさか……。

驚愕《きょうがく》している間にも夢中で私の脚を舐め回し続ける王子こと変質者。

「……セシリアは脚も綺麗《きれい》だね……んっ……美味《おい》しい……ハァ……毎日舐めたい……セシリアの身体毎日舐め回したい……」

(ひぇぇ何か言ってる！　一体コレとどうやって起きている時に向き合えと!?　私には難易度高すぎる！　夜しか部屋に来ないと思っていたから油断した。何で昼間に侵入しないように釘《くぎ》を刺さなかったのかしら!?　早く誰か摘《つ》まみ出してぇ！)

起きて変態に向き合う勇気がなく、動転して見開いてしまった瞳を閉じる、私はまた眠ったフリをするのであった。

ようやく舌が離れかけたかと思った瞬間――足首から太腿まで下から上に舌が這わされる。

(もう脚全体、貴様の涎《よだれ》でベトベトなんですけどどうしてくれんの？)

内腿を舐められる不快感に堪《たま》らず脚を閉じる。

すると今度は間に舌を差し込まれる、一体どうしろと!?

やっぱり精霊より絶対に変態のほうがタチが悪いと思います！

◇

本日は建国のお祝い最終日。

「夜会は早めに切り上げると打診し、父上から許可を得てきた。騒動もあったことだし、セシリアも疲れているのではと思ってね」

「まあ」

「そこでもう一つ提案なんだけど、セシリアさえ良ければ城下のお祭りを一緒に見て回りたい」

「町のお祭りですか」

クラウス殿下からの思ってもいない提案に、私は瞠目《どうもく》した。

「町の人々がどのように祭りを過ごしているのか直接見て知っておくのも、今後の参考になると思って。こういう時くらいしかなかなか夜の城下町には出られないだろうし」

「そうですね、それはいい案だと思います！」

堅苦しい王侯貴族の夜会への参加は辟易《へきえき》してきたけれど、町のお祭りとなると話は別だ。

流石《さすが》クラウス殿下、私を理解して下さっている。

この時期は毎年王宮の夜会へ出席しているものの、町のお祭りに参加するのは初めて。

貴族令嬢が平民に混ざって町のお祭りに参加するなど、通常なら許されないから当然だ。

今回はクラウス殿下の他にエドも護衛として同行してくれるらしく、頼もしい限りである。

私達は予定通り夜会に少しだけ参加し、挨拶を早々に済ませた後は、お祭りに参加するためにそれぞれ仮装をしてみることにした。

太陽が沈みゆく黄昏《たそがれ》色の空が、藍色に染まっていく。

殿下は黒の外套《がいとう》に顔の四分の一が隠れる片目の仮面を着けている。何だか魔王っぽい。

(変態仮面……よし、変態仮面と名付けよう)

私とエドは目元を隠す仮面をそれぞれ着けている。

エドの頭に付いている狼《おおかみ》の獣耳が凄く似合っていて、あまりの可愛《かわい》さについ頭を撫《な》でたくなる。

欲望を抑えつつ、どうせならお尻に尻尾《しっぽ》も付けたかったのに、それは断られた。無念。

仕方がないので伸ばされて一つに纏《まと》められたエドの薄茶の髪が、ゆらゆら揺れる様を尻尾に見立てて妄想でもしておこう。

ちなみに私は魔術師っぽい猫耳が付いたフードマントを着用している。

夜空の下ランプが灯《とも》され、町を彩《いろど》るオーナメントは精霊を模した形や彼らの羽を彷彿《ほうふつ》とさせるものが多く飾られたり、売られたりしている。

仮面を着けている人や、獣耳、魔女、精霊を意識した衣装など皆様々な装いで祭りに溶け込む。人々の仮装が町をミステリアスな印象に演出していた。

「凄い、お店の方々まで仮装をしているのですね」

つい物珍しくて視線をあちこちに移してしまう。

露店もいつもより沢山並び、焼かれた肉の香ばしい匂いが漂ってくる。お酒を片手に持った大人達の笑い声や、子供達のはしゃぐ声でとても賑《にぎ》やかだ。

(夜なのに子供が沢山いるわ)

それに仮装をしている子供達はなんと可愛らしいのだろう。

「わぁ、見て下さいこの砂糖菓子。ドクロの形をしていますよっ」

王宮の夜会では宝石のような可愛らしく華やかな物ばかりで、ドクロをモチーフにしたお菓子などが並ぶことは決してないからとても新鮮。

お祭りの雰囲気の中だと、これはこれでむしろ可愛らしく見えるから不思議だ。

広場に足を運ぶとひときわ大きな集まりがあったのでその中心を確認してみると、憧れの火吹きを曲芸師が披露するところだった。

派手だけど危険でもある芸なのであまり近づきすぎないよう、人々は距離を取って大きな輪を作っている。

私は憧れの火吹きを前に気分が高揚していた。

「火吹きですよクラウス様！　火吹き！」

クラウス殿下の服をぐいぐい引っ張って嬉々《きき》として伝えた。

(何か今日は、はしゃいでいても許してもらえそうな気がする。走りはしないけれど)

「普段彼らが出し物をしている場所は祭りの露店に引き渡されているから、祭りの間はここで芸をしているようですね」

エドの説明に、私は一層瞳を輝かせる。

「では偶然通りかかれて幸運でした」

「セシリアは随分火吹きを気に入っているんだね」

「だって、魔術って基本手とか魔法陣から出てくるじゃないですか？」

「そうだね」

「だから魔術で、火とか光線とか氷とか口から吐き出せたら格好いいなって、私はいずれソコを目指そうと思っていて」

「……やめて」

しばらく三人で町を回ってから少し休憩することに。殿下から何か食べるかと聞かれたので見て回った屋台を思い返す。

「私さっき見た串焼き肉が食べたいです、あと林檎《りんご》酒」

「エドもそれでいい？　それとも他の物が良かったら僕が別のも買ってくるけど」

「えぇっ!?　殿下に行かせるなんてできません！　自分が行きます！」

殿下の言葉にエドが狼狽《ろうばい》する。

「エドは腕を怪我《けが》しているのだから、気にしないで。それと僕が離れている間セシリアの護衛を頼みたい」

私を一人にすることはできないから追いかけることは叶《かな》わず、さっさと行ってしまう殿下の背中をエドはオロオロしながら見つめていた。

「こんな時くらい甘えて差し上げて？　そのほうがクラウス様も喜ばれるわ」

きっとエドも頭では分かっているのだけれど、生真面目な性格のためすぐには受け入れ難いのだろう。そもそも護衛という名目ではあるがエドを連れて来ているのも、殿下は単に気心の知れた三人で、お祭りを見て回りたかったのだと思う。

二人でクラウス殿下を待っていたら、意外な人物と鉢合わせた。

「アルヴィス王子!?」

「ん、その声は……セシリア姫？　ということは、そっちはクラウスの従者か」

アルヴィス王子は仮装をしていないようだけれど、紫がかった黒髪に黒のマントを着用した普段通りの全身黒の装い。元々魔界の王子のような印象だから、仮装した人々の中にいても特に違和感がない。

アルヴィス王子と会話を交わしていると、少し離れた場所から目深に黒のフードを被る、小柄な人物がこちらの様子を窺《うかが》っていた。

「そちらは……」

深く被ったフードの奥から見つめてくる、橙《だいだい》の双眸《そうぼう》と目が合う。

「アイラさん!?」

「国を出る前に祭りを見たいというから連れてきたのだが、大分人見知りな子でね。貴族社会にも慣れていないから、すまないが礼儀とかは大目にみてやってほしい」

「勿論《もちろん》ですわ」

アイラさんの代わりに経緯を説明してくれたアルヴィス王子に私は微笑《ほほえ》んで頷《うなず》く。

先程一瞬だけ目が合って以降、アイラさんはこちらを見ようとせず伏し目がち……というよりジト目でずっと地面を見つめている。

全身から放たれている人見知りオーラが半端無い。

(見た目が一緒でも中の人が違うだけでこうも印象が違って見えるものなのね)

私も貴族社会ではそれらしくしているが、本来の性格はまったく違う。貴族ならまだしも、全ての人が個を捨ててまで社交的にならなくてはいけないとは思っていない。ましてやアイラさんは貴族社会の人間ではないのだから。

「大人しいのも大事な貴女《あなた》の個性だと思うわ。私に対しては礼儀とか気にしないでね」

そう言った瞬間大きな橙色の瞳が真《ま》っ直《す》ぐコチラに向けられ、再び目が合った。

（学院では瞳が印象的だと思っていたけれど、さっきのジト目からの今は真っ直ぐに私を見つめる大きな双眸……可愛らしいわね、これぞギャップ萌《も》えに違いないわ。日頃キラキラ王子様だけど実はド変態とかいう実に、しょーもないギャップの持ち主を近くで見ているから心が洗われるようだわ……素晴らしい、素敵よアイラさん！）

心の中で密《ひそ》かに称賛する私に、アイラさんはか細い声で話しかけてくる。

「……あの……すみませんでした……」

学院の頃のアイラさんと同じ声帯から発せられたとは、思えない程の控えめな声が絞り出すように呟《つぶや》かれた。

「どうして貴女が謝るの？」

「あの……えっと」

「私には謝る必要なんて……」

言いかけた途中、背後から聞き慣れた声が発せられる。

「あれ、どうしてアルヴィスがここに？」

買い物を終えたクラウス殿下が驚き目を見張る。

その瞬間アイラさんの目が驚き見開かれた。

「ひっ⁉　変態王子……！」

それは初めて本来のアイラさんが感情を露わにしたのを、私が目撃した瞬間だった。

アイラさんは精霊に取り憑かれていても意識はあったということか――きっとパンツを巡って精霊とクラウス殿下が争った時も……。

それで彼女はクラウス殿下がトラウマになっているらしい。

……何か、こっちこそごめんね。

クラウス殿下が買ってきてくれた串焼きを食べつつ、アルヴィス王子の話に耳を傾けた。アルヴィス王子曰《いわ》く、アイラさんはこの国に留《とど》まらず、メルキアに行くと自分の意志で決めたらしい。

アイラさんは幼い頃から自分に魔力があると気付いていて、本当は魔術を学びたかったようだ。しかし平民だから学ぶ術《すべ》がなかった――そのはずが精霊に取り憑かれている間、やはり僅かに意識があったらしく学院で魔術の授業を受けたことにより、諦めていた夢に少し近づけた気がした。そしてもっと魔術の勉強をしたいと強く思ったのがメルキアへ行く決め手となった。

「メルキアで魔術の勉強をして精霊に利用されないよう、そして自分の体質と向き合ってもう迷惑をかけないように生きていきたいと思います」

彼女は完全なる被害者だが『精霊を宿せる器』という特殊な体質を抱えながら、今後も生きていかなくてはならない。メルキア行きはその決意の表れでもあるのだとか。

そもそも精霊など最近ではほぼ確認されていない存在だったはず。

「メルキアの魔導兵団は身分関係ない実力主義だからね。むしろ戦の際、高位貴族の血を絶やしたくないからと前線に身分の高い者は出せないとか、ほざかれると迷惑だし正直邪魔なんだよ。そんな奴《やつ》は俺の部下にはいらない」

（流石直々に精霊にトドメを刺しに来ただけあるわね、この王子様……。王子様とは思えない言葉遣

いと、過激な発言は聞かなかったことにしよう）

「アイラさん、もし実験台にされかけたり、職場でブラック労働を強いられたり、こき使われたりして逃げ出したくなったらいつでも私を頼ってね」

「セシリア姫の俺の印象って」

（ヤバっ！　アイラさんが心配なあまりドＳ王子の前で口が滑った!?）

アルヴィス王子がにっこりと微笑んでくる。笑顔がそこはかとなく怖い……。

発言には気を付けないと。

そんな中神妙な面持ちで話を聞いていた殿下が口を開く。

「本来なら国が君の存在を認識し、早めに保護すべきだった。申し訳無い、何か困ったことがあれば、アルヴィスを通じて気軽に頼ってほしい」

王族であるクラウス殿下が頭を下げ、アイラさんは目を見張る。

逡巡《しゅんじゅん》した後、アイラさんは感謝の言葉を口にして微笑んだ。

「人混みは苦手だけど……こうやってこのお祭りの様子を眺めるのは昔から好きでした。旅立つ前に見られて良かったです」

祭りの様子や人々の様子を眺めながら話すアイラさんの横顔は、この国を恨んでいる様子もなくむしろ慈《いつく》しむような表情だった。その横顔がとても綺麗だと思った。

暫《しばら》くしてアルヴィス王子とアイラさんの二人を見送るため、私達は町の外れまで同行させてもらった。

アルヴィス王子を迎えに、真っ黒な外套のフードを目深に被った数名が森から出てきた。正直言って滅茶苦茶怪しい。

怪しいけれど、お祭りで町の人達も仮装をしているから今日はきっと、そこまで違和感ないと思われる。多分。

後から聞いた話によると、金糸の刺繍《ししゅう》が施された外套の人達はアルヴィス王子直属の魔導兵団と呼ばれる人達なのだそうだ。

「こんな夜中に旅立つのですか？」と尋ねると、メルキアまで早く着く独自ルートがあるからと言われた。何だそれはと思ったけれど、クラウス殿下も何も言わないからそこは敢《あ》えてツッコまないようにした。

そもそもアルヴィス王子をこの国に手引きしたのは殿下らしいし。

アルヴィス王子は「取り逃がした精霊に、とどめを刺しに来た」と言っていたけれど『精霊を宿せる器』であるアイラさんを獲得しているあたり、実に抜け目ない。この国に来たのは精霊殺しという名目だけなのか、それともアイラさんを連れ帰ることも元から含まれていたのか私には分からない。

メルキアは生活に取り入れられる独特な魔導具生産に力を入れていると思っていたけど、きっと本命は軍事魔導具のほうで生活用の魔導具は副産物なのだろう。

(本音の見えない国という印象だけど、国と国同士なんてそんな物なのでしょうね。敵には回したくないからクラウス殿下には今後も是非アルヴィス王子と仲良くしていただこう)

アルヴィス王子とアイラさんを見送った後、殿下の腕の袖を両手でキュッと掴む。

「クラウス様、この国もいずれ身分問わず自分の学びたい分野が学べるような国にしたいですね」

今日いろいろとお話しして、本来のアイラさんと学友になってみたかったと思い、そんな風景を少し想像してしまった。

そんな私にクラウス殿下は「努力する」と言って下さいました。

◇

小さな男の子と女の子、揃《そろ》いで黒猫の仮装をした二人の姉弟が母親に連れられ、祭りで賑わう町を歩いていた。はしゃいだ男の子が繋《つな》いでいた母親の手を放し、走り出す。

走っては危ないと母親が注意しようとした瞬間、男の子は勢い余って転倒してしまった。

「あっ」

「大丈夫!? 怪我は?」

「痛くない……痛くないし血出てないよ?」

半ズボンを着用した男の子が、ざらついた石畳を膝小僧剥《む》き出《だ》しの状態で転んだのだから傷ができていないはずがない。

しかし母親が屈《かが》んで息子の脚を確認してみても、怪我どころか擦り傷すらついていなかった。

「あら、ほんと……不思議ねぇ?」

不思議そうに首をかしげる母親と弟に姉が笑顔で言う。

「あのね、この国のお祭りの日は人間に紛れて精霊がいるって言われているんだよ。この前お隣のお姉さんに教えてもらったの」

「じゃあ精霊様が助けてくれたんだ」

「きっと精霊様だよっ」

子供達はたった今、目の前で起きた奇跡に瞳を輝かせた。

きっとこの人混みに精霊が紛れ少年を助けたのだと、行き交う周りの人々を見渡す。

しかし人々は仮装をしているのに加え、祭りの間は旅行客も多く、誰が精霊なのか見た目だけでは判断できなかった。

ローゼンシア建国の祭りでは人々は仮装をして楽しみ建国を祝う。

もしかしたら仮装をした人々の中に精霊が紛れているかもしれない。

◇

町のお祭りから帰った後、クラウス殿下から「僕はやることがあるから、ゆっくり休んでいて」と言われた通りお言葉に甘えて先に休ませていただくことにした。

祭りを堪能した後とあって、適度な疲労のお陰かすぐに眠りにつくことができた。

——はずだったけれど、夜中にふと目が覚めた私は、隣を確認する。隣では一定の距離を保ったクラウス殿下が眠っていた。思わず殿下の寝顔が見たくなって至近距離まで近づき、顔を覗き込む。

相変わらず憎らしいほど整った顔を眺める。

青い宝石のような瞳も好きだけど、寝顔を見るのも好き。

カーテンの隙間から差し込む月明かりに照らされ、瞼《まぶた》が閉じられたその美貌はより神秘的に感じられた。

(たまには私からもいいよね)

軽く口付けてみた。起こしたら悪いので直ぐに唇を離す。

満足した私はクラウス殿下の胸に頬を擦り付け、温《ぬく》もりと香りを堪能しながら瞼を閉じ眠りについた。

「……っん」

息苦しさを感じて、思わず目を開けると眼前にはクラウス殿下の顔。

互いの唇が合わさり、自分の口の中に殿下の舌が捻《ね》じ込《こ》まれる。

「んむっ!?」

舌を絡めて口内を激しく舌で蹂躙《じゅうりん》される。

(何これ……!?　これってキスなの??)

クラウス殿下が一旦唇を離し、興奮気味に囁く。

「セシリアのほうから僕を求めてくれるなんて……嬉《うれ》しいっ……」

(求める……?　求めるって何?　まさかさっき私からキスした時起きていたの!?)

「はぁ……自分を抑えられないっ……」

そして再びクラウス殿下は私の唇を貪り始めた。

(抑えられていたこと何てあったか!?)

息切れするほど長く唇を貪られ、ようやく解放された——と安堵《あんど》したのも束の間、彼はシーツをめくって物凄《ものすご》い早業で私の寝衣をズリ下げ、そして私の胸を露出させてきたのでした。

……っておい！

また変な早業を習得されたようで、勢いよく下げられた寝衣から溢《こぼ》れ出た胸をじっくり至近距離で観察してくる。

胸の重みを確かめるように掌《てのひら》に乗せてみたり、先端を指で軽くつついたり、こねくり回したり摘まんだりと、興味津々といったご様子。

(は……恥ずかしくて死にそうに……まって、触るのは許可してなくない？　確かに自分から口付けしたけど……)

胸には興味がないのかと思っていたが、今思うと胸の場合は制服やドレスを脱がせたり着せたりする手間がかかるから、避けていただけではと邪推してしまう。

そして胸を鷲掴《わしづか》みにすると、揉《も》みしだきながら指で先端を刺激し始めた。

「んっ……」

(コイツ……とうとう開き直った……!?)

好き勝手欲望のまま揉みしだき、突起を散々弄《もてあそ》ばれる。徐々に固く尖《とが》った敏感な先端が舌で転がされて、深く吸われた。

私を起こさないようにという配慮は一切感じられない。まぁ今までも完全に起きていたけども。

さりげなく肘で殿下の頭を押しのけようとしてみたが……ビクともしない。

夢中でむしゃぶりついてくる。

「もっと良くしてあげるね？」

ようやく胸から顔を離した彼は、私のスカートの中に手を差し込み、そしてショーツに手が掛けられる。

ゆっくり焦らすようにショーツが脱がされていく。

いつもは素早く抜き去っていくのに、ゆっくり下げられるのは、いつもよりも大分恥ずかしい。

(職人のクセにー！)

広げてこようとするので、脚に力を込めて細《ささ》やかな抵抗をするも、簡単に開かれてしまった。

脚を思い切り開かされ、羞恥に固く目を閉じる。

「とっても綺麗だ……沢山可愛がってあげるね」

(やーめーてー！)

生暖かい物が秘部に触れ、驚きのあまり目を開けて確認すれば、脚の間に金色の頭が埋もれている。

(何か触れてる……舐めてるの!?　前に舐めるとか言っていたけれど本当に舐めてる……？　嘘《うそ》でしょ!?)

襞《ひだ》を指で左右に広げ、舌で割れ目をなぞるように舐め上げられる。じゅるじゅるとわざとらしく、はしたない音が立てられた。音が部屋に響き渡っている。

「あっ……ふぁ……っ」

舌が這いずり回り、声が抑えられなくて堪らず漏れ出てしまう。

「こんなにいっぱい溢《あふ》れさせて……」

「ひっ……!?」

あまりの快楽に腰が浮きそうになったが両手でガッチリと押さえ込まれ、秘部に吸い付かれた。

蕾《つぼみ》を優しく深く吸われ、信じられない快楽の波が押し寄せると頭が真っ白に弾《はじ》けた。

「イっちゃった……？　舌でイクなんて可愛い……」

（……イクってさっきの……？）

初めての絶頂とあまりの快楽に、私の身体はぐったりとなっていた。

クラウス殿下はそんな私の身体に跨《また》がり、左右の胸を両手で真ん中に寄せ、間に自身の陰茎を挟み込んだ。陰茎は既にそそり立ち、先端は透明に光っている。

（うぅ……頭がボーッとしている間に……何か胸が変な使われ方してる……）

殿下は腰を揺らしながら胸に挟んだ陰茎を刺激し始めた。

「あぁ……いい……凄く気持ちいい……」

僅かに目を開け視線を向けてみると、陰茎が胸に挟まれ、胸の間から先端が出たり引っ込んだりするのを真正面から確認してしまい、まるで見せつけられている気分になっていた。

（凄い……光景です……）

更に腰が激しく突き動かされる。

「僕もイきそう……セシリア……セシリアの可愛いお顔にたっぷりかけてあげるね……っ」

「!?」

……かけるって最後に出しているアレ……？

……あの白濁液を私の顔にかけるっていうの……？

冗談でしょ!?

「全部かけてあげるね」

（!?　……あ、あげるって何よ!?　いらんわっ）

霧がかかっていたはずの頭が、殿下の有り難くない発言に覚醒した。

しかし彼は顔の目の前で、顔に向かって自身の陰茎を高速で扱《しご》き始めた。

（そんなモノ顔に近づけないで！　顔に向けてこないで！）

「セシリア……っ」

顔を密かに背けようとした……が、左手で阻止され正面に戻され、固定される。に、逃げられない。

（無理！）

叫びたい！

でも今叫んで口を開いてしまったら口の中にまで精を注ぎこまれてしまう。

それも嫌だ。顔にかけられるのも嫌だけど、口に注がれるのはもっと嫌だ！

口を固く閉ざしてせめて被害を最小限に抑えなくては。

「イクッ」

「～～～!!」

熱いドロリとした白濁液が顔に勢いよくかけられる。

少しして、もう終わってくれたかと半目で確認したら一滴残らずかけようというのか、まだ搾るように顔に残りをかけてくる。……口の上にも大量に。

（いっ息がっ……）

口の中に入らないように唇を固く閉ざして必死に鼻呼吸をする。しかもなんだか青臭い……。

普段口呼吸ってわけではないけれど、意識して鼻で呼吸しようとすると何か苦しい……っ。

（息がぁ……許さんっ）

早くどうにかしてほしいのに、殿下は私の顔をじっくりと観察中だった。

「うわぁ……凄くいやらしい……セシリアの可愛い顔が僕ので……穢《けが》されちゃって」

絶対許さん。

その後殿下はちゃんと清潔な布を濡《ぬ》らし、私の顔に自ら出した子種を自主的に丁寧に拭き取って、綺麗にして下さいました。寝衣も整えて、優しく私の頭を撫でながら蕩けるような甘い囁きを落として。

「いい子だね、僕の可愛いセシリア。愛しているよ」

そうおっしゃると、眠っている私の唇に優しく口付けして下さり、それはまるで『眠り姫と王子様』という夢のような場面を再現なさったのです。

そして再び私の隣でお休みになられました。

絶対許さん!!

そうだ、私に新たな設定を追加しよう。

『たまに滅茶苦茶寝相悪い』

よし、これでいこう。

(せーの!)

「ゴフッ!?」

寝返りのフリをして、思いっきり殿下の顔面にグーパンを叩《たた》きこんでやった。

◇

昨日の夜はちょっと自分から口付けしてみただけなのにあそこまでされるなんて、変態怖い。

起床すると朝から輝かんばかりの微笑みで「おはよう」と声を掛けてくるクラウス殿下。寝起きとは思えない程の輝きっぷりである。変態なのは揺るがない事実だけれど、同時に爽やか完璧王子であることは認めざるを得ない。

朝の支度を終えると、朝食の時間となった。

テーブルにはお茶や焼き立てのパンが並べられていく。

朝食の席では、いつも通り甲斐甲斐《かいがい》しく殿下が果物やパンを取り分けてくれる。

私は殿下と目線を合わさずに「どうも」とボソリと呟き、侍女が淹《い》れてくれたモーニングティーを頂く。

そんな私の態度に疑問を持ったクラウス殿下は、近くで控えているアンに尋ねる。

「ねぇアン、セシリアはもしかして機嫌が悪かったりするのかな？」

「今日は侯爵家の屋敷に帰る日ですから、クラウス殿下と離れるのが寂しくて拗《す》ねていらっしゃるのですわ」

「そうだったのかっ、実はそんな気がしていたんだ」

（お前らの目は節穴か！）

見当違いな二人の会話を無視してカトラリーを持つことなく紅茶だけ口にする。

「よし、じゃあ今日は存分に甘やかしてあげたいから朝食は僕が食べさせてあげよう」

そう言って蜂蜜がかかったヨーグルトの器を手に取り、スプーンで掬《すく》って私の口元に近づけてきた。

「じ、自分で食べられますっ」

そんなやり取りを王太子宮の侍女達が生暖かい目で見守ってくる。

しかし抵抗虚《むな》しくスプーンで掬ったヨーグルトをほぼ強制的に口の中に突っ込まれた。

（無理矢理口に突っ込んでくるから、ちょっと口の端に付いちゃったじゃない⁉）

その時殿下の目が少し見開かれピタリと止まった。

「？」

どうかしたのかと上目遣いで覗き込む。

「！」

「クラウス殿下……？」

「ごめん……何か昨日を思い出しちゃって……」

「昨日？」

「も……もっと食べさせてあげよう、僕の手で………」

（昨日って寝る前のアレか！　顔に大量にかけてきたやつ！　食べてる時に思い出させるな気分悪い！）

「さあ、食べさせてあげよう、こっちにおいで」

（怖いっ、目が笑ってない！　変態をオープンにするな！）

さっさとナプキンで口元を拭いている私の隣で、アンが首を傾げて訝《いぶか》しむ。

「昨日？　昨日何かを手ずから食べさせていただいたのですか？」

触れられたくない部分をアンが触れてきたので、私は平静を保ちつつ内心では狼狽していた。

狼狽してチラリと殿下のほうを見ると……。

(怖っ！　まだ瞬《まばた》きせず真顔で口元凝視してくる!?　本当何なのこの変態!?)

「お嬢様は照れていらっしゃるのですよ」

「そっか、照れているんだね」

(二人纏めて節穴がぁぁぁぁぁぁ！)

結局観念して殿下の手ずから朝食を食べさせてもらう羽目となる。

以降優雅な所作で卵料理を切り分け、私の口元に運んでくれる彼は、朝食の間中変態の片鱗《へんりん》など微塵《みじん》も見せることはなかった……。


侍女達が荷物を纏めたり、御者が馬車を用意している間、私とクラウス殿下は庭園の東屋《あずまや》でお茶を飲みながら、薔薇《ばら》の砂糖漬けを摘まんでいた。

庭には季節の花々が見事に咲き誇っている。

「今日でセシリアが帰ってしまうなんて寂しいな」

「学院で毎日のように会えますわ」

それどころか殿下は用事がない限り、登校する際も欠かさず迎えに来てくれる。

「だって一週間以上ずっと一緒という夢のような期間の後だから、名残惜しくて堪らないよ。セシリアは僕と離れていても平気なのかな？　僕はこんなに寂しいのに」

「時間があれば休みの日も会いに来て下さるのでしょう」

「勿論。会いに行くし町にも連れて行く。執務が片付いていたらだけど」

「分かっておりますわ、お仕事を優先なさって下さい」

いずれ結婚したらこの王太子宮で私も一緒に暮らすことになる。

私が微笑みながらクラウス殿下の頬に手を添える。すると彼は私の手を取って、指をしゃぶり始め
――グーパンをお見舞いして止めさせた。

外では止めろ。

正式に婚約が決まって八年程経《た》つが、クラウス殿下が変態だと最近まで気付かなかった。

今までずっと理想の王子様だと思っていたのに騙《だま》された……。

馬車の準備が整い、侯爵家へと帰宅する時間となった。

用意された馬車に、殿下にエスコートされて乗る。

意外なことに、今日は珍しく殿下は私の隣に腰を下ろした。

「セシリアを好きすぎて我慢できなくなるから、いつもは対面で座っているのだけれど」

「そうなのですか？」

(変態が発覚するまでは節度のある関係だと思っていたけれどそういう理由？)

確かに普段は理想の王子様なのに一度変態のスイッチが入ると、とんでもない事態になる。

「でも今日は隣にいさせてほしい」

そう言って甘く微笑みながら、私の手に自身の掌《てのひら》を重ねた。

馬車が門を潜《くぐ》り、侯爵家の敷地に入る。

馬車が停《と》められ、扉が開かれると、クラウス殿下の手を取って馬車から降りたった。屋敷の前には使用人達が総出で出迎えてくれている。

「本当は唇にしたいけど、抑えられなくなっちゃうから」

ふいに殿下から耳元で囁かれ、ビクリと体を反応させてしまった。

次の瞬間使用人皆が見守っている中、頬を真っ赤に染めながら固まっている私の手の甲に、口付けが落とされる。

(皆が見てるんですけど!?)

顔から火が出そうになりながら、どうすることもできずにクラウス殿下を見つめ続けた。ようやく私の手の甲から唇が離れる。彼は顔を上げると、サファイアの双眸に私を映しながら微笑んだ。

それは思わず見惚《みと》れてしまうほど美しくて甘い微笑み。

変態のくせに、普段は理想の王子様だなんて本当にズルい。

●放課後の教室で眠り姫

学院の放課後、私は殿下のお手伝いで生徒会の事務処理の仕事をしていた。

私は生徒会に入っていないけれど、最近は建国祭などで忙しかった代わりに、お妃《きさき》教育はお休みを頂けているから時間はある。

(クラウス殿下遅いなぁ……)

誰もいない静かな教室、穏やかな放課後。

クラウス殿下を待ち侘《わ》びながらついウトウトしてしまい、そのまま眠ってしまった。

教室の机の上に身体を伏せながら眠ってしまっていると、脚の間に何だかモゾモゾと奇妙な感覚がして、不快感が全身を駆け巡る。

(痴漢!?)

恐る恐る机の下の足元を確認してみる。

すると金色の頭が脚の間に蠢《うごめ》いていた。

(ああ、痴漢の婚約者だわ)

他の男ではなかったので、そこは安心したが安定の婚約者の奇行に呆《あき》れてしまった。

「はぁっ……はぁ……久々のセシリアの太腿《ふともも》……美味《おい》しいっ毎日舐《な》めたいのに……」

婚約者は学院生活へと戻っても相変わらずの変態っぷりだった。現在も私がうたた寝をして油断した途端、太腿を舐め回していたようだ。

(学院では止《や》めろ！　扉に鍵はかけたのでしょうね⁉)

教室の扉を一瞥《いちべつ》する。

こういうことには抜かりない、と思っているしそう信じたい。

鍵をかけたから良いという問題ではないけれど……。こんな所当然誰かに見られるわけにはいかない。

しかし音もなく教室に入り、音もなく鍵をかけ、音もなく近付いて脚の間に潜り込む変態殿下を想像するとそれはそれでゾッとした。

そんな私の心境も知らないであろう殿下はまだ夢中で脚を舐め回している――次の瞬間奇妙な一言が彼から発せられる。

「キスしようね」

そう呟《つぶや》いて私が寝ている机を少しずらして、片手で脚を開かせてからもう片方の手で下着をずらす。

そしてずらした下着の間から秘部に口付けをしてきた。

「‼」

スパーーン‼

驚きのあまり、咄嗟《とっさ》に股に突っ込んでいる金色の頭をはたいてしまった。

もう目を開いて殿下の頭を叩《たた》くとか、どこからどう見ても起きているのだが……しかも机をずらしてくれたお陰でとても叩きやすかった。

それでも頭を叩かれた当人は特に気にした様子もなく、秘部に口付けしたまま舌を動かし、ぴちゃぴちゃと音を立てながら舐め始めた。

（はたかれたことに気付いてない⁉　いえ、そんなわけあるはずが、結構いい音したし……コラッ！　舐めるな、やめろっ）

「ぁっ……ちょっと……！」

「……蜜が溢《あふ》れてきた……セシリアは相変わらずいやらしくて可愛《かわい》いね……全部舐め取って上げるから沢山出して……そう、いい子だね、いやらしいよ」

舌が這《は》い回す強烈な感覚に身を捩《よじ》って逃れようとするも、椅子《いす》に座ったままの私の腰はガッチリ掴《つか》まれ、逃げることが叶《かな》わない。

「ああ、こんなに喜んでくれるなんてっ、セシリアは僕にココを舐められて可愛がられるのが大好きだからなぁっっ」

（恥ずかしいしやかましいし腹が立つ！）

ゴンッ！

頭をグーで殴ってみた。強めに。

（いつ舐められるのが好きだと言った⁉）

だが殴られてなどいなかったかのように無反応で、ひたすらそのまま秘部を舐めてくる。

むしろ舌の動きが加速している気すらする。

（な、殴られても無反応⁉　……あぁ、もう無理ぃ！）

「あぁ……もう……だめっ……しつこいっ」

身を捩り、声が抑えられなくなってきた。

もうこれ以上快楽を与えられるのは耐えられない。

耐えられないのについに舌で花弁《はなびら》が割られ、舌が内部へと挿入されはじめた。

内部を探るような動きに、腰が溶けてしまいそう。

「あぁぁっ……！」

頭が真っ白になり、あまりの快楽に体を反らせて大きく反応してしまった。

「中でいくなんて、なんて淫乱で可愛いんだ僕のセシリアはっ！　上手にイケたね、愛してるよ僕のセシリア」

腰にしがみつきながら腿に顔を擦《こす》り付け、興奮気味かつ幸せそうに囁《ささや》いてくる姿がとても腹立たしい。

（一語一句全て腹立つ……ぶっ飛ばしたい……）

もう一度殴りたいけれどそのような気力も体力も既になかった。

（善意で放課後残ってまで生徒会の仕事を手伝ってあげたというのにこの仕打ち……）

変態からの過剰な変態行為を受け、私は疲労によりそのまま机に突っ伏していた。

殿下はそんな私の隣に椅子を持ってきて、優しく愛《いと》おしそうに頭を撫《な》でたり髪を梳《す》いたりしてくる。

そういえば身体を貪るようになってきてから、殿下から下着を盗《と》られなくなった。

身体を好きにできたら下着は必要なくなった？　そもそも身体を舐めるのも触るのも許可した覚えはないのだけれど？

下着好きの変態だと思っていたけれど、特に下着に執着しているわけではなかったということ？

変態には違いないけれど、特別下着好きというわけでもないのに私は下着を盗られていたのだとしたら、それはそれで納得がいかない。

長年の付き合いだったはずが、最近さっぱり自分の婚約者であるこの変態王子がよく分からなくなってしまった。

(どちらにしろ、取《と》り敢《あ》えず変態滅ぶべし)

まだ机に伏せて起き上がる気配のない私に、クラウス殿下の優しい声が落ちてくる。

「ねぇ、セシリア。そろそろ起きないと帰りが遅くなってしまうよ？」

(誰のせいでこうなっていると……)

また怒りがふつふつと湧いてくる。

「クラウス殿下……」

「あ、起きた？」

身体を起こし、ギロリと睨《にら》む私に対し殿下は、にこにこと爽やかに微笑《ほほえ》んでいらっしゃる。

殿下の麗《うるわ》しい微笑みは大好きだけど、今は逆にその笑顔は非常に腹が立つ。

「私、帰る前にお花を摘みに言って参りますわ」

脚が涎《よだれ》でベトベトしていて気持ちが悪いから。

立ち上がって殿下の顔を見ずに、にべもなく告げると私は教室を出て行こうとする。

「えっ……！　そ、そうか、もし……」

「？」

「物足りなかったら遠慮なく言ってほしい、いくらでもしてあげ……ゴフッ!?」

殿下の麗しい顔面に、教科書やら辞書やらが入った重めの鞄《かばん》を叩き込んでやった。

（ナニを想像して勘違いしているのよ!?　お前が舐め回してきて涎で気持ちが悪いから洗って拭いてくるだけだわ滅びろ！）

私は振り返ること無く化粧室へ向かった。

化粧室で足を拭いていると誰かが入ってきた。

真《ま》っ直《す》ぐな銀色の髪の美女、この国の筆頭貴族であるバートリー公爵家のご令嬢、レオノーラ・バートリーだった。

そんな公爵家のお嬢様には、水で濡《ぬ》らした脚をハンカチで拭いている奇妙な姿など見られたくはなかった。

レオノーラさんはそんな私を見るなり眉を顰《ひそ》めて口を開く。

「あらあらセシリアさん、貴女《あなた》一体何をなさっていますの？」

放っておいてほしいけど、話し掛けられた以上無視することはできない。仕方がないから、相手をして差し上げないと。

私は悠然と微笑んで見せた。

「少し汚れてしまいましたの（訳：ド変態の婚約者に舐め回されましたの）」

「まぁ、大変。もしかして泥遊びでもなさいましたの？」

「泥ではございませんわ（訳：ヨダレですわ）」

「貴女がその様子ですと、クラウス様も心配なさっているのではなくて？」

「大丈夫ですわ、でもクラウス殿下はいつも私を気に掛けて下さる優しい方ですから（訳：いえ、犯人ソイツなんですけど？）」

「クラウス様はお優しくて寛大な方ですから良かったですね」

「そうですわね（訳：だがド変態だ）」

チクチクと刺してくる嫌味を全て撥《は》ね除《の》け、毅然《きぜん》とした態度でこの場をやり過ごす。

いかにも高位貴族のご令嬢といったレオノーラさんには、昔から好かれていないと自覚していた。

だからできるだけ隙を見せたくはなかったのだが、改めて嫌われているのだと察してしまった。

これ以上会話を重ねたくなくてそそくさと化粧室を後にし、私を待つ殿下の元へと戻った。

「お待たせ致しました。帰りましょう殿下？」

◇

私は名門バートリー公爵家に生まれ、王太子であるクラウス様とは同い年。

幼少の頃からクラウス様は誰よりも美しく聡明《そうめい》で、同年代の貴族令息達に比べて随分と大人びていて、すぐに好きになってしまった。

そんなクラウス様には私が家柄、教養含め婚約者に最も相応《ふさわ》しいと両親のみならず私も自負していたし、きっと誰もがそう思っていた。

それなのに、正式な婚約者に決まったのはあの野生児セシリア。婚約者候補の中で一番有り得ないと言われていたのに。

昔はセシリアに眉を顰《ひそ》めていた他の貴族達も今では「クラウス殿下とセシリア様はとても仲睦《むつ》まじくお似合い」だの「セシリア嬢は美しく淑女としても王太子妃としても申し分ない」など掌《てのひら》を返し

たように褒め称《たた》える。

どうしてセシリアが野生児だった過去を皆は忘れているの？　私は決して忘れない。

未来の王太子妃に媚《こ》びへつらっているのだろう。ここは、欺瞞《ぎまん》に満ちた貴族社会だもの。

セシリアさえいなければきっと私レオノーラ・バートリーが王太子妃になれるはずだったのに。

ある日のバートリー公爵家で開かれた夜会に、クラウス様とセシリアが入場して来た。互いの色を身に纏《まと》って歩く二人は確かにとてもお似合いで、特に若いご令嬢達はクラウス様にエスコートされるセシリアの姿に感嘆の息を漏らした。

長年の婚約者同士ということもあり、ダンスさえも息がぴったりで、中央で優雅に踊る二人の姿はそこだけ光が溢れているかのようだった。

クラウス様と微笑み合いながら煌《きら》びやかなドレスの裾を翻《ひるがえ》し、妃教育で身につけた洗練された身のこなしも相まって、踊る姿はとても美しい。この華やかな会場の中にあっても決して埋もれることはない。

認めたくはないが、クラウス様の隣にいてもセシリアは霞《かす》むことのない輝きを放っていた。

そんな中、主催の娘である私はセカンドダンスをクラウス様にお願いしに行った。

「クラウス様、次は私と踊っていただけますか？」

私が尋ねるとクラウス様がセシリアに確認するように視線を送る。

「どうぞ、私は飲み物を取って参りますわ」

セシリアはにべもなく告げると、踵《きびす》を返してすぐに離れて行ってしまった。

かつての野生児っぷりは鳴りを潜めた代わりに、随分淡白になったように感じる。

「何だか希薄ですわね」

クラウス様を見ると去っていくセシリアの背中を見つめポツリと零《こぼ》した。

「そうでもないよ、たまには引き止めてもらえたら嬉《うれ》しいのも本音だけど」

気になって眺めていると、私のお兄様がセシリアに声をかけ、ダンスに誘った。

故意ではないのだが、兄妹で恋人同士を引き離してしまった。

お兄様に手を引かれるセシリアを遠目に見守っていたクラウス様が一瞬身を乗り出し、二人の元に歩き出しそうになる。

(どうしてそんなお顔をなさるのクラウス様?)

しかし、すぐに何事も無かったかのようにクラウス様は私の顔を見て微笑んで下さった。

真《ま》っ直《す》ぐ私のほうを見て向けて下さる笑顔はとても綺麗《きれい》で完璧だった。

(クラウス様、どうして私では駄目だったの?)

せめてこの短い時間だけは夢を見ていたい。

◇

「い、いやーたすけてー」

ローゼンシア国の貴族間では、宮廷や邸宅などのサロン内に、様々な趣味の社交場が開かれている。

そしてこの学院内にもサロンにて絵画や楽器演奏など、同じ趣味を持つ生徒達の小さな集まりが存在する。

その中の一つ、女子生徒のみで開かれている演劇サロンに助っ人《すけと》として本日、セシリアは初めて参加していた。

囚《とら》われのお姫様役の令嬢が体調を崩してしまい一週間程欠席予定らしく、セシリアが代役を頼まれたのだった。

しかも「お姫様役としてセシリア様ほどピッタリな嵌《は》まり役はいない」とまで言われながら懇願されてしまった。たまには学院の社交場であるサロンに顔を出して、同年代の令嬢と交流を深めるのも必要だと思い参加を決意。

囚われのお姫様役は台詞《せりふ》が少ないということもあり、演劇初心者のセシリアでも比較的難易度が低い役らしく安心、かのように思われた――。

「た、タスケテー」

セシリアはど素人《しろうと》が見ても、酷《ひど》すぎる大根演技を披露していた。

制服の上から縄でグルグル巻きにされているセシリアは、棒読みでひたすら助けを乞うている。

「姫、この私が助けに来たからにはもう大丈夫です」

男子生徒の制服に身を包み、濃い茶髪の髪を一つに束ねた男装の麗人、ライラが演じる王子が助けに来た。

このためだけに男子用の制服を用意したらしい。ちなみにライラは女子生徒でありながらご令嬢にかなり人気がある。

「ふれでりっくさまー」

「助けが来ようとこの姫は助からない。姫は見せしめとして魔法でカエルにしてから、この鍋で揚げ物にしてやる！」

魔女のトンガリ帽子と制服の上から黒いマントを身に纏った魔女役の令嬢が叫んだ。

「お前は性格が悪いと有名な東の魔女！　姫から離れるんだ！」

「い、いやータスケテーフレデリックサマー」

二人の迫真の演技に棒演技でセシリアは、ひたすら応え続けた。本人は決してふざけているわけではなく至極真面目なのである。

侯爵令嬢であり、王太子の婚約者のセシリアには非常にツッコみ辛《づら》く、その場の全員が困惑していた。何でも器用にこなしていると思われがちなセシリアのこの大根っぷりは皆の誤算だったのだ。

奇妙な空気に包まれたサロン内で場を取り仕切るレオノーラ・バートリー公爵令嬢が口を開く。

「セシリアさん？　次期王太子妃のセシリアさんと致しましては、私どものサロンがお遊びのように思われているのかもしれませんが、サロンは立派な社交の場。そして皆は日々とても真剣に演劇へと取り組んでおりますのよ？　ふざけられては困りますわ」

自分の酷い演技に気付いていないセシリアは、レオノーラからの苦言に目を丸くする。

縛られて床に座り込むセシリアに対し、向こうは無駄に豪華な椅子へと優雅に腰かけて、余裕たっぷりの笑みを浮かべながら見下ろしてくる。

何でも、間近でセシリアの演技を指導するとの名目で。

セシリアは女王様の足元に跪《ひざまず》く哀れな罪人の気分となっていた。

（え？　こっちだって頼まれたからこんなにも真剣にやっているのに何その言いがかり？）

比較的平和なこの学院では、今のところあまり争いや目立った派閥は存在しない。

公爵家の令嬢と王太子の婚約者であるセシリアとの、この最も地位の高いとされる二人、どちらかを擁護してしまっては、いよいよ最大派閥が出来上がってしまうのではないか。

そう思案すると、皆が安易に動けない状況になってしまった。

今までセシリアとレオノーラが特段仲が良いとか悪いとかの噂《うわさ》は聞かなかったのである。

突如このサロンが学院の平穏を握る鍵となった。

今後の関係に禍根を残さないよう、固唾《かたず》を呑《の》んで見守るしかない。

はっきり言って、この場に限ってはなかなか迷惑な二人となっていた。

そんな中、二人と同じクラスのマーガレット・ウィッカム伯爵令嬢が天使のような微笑みでセシリアに優しく助言し始める。

「セシリア様、演技をなさった経験がないのは仕方がないですわ。そうですね、今まで生きてきた中で一番怖かった出来事を思い出してみましょう」

「怖かったこと?」

「そうですわ、何でもいいのです。虫やネズミや、小さい頃怒られたことでも」

(怖かった出来事……)

マーガレット嬢の指導通り咄嗟に記憶を探る。自分の身に降りかかった、できるだけ衝撃的で怖かった出来事……。

(怖かったこと、怖かったこと……)

「イヤァァァァァァァァァァ!! 助けてぇぇぇぇぇぇぇ!!!(婚約者がとんでもないド変態だった助けて!!!)」

それは魂の悲鳴だった。

もはや演技ではなく真なる心の叫びなのだが。そんなセシリアの心境など知るはずのないご令嬢達は、迫真の悲鳴に歓声を上げ湧いた。

「素晴らしい！　素晴らしいですわセシリア様！」

「何て迫真の演技力なの⁉　少し助言を受けただけでもう女優宛《さなが》らの演技を習得なさるなんて！　なんて素晴らしい才能なのかしら！」

「演技までおできになられるなんて……本当に心の底から助けを求めているみたいでしたわ」

「私、感動してしまいましたわっ」

「私なんて鳥肌が！」

「流石《さすが》セシリア様ですわ！」

状況は一変し、絶賛の嵐となった。

（あれ？　滅茶苦茶褒められてる？　やった！　変態もたまには役に立つものね。観劇へはクラウス殿下に連れて行ってもらっているからプロの演技も見ているし、それ以前に素質も元々備わっていたのかもしれないわ！）

褒められるのは素直に嬉しい。

レオノーラを一瞥すると、無言でこちらを見つめてくる。表情だけでは何を考えているか読み取れなかった。

和やかな空気へと一変した、令嬢ばかりの空間に男性の涼やかな美声が響く。

「セシリア、迎えに来たけどまだかかりそう？」

「クラウス殿下っ！」

令嬢達が色めき立った。

この中の多くはセシリアやクラウスとは別クラスであり、学年が違う者も多い。それ故に間近で見ることが叶った自国の美しい王子に感激していた。

「後はミーティングの時間ですので、セシリア様はお帰りいただいて大丈夫ですわ。セシリア様、無理言って私共の練習に付き合って下さりありがとうございました。大変助かりましたわ。長くセシリア様をお借りしてしまって申し訳ありませんでした」

マーガレットが頭を下げる。

元々このサロンにセシリアを誘ったのもマーガレットだ。

「では、この縄は解いてもいいんだね？」

そう確認するなり、クラウスは優雅な足取りでセシリアに歩み寄ると、目の前に片膝を立ててしゃがんだ。隙のない所作で、セシリアに巻かれた縄を解いていく姿は、囚われの姫を助けに来た王子様そのもの。

姫を助ける美しき金髪の王子の姿に、セシリア含む全員が頬を赤く染めて釘付《くぎづ》けとなってしまった。

皆が魅入られている中、ガタンッと大きな音が立てられ、室内の静寂を破る。

それはレオノーラが椅子から立ち上がった音だった。

一瞬そちらに気を取られたが、レオノーラが足早に立ち去ってしまったのと同時に、クラウスの声が落ちてくる。セシリアは再び視線を戻す。

「はい、解けたよ」

「ありがとうございます」

クラウスが形の整った唇に笑みを浮かべ、手を差し出す。セシリアはその手を取り、立ち上がった。

「ではまた明日」

「ありがとうございましたセシリア様。クラウス殿下、セシリア様、御機嫌よう」

「御機嫌よう」

挨拶を済ませて、サロンを後にする。

扉を殿下が開けてくれたので先に部屋を出る。

静かに扉が閉められ、二人きりの廊下でぽつりと呟きが背後から放たれた。

「……僕が……」

（ん？　何か言った？）

セシリアは振り返ることなく歩みを進め、聞き耳を立てた。

「僕がセシリアを縛りたかったのに、他の人に縛らせるなんて……僕が一番にセシリアを縛りたかったのに……僕より先に縛らせるなんて……酷い……僕が縛りたい……」

（呪いですか!?　一体どんな顔してこれを言ってるの!?　気になるけど振り返りたくないっ。怖すぎる！）

「ねぇ、明日も縛らせるの？」

（まだ何か言ってる……。振り返りたくないけれど、背後を歩かれるのもあまり気分が良くないわっ）

なっている。

「髪が艶々になりましたわ」

「ありがとう」

化粧台の前に座り、今夜も侍女によって丁寧に髪を梳《と》かしてもらっていた。

小さなガラスの香水瓶や特に見栄えのいい化粧品を飾りながら収納し、とても女の子らしい一角となっている。

◇

髪や身体には侍女により既に香油が塗り込まれている。

香油の香りと共に清潔なリネンの香りに包まれたふかふかの布団で、横になってこれから癒やしの時間を存分に満喫できる。

今日は慣れない演劇のサロンでの疲労もあり、このまま早めに就寝すると決めている。寝台に横になって瞼《まぶた》を閉じれば、直ぐにでも夢の世界へと旅立ちそうなほど。

そしてこのまま、朝まで目覚めることなく、ぐっすり眠れる——かのように思えた。

深夜となり、静寂に包まれた真っ暗な部屋の中で意識が現実へ引き戻される。

目が覚めてしまったようだ。

深い夜の闇に包まれ、真っ直ぐに上を見ても天蓋《てんがい》の天井すら確認することは叶わない。

流石に時間を確認しなくても、まだ起きる時間ではないと分かる。

もう一度眠りにつくべく寝返りを打ち、身体の向きを仰向《あおむ》けから今度は横向きに変えてみた。

そして目を閉じようとしたのだが、ふと何かが気になり窓のほうを見やる。

——気のせいか。僅かに気配がしたように感じたのだが、暗い部屋を見渡してもどこもおかしな所はない。目覚めたばかりの時と比べると、大分視界が暗さに慣れてきた。

再び視線をカーテンのほうに戻すと、先程は気付かなかったが、不自然に人一人分くらい膨らんだ箇所があった。見てはいけないと思っているのに目が離せず、そのままソコを凝視してしまう。

次第にゆっくりカーテンが開いていき……ソレと目が合った。

「イヤァァァァァ！！！」

「お、お嬢様？」

大騒ぎしながら部屋を飛び出し、廊下へ出た私の声に気付いた使用人達が訝《いぶか》しみながら集まって来た。

「カーテンが！　窓が！」

「カーテンがどうなさったのですか？」

「なんかいる！　なんかいた！」

動転しすぎて語彙力が不自由になってしまったが、取り敢えず何かいたという事実だけは伝えることができた。

「セシリアあなた、一体今何時だと……」

騒ぎに両親まで出て来た。

特にお母様は呆れ返っている。

私は全体的にはお母様似だけど、お母様のほうが顔立ちがはっきりとしていて、目元も少しキツめの美女。対してお父様は柔和な面立ちの紳士である。

部屋に何かがいたと騒ぎながら主張する私のために、使用人達が小一時間ほど部屋の中を確認してくれたが、部屋からは誰も見つからず、外部から侵入されたような痕跡すらない。

寝ぼけていた故の勘違いではないのかと、お母様に窘《たしな》められたが、だからといって先程の恐怖がおさまるわけもない。部屋で一人になるのは心許《こころもと》なかった。

「部屋の前に警護を固めておくから、安心して休みなさい」

そう言って私を宥《なだ》めてくれるお父様の提案で、今夜は部屋の中に侍女が居てくれることとなり、扉前には護衛を配置して下さった。

「本当にいつまでも騒がしい子ね……」

辟易《へきえき》した様子でお母様は寝室に戻って行った。酷い……。

それでもまだ不安は拭えない。側《そば》にいてくれる侍女がアンと決まった。寝台で横になる私の手を握りながらアンは優しく話しかけてくれる。

「明日クラウス殿下がお迎えに来られたら念のため、この部屋を見ていただきましょう。建国祭でも精霊絡みの騒動がありましたし」

建国祭で起きた精霊絡みの騒動は公には秘されている。

クラウス殿下が魔法陣から召喚した兵器が放った光弾については、アルヴィス殿下が「他の客には建国の日おめでとうの意味を込めた花火だと言っておけばいい」とおっしゃっていたので、そういうことにしておいた。

しかし国の重鎮や、王太子宮に滞在していた使用人には説明していたので、アンは建国祭での出来事を知る数少ない人物となっている。

「ねぇ、アン。今夜はこのベッドで一緒に寝ましょう？」

「あら、甘えているのですか？」

「そうかもしれない。ねぇお願いよ？」

「しょうがないお嬢様ですね」

アンと手を握り合ったまま互いに微笑み合った。


朝になると先に起きたアンが、窓にかかっていたカーテンをタッセルで纏めてくれた。室内が朝の光で満たされる。

「おはようございますお嬢様」

起き上がって顔を洗い、用意していた学院の制服へと手早く着替えさせてくれた。

朝食を済ませると、クラウス殿下が登校のため屋敷に迎えに来て下さる時間となっていた。

クラウス殿下が屋敷を訪れると両親立ち会いのもと、早速私の私部屋に異変はないか確認していただいた。

「う～ん、今は何も感じないけど」

「そうですか……申し訳ございませんでしたクラウス殿下」

クラウス殿下は近年の王族の中でも特に魔力が強く、他の人が見えないような精霊なども視《み》ることができる。

お母君である王妃様と王太后のお祖母様は魔力の強い家柄から選ばれ、殿下はお二人の血を色濃く受け継がれている。

現在この部屋は何も問題ないらしく、殿下が先にエントランスへと向かっている間に、私はアンに手早く身だしなみを整えてもらっていた。

そんな私にまだ部屋に居たお母様が口を開く。

「学院でもクラウス殿下に迷惑をかけてはいけませんよ」

母の言葉に、私は目を丸くした。

(迷惑……？　今朝に限っては一大事だったのだから、仕方がないじゃない。私だって自分なりに必死にお妃教育も頑張ってきたのに。どうしてそんなふうに言われなくてはいけないの？　それに殿下は最近、学院では決して習わないような、私が見たこともない魔術を使って助けてくれたりとても頼りになるもの)

「クラウス殿下はいざとなったら私を守ってくれますし、華奢《きゃしゃ》に見えてなかなか頑丈ですしタフですし、そういえば昔下敷きにしてもピンピンしていましたし。殴ってもケロっとして……」

「セシリア……？」

「……あ……」

不味《まず》い。口が滑ってしまった。

(怖い怖い怖い怖い)

走らないように気を付けつつ、早歩きで部屋から逃げ出したが、お母様も後を追って来る。

何だか怖い！

二人分のヒールの音が廊下に響き渡る。

「いつまで経《た》っても貴女は……。貴女が何かしでかすと、お父様や侯爵家に迷惑が掛かるのですよ」

「わ、分かっています！」

階段を下りてエントランスを目指す。勿論《もちろん》早歩きで！

走らないよう心掛けていたにもかかわらず、クラウス殿下の姿が視界に入った途端自然と無意識に駆け出して胸に飛び込んでしまった。

殿下の胸の中にいると絶対安全なはずなので、そのままましがみつくことにした。

お父様が穏やかな性格な反面、お母様がとても厳しく恐ろしい。

「セシリア、走ってはいけないといつも言っているでしょう」

流石にクラウス殿下から引き離してまで説教してこないだろうと思っていたのに、まだ後ろで注意してくる。

確かに走ってしまった自分も悪いのだが。

「ふ、普段は走らないしちゃんと淑女らしくしています」

（お母様が追いかけて来るからでしょうが！　今の私に説得力がないのは承知してますけど！）

「そうだね」

頭上から、私達親子のやり取りとは対極に穏やかな声が落ちてきた。

見上げると、クラウス殿下のサファイアの双眸《そうぼう》が温かな色を浮かべている。

「外でのセシリアの立ち振る舞いについては、私も心配していないよ。むしろとても信頼している。立派な王太子妃になろうと努力しているセシリアも、元気なセシリアも私はどちらも好きだよ」

朝から溶けそうなほど眩《まぶ》しすぎる、キラキラ王子様スマイルを全身で浴びてしまった。

甘ったるすぎる台詞と共に。

クラウス殿下の微笑みと台詞に、先程までのエントランスの空気は一変し、お見送りに揃《そろ》っていた使用人達も皆絆《ほだ》されてしまったようだ。お母様ももう何も言ってくる気配がない。助かった。

「は、早く行きましょう。遅れてしまいますわ。眩しすぎて溶けそうですっ」

「溶ける？」

だんだん周りの使用人達の生暖かい目に耐えられなくなり、殿下の腕を引っ張って馬車のほうへと歩き出した。

王家の紋章のついた馬車に乗り込む。

馬車が進み始めるとすぐに謝罪の言葉を口にした。

「うぅ……朝からお見苦しい場面を見せてしまい、申し訳ございませんでした。それにお部屋を調べていただいた件も、勘違いだったら申し訳無いです……」

「いや、用心しすぎるに越したことはないよ」

彼は窓の外に視線をやりながら何やら考え事をしているようだった。

真剣な表情が素敵で、つい美しい横顔を眺めていると、ふいに殿下が振り向くから見つめ合う形となった。互いの視線が絡み合う。

今日は隣に座ってくれているから、かなり距離が近く、優しい眼差《まなざ》しに心臓が高鳴る。

「今後も、僅かでも何か違和感があれば勘違いだと決めつけずに、すぐに僕へと報告してほしい。いいね？」

「殿下……」

（ああ、クラウス殿下はちゃんと私のことを考えて下さっている）

殿下の肩に頭をもたれさせると優しくあやすように頭を撫でてくれた。

たったこれだけで随分と心が安堵《あんど》した。優しい私の王子様――。

◇

本日の放課後も演劇サロンにお邪魔して代役を演じ、囚われの姫役として縄で縛られていた。

演劇が終わると、昨日と同じくクラウス殿下が迎えに来て下さり、一緒に帰宅する時間に。

今回は衣装に着替えての練習だったため、囚われの姫役に用意された白いドレスから、制服へと着替える。

着替えを終えた私は、衣装室の外で待ってくれていた殿下に声を掛けた。

「殿下、私鞄を教室のほうに置いていますの」

「では取りに行こうか」

「はい」

二人で一度教室へと戻った。

しかし誰もいない教室に入り鞄を確認すると、困った事態が起きた。

「あら？　私の鞄がない……」

「サロンのほうに置き忘れてはいないかな？」

「そんなはずは……」

サロンや衣装室に置いていると、他の方々の鞄と混ざってしまうと思い、敢えて教室に置いておいたのだが。

顎に手を当てて頭の中の記憶を探る私に殿下が口を開く。

「僕は一旦サロンのほうを確認してくるよ」

「ありがとうございます、私はもう少し教室の中を探してみますね」

殿下の背中を見送り、見えなくなってから再び教室に足を踏み入れる。

「バートリー公爵令嬢、そこで何をしていますの？　クラウス殿下ならもういませんから出て来て下さい」

実は一度教室を出る際に、教卓の下から銀色の頭が見えていることに気付いてしまった。

私が呼びかけると、鞄を抱えたレオノーラさんが教卓の下から出てきた。鞄に付けてあるブローチを見るに私の鞄で間違いはない。

「それ、私の鞄ですよね、返していただけますか？　今返していただければ誰にもこの件は話さないように致しますから。勿論殿下にも」

「何よ、いい子ぶって……」

レオノーラさんは私の鞄を強く握りしめ、忌々しそうに呟いた。

（いい子ぶっているのではなく、騒ぎにするのが面倒なだけですけど）

「その鞄の中には国家機密に値する書類なども入っています。公爵令嬢であるあなたがそれを盗ろうとしたり、少しでも危害を加えますと、バートリー公爵家が王家へ反逆したと疑われてしまいますよ？　家に迷惑をかけたくないのなら、早く返して下さらないかしら」

毅然とした脅しが効いたのか彼女はおずおずと、悄然《しょうぜん》とした表情で鞄を返してきた。

（まあハッタリですが。国家機密の重要物なんて、学院に持ってきて放置しているわけがない）

平常心のままなら察しがつくだろうけれど、悪事が見つかった直後とあって、気が動転しているのだろう。最初からこんな真似をしなければいいのに。

むしろ鞄の中には殿下とお揃いのペンや、町で買っていただいたブレスレットなどが入っていて、その安否のほうが気になる。

「違うのです……本当は鞄でなく、ちょっと貴女の制服をゴミ箱にでも捨ててやろうと思っただけなのです……」

（オイ！　何しょうもない悪役みたいなことしようとしている!?）

「だけって何ですか？　随分と大胆な真似をなさるおつもりだったようで」

「それに」

「それに何ですか？」

「衣装室に置いてあった貴女の制服をこっそり取りに行ったら、そしたら先に……クラウス様がセシリアさんの制服を手にしていて、そして抱きしめて顔を埋《うず》めていたのよ！」

（あのド変態何してやがる！）

何と、私の知らない新しい変態情報をレオノーラさんがお知らせしてきた。

全然嬉しくない。見られてんじゃないわよ！　あの変態！

衣装室に置いていた制服を変態が手にしていたということは、私が今着ている制服に何かしていたというの……？　顔を埋めていただけであることを切に願う。

一瞬「あれ？　匂い嗅がれるのはいいの？　最近変態に染まって感覚麻痺《まひ》してきた？」などと思案

してしまったけれど、それ以上の何かをされていたらと想像するほうが恐ろしい。

普段は殿下をとても信頼しているけれど、変態要素に限ってはこれっぽっちも信用できないのだ。

しかもしれっと迎えに来て、さっきまで何食わぬ顔で隣に居たというのだから呆れを通り越して感心してしまう。

頭がクラクラしてきた。

(なるほどね、制服をゴミ箱に捨てようと思ったら先にド変態の殿下が私の制服に顔を埋めていたと。それで標的を変更して鞄に向かったと……オイオイ！　それにしても私の鞄を捨てようとしたのと何の関係が？　さっぱり理解が追い付かないわ)

「そ、そうですか……一体クラウス殿下ったらどうなさったのかしら？　普段そんなことは絶対になさらないのに。決して」

「好きな人の服に顔を埋めるのは、別に変なことではないと思うわ」

(はい？)

思わぬ返答だった。

「そうでしょうか？　よく分かりませんね」

「貴女には分からないでしょうね」

「分からないですね」

確かに私も殿下の香りは好きだけど、何故それが衣服など身につけている物の残り香に向くのかさっぱり分からない。

直接本人にくっついたほうが、香りも温《ぬく》もりも同時に得られるから幸せじゃない？

殿下に抱きしめられるのは至福のひと時だけど。

(はっ、まさかレオノーラさんも変態なのかしら?)

そう思案していると、レオノーラさんが冷ややかに言葉で遮ってくる。

「貴女みたいな元野生児には分からないでしょうねっ」

唐突に黒歴史を持ち出され、私は言葉に窮《きゅう》す。

(何で私の黒歴史引っ張り出してきた⁉　今関係ないよね⁉　野生児言うな！　服の匂いを嗅ぐほうが野生っぽくない？　そもそも制服の件に関しても鞄にしても私が被害者なのに、何で責められなきゃいけないの⁉　理不尽すぎる！)

「野生児だなんて、ちょっとばかりお転婆だっただけですわオホホ」

「そんな可愛いものじゃなかったわよ、クラウス様を下敷きにするしっ！　王族を足で踏み付けておいて、正式な婚約者になるなんてあり得ないわ」

「そんな過去もあったかしら？　オホホ」

(チッ、それも覚えていたか)

殿下を屋敷の庭で踏みつけた日は、少数の貴族のみの集まりだったが、そういえばバートリー家もいた気がする。

私がお転婆だった過去なんて極少数の貴族しか知らないのに、わざわざ掘り起こさないでいただきたい。

「でも殿下ったらとても丈夫ですのよ？」

「そういう問題じゃないわよ！」

（あの時は私だってかなり反省したし、それにまさか殿下を踏みつけた自分が正式な婚約者に選ばれるなんて、思っていなかった）

「あれ？　踏みつけた直後に正式な婚約者に決まったうえ、ダンス練習でも殿下の足をヒールで踏みまくってもずっと変わらず微笑み浮かべていらっしゃったわ。まさか……クラウス殿下ったらそういう趣味なの？」

（ド変態なのは今更だけど、そっちの方面の変態属性も持っていると言うの!?）

長年の疑問だった答え合わせができたかのように思われたが、レオノーラさんが今まで以上に声を荒らげ、侮蔑《ぶべつ》を込めて反論してくる。

「そんなわけないでしょう！　クラウス様がお優しい以外に理由なんてないわ！　愛されていても自覚がないなんて、貴女どこまで脳筋なの!?　貴女みたいな脳筋野生児は人を好きになったことがないから分からないのですわ。きっと愛とか知らずに今まで生きてきたのでしょうねっ」

カッチーン。

とうとう国が決めた婚姻に対して愛だの恋だのので外野が誹《そし》ろうというのか。

今までもレオノーラさんからは、好かれていないと分かってはいたけれど、子供の頃からの恨みを一気にぶつけられている気がする。

アイラさんの時みたく無視したいのはやまやまだけど、国の筆頭貴族である公爵家の人とはできれば蟠《わだかま》りを減らしたいと思い、不満があるならこの機会に聞いてみようと思っていたのだが……。

（ただただ私が嫌いで思いついた文句全部言いたいだけでしょ!?　もう理屈なんて通じてないじゃない！　それに私だって頼んで次期王太子妃にしてもらったわけでもないのに！　決まってしまったか

ら国の為《ため》に尽くしてきたというのに。それに長年理想の王子様だと思っていた婚約者はド変態で、パンツ盗られてノーパンで学院から帰らされる私の気持ちも知らないくせに！　じゃあ何？　アナタいきなりノーパンにされて耐えられるとでもいうの？　公爵家のお嬢様が⁉）

久々に変態相手以外に怒りが頂点に達してきた。

しかも相手は私が幼少の頃お転婆だった過去をきっちり覚えているし、どうせ私の制服や鞄を捨てようとしたのも私が気に入らないからとかそういう下らない理由だろう。

こっちだってこのままヤラレっぱなし、言われっぱなしなんて冗談じゃない。

多少本性を出して言い返しても問題はないだろう。

何より今二人きりだし！

「そこまで言うんだったら貴女も今すぐノーパンになってノーパンで過ごしてノーパンで帰宅すればいいんだわ！！！」

「……はぁ？　何を言っているのよ、なるわけないじゃない頭がおかしいのではなくて⁉」

レオノーラさんは意味が分からないといった様子で一瞬固まっていたが、すぐに反駁《はんばく》してきた。

「いいからなりなさいよノーパンにっ」

「なっ、ならないわよっ」

「なりなさいっ」

「ならないって言っているでしょうっ」

「なりなさいってばー！」

このままでは埒《らち》があかないので、私はレオノーラさんの足元目掛けて飛びついた。

「いやー!!　変態！」

レオノーラさんに言われた瞬間手が止まった。

(変態……？　まさかこの私に言ったの？)

普段本物の変態を間近で目にしている分、絶対言われたくない言葉一位の『変態』という私にとって禁忌の言葉をレオノーラさんは口にしてしまった。

「誰が変態よ!?」

「貴女以外に誰がいるといいますの？」

「この私に変態と言ったわね!?」

「変態に変態と言って何が悪いのです!?」

「もう許せないっ絶対ノーパンにしてやるんだから、そもそも貴女みたいな高飛車お嬢様はどんなパンツ穿《は》いてんのよ!?　さぞかし高飛車風なパンツなのでしょうね!?」

自分でもあれ？　何か趣旨が変わってきたかな？　などと思ったけれど、頭に血が上っていて今はそんなことはどうでもいい、取り敢えずノーパンになれ、話はそれからだ。

レオノーラさんを押し倒しスカートに手を伸ばす。

「イヤァァァァァ」

その時――。

「セシリア、鞄見つかった？　向こうにはなかったんだけど」

戻ってきたクラウス殿下が教室のドアを開けた。

「あ」

時が止まった。

どう見ても私が涙目のレオノーラさんを押し倒して、スカートに手を突っ込んでパンツを剥ぎ取ろうとしているふうにしか見えないかもしれない。

まぁ実際にそうなんだけど。

沈黙ののち、ピシャリと素早く殿下により教室のドアが閉められ再び教室内に二人取り残されてしまった。

「どうしてくれるのよ⁉　貴女のせいで絶対誤解されたじゃないっ」

一瞬放心しかけたが、原因を作ったレオノーラさんに怒りの矛先を向けて詰め寄った。

「誤解って……あ、貴女が私の下着を取ろうとしてきたのは事実じゃないっ」

「元はと言えばレオノーラさんが私の鞄を盗もうとしたのが原因でしょう」

「盗もうだなんてしていないわ、窓から捨ててやろうと思っただけですわ！」

（おい！　だから、だけって何だ、だけって！）

殿下とお揃いのペンがバキバキに折れてしまったらどうしてくれる？　また買ってもらえるだろうけどそういう問題じゃない、思い出が大事なんだ。

「分かりました、今回私の鞄を窓から捨てようとした件については流して差し上げますから。代わりに私に口裏を合わせて下さい」

私の言葉で流石に分が悪いと理解したレオノーラさんは逡巡《しゅんじゅん》しながら口籠もった。

「さっきの状況については私がうっかり躓《つまず》いてしまい、勢い余って貴女の股に手を突っ込んでしまった。それが一見パンツを剥ぎ取ろうとしているように見えたけど完全なる誤解。これでいきましょう。

いいですね？」

「どんな状況よ!?」

困惑するレオノーラさんを意に介さず、教室を出た。

廊下の先に殿下を発見し、駆け寄る。

「殿下、お待たせ致しました。そしてお見苦しい場面をお見せしてしまって申し訳ございません。鞄が見つかりました。レオノーラさんが鞄を見つけて下さったのですが、私ったら嬉しすぎて狂喜乱舞して抱きつこうとして足を滑らせてしまいましたの。挙げ句レオノーラさんのスカートに突っ込んでしまいました。誤解なのです」

「そうだったんだね。見つかってよかったよ」

（よしっ、上手《うま》くごまかせた！　……多分）

絶対無理がある言い訳なのだが、クラウス殿下は空気を読んでくれたのかツッコんでこないので、そのまま貫き通すことにした。背中に変な汗が伝う。

「もしセシリアの鞄が盗られたらどうしようって思ったら……僕は気が気じゃなくて……」

「クラウス殿下……」

（こんなに心配して下さるなんて）

「……誰かがこっそりセシリアの私物をお持ち帰りして、頬ずりしたり、口付けしたり舐め回しているかもしれないっ、変態の手に渡っていたらと思うと、許せなくて……！」

（それお前だよ！　絶対許さんからな！）

そして聞こえるか聞こえないか微妙な声量でポツリと零される。

「……僕だって本当は新しいのが欲しいけれど、我慢しているのに……」

胸に手を当てて悩ましげな表情だが、言っている内容が変質的すぎる。

(聞こえているからな！)

ゴミ虫を見るような侮蔑の目を向けていると、ふと気付く。

(我慢しているってことは、そのうち魔が差したらまたいつか、パンツを盗られるかもしれないってことじゃない!?　いい加減にしなさいよこのド変態！　お前が今まで下着を盗んだ罪はこれからも決して消えないから！)

◇

休日は王都の外れにある湖にて、演劇サロンメンバーとのお茶会に招待された。

私の鞄を窓から捨てようとしたら何故か、私にパンツを剥ぎ取られかけた公爵令嬢、レオノーラさんがお茶会の主催者となっている。

(よくこの私を招待できたわね、やっぱり変態かもしれない。変態の思考は常人の私には分かりかねるわ)

バートリー公爵家のご令嬢直々のお誘いであるのと、せっかく仲良くなれたサロンのご令嬢達との交流を大切にしたいと思い、参加を決意した。

囚われの姫役のご令嬢も体調が回復し、先日から元気に登校しているから、私が演劇に参加する機会は今後そう訪れないだろう。でもこうして同年代のご令嬢と新たに交流のきっかけが作れたのは、素直に嬉しい。

お茶会にはサンドイッチやスコーン、その他に焼き菓子や果実のグラッセなどバートリー公爵家の料理人が用意してくれた品々が並んだ。

そして私は午後に王宮へと登城しなければいけない用事があるので、途中でクラウス殿下が迎えに来て下さった。

「クラウス様もご一緒にいかがですか？」

レオノーラさんが柔らかく微笑んで殿下をお茶会へと誘う。

「いや、早く着いてしまっただけだから。ご令嬢方のお茶会を邪魔する気はないよ。セシリア、まだ時間はあるからゆっくり楽しんでいて。私は王家所有のあの屋敷に居るから。時間になったらまた声を掛けに来るよ」

「分かりましたわ」

私が返事をすると、クラウス殿下はお供の方々と屋敷のほうへ向かった。

本当に普段は爽やかを体現したような存在だ。

「ホッと致しましたわ、私クラウス殿下と一緒にお茶なんて、緊張してしまって持っているティーカップが震えてしまいます」

「私も……喉にお菓子を詰まらせてしまうところでしたわ……」

「私もです……」

ご令嬢方がこぞって胸を撫で下ろした。

（表向きは理想の王子様ですものね、表向きは……）

今後も表向きだけは、皆の理想の王子様で居続けてくれることを切に願う。

お腹《なか》が満たされた後はそれぞれ小舟に乗ったり、湖のほとりを散歩したりしながら穏やかな時間を堪能した。

私達は腰かけ、足先を少し湖につけることにした。

予《あらかじ》め脱いでおいたストッキングは、飛ばされないように荷物と共に木陰に置いてある。

お隣に座るマーガレット嬢に視線を向けると、柔らかな風が彼女の真っ直ぐで綺麗な栗《くり》色の髪を撫でる。サラサラとなびく様子がとても美しく、つい魅入ってしまった。私はほんのり髪に癖があるから羨ましい。

「気持ちいいですわね」

「ええ、涼やかでいいですわ」

本当はバシャバシャと派手に遊びたいが、我慢。

小舟に乗っていたレオノーラさん達が戻ってきたので靴を履いてストッキングを取りに行くことに。

――しかし何故か、私の置いておいたストッキングのみ見当たらない。

「あれ？　私のストッキングがない……」

「まぁ、風に飛ばされてしまったのかしら？」

マーガレット嬢が可愛らしく小首を傾げて言った。

私もそうかもしれないと思案しつつ、自然ととある人物のほうへと疑惑の目を向けていた。

「なっ、何ですの!?　その目っ、私が盗るわけないでしょう!?」

「いえ、別に。これっぽっちもレオノーラさんを疑ってなんていませんわ」

（いやだって、この中で前科があるのは貴女だけですし）

本当は疑っているけども、皆の前で先日の件を掘り起こす真似はしたくないので追及は避けておこう。

「当然ですわ！　ストッキングを盗むなんて変態みたいな真似、この私がするわけがないですわっ」

「そうですわね」

（……ん、……変態？）


「あっ、殿下！」


ストッキングがないので素足のまま靴を履いて、大きめの木と草むらで丁度死角になっている場所に回り込んでみたら、クラウス殿下がいた。

私の声にビクリと反応した殿下は、手にしていた白くて長い布を咄嗟に自身の後ろに隠した。

（あれは私のストッキング！　やっぱり犯人はこの変態だった！）

最近下着を剥ぎ取られないと思って油断していた。まさか置いておいたストッキングに手を出すとは！

「殿下っ、返して下さいっ」

クラウス殿下の前に手を差し出して返すよう促すと、殊更ストッキングを強く握りしめ、悲嘆の表情で首を横に振った。

「え、嫌だっ。さっき落ちていたから拾って……貰ったんだっ！」

「落ちていたのに貰ったってどういう意味ですか⁉　私が置いていたのです！」

「でももう僕の物に……」

「これは私のストッキングです、すみやかに返却して下さいっ」

憤慨した私はストッキングに掴みかかり、引っ張り合いみたいになった。

一体誰が未来の王太子夫妻がこんな所でストッキングで綱引きをしていると思うだろうか。

「当然だ。セシリアの物以外必要ないからね。だから貰ったんだ」

キリッと麗しいお顔を引き締め、真摯な眼差しで見つめてくるクラウス殿下。凛々《りり》しい表情が素敵ですが、台詞と絶妙に合っていないです。

「そもそも何で私のストッキングって分かるんですかっ、名前も書いていないのにっ」

「愛しているから分かって当然だ、だから僕にはセシリアのストッキングを貰う権利がある」

「あげてないわ！」

「いや、も、もう貰ったしっ」

「あげてないっつってるでしょう！　取り敢えず放して下さいっ伸びるわっ！」

伸びたり破れるのは嫌なので、できるだけ引っ張らないように、でもストッキングは放さないようにする。

ストッキングを持って逃走されると困るので。

「手から離れないんだっ！　一旦！　一旦諦めてくれ！　後で返すから！」

「一旦ってなんですか⁉　何かされた後でベトベタベタになって返されてもいらないし、しばきますよ⁉」

「いらないならくれ！　買い取ろう」

「そういう意味じゃないわ！」

「きっと呪いなんだ、呪いにかかって僕の手から離れないんだよ！」

「何が呪いですか！　ストッキングが手から離れない呪いとか、そんな変な呪いあるか!?　人のストッキングを呪いのアイテムにしないで下さい！　呪物ではないです、失礼なっ」

「いやでもコレは僕を幸せにする」

（お前の変態こそ呪いみたいなもんだよ！）

「もう！　いい加減にして下さい！　どうやったら返してくれるんですか!?　他に何してあげたら返してくれるんですか!?」

「え」

クラウス殿下の動きがピタリと止まった。

よし、今のうちに取り上げよう。

「何でも言うことを聞いてくれるの？」

「え」

今度は私が固まった。

（そこまで言ってなくない？）

取り敢えず早めに取り返せてよかった。

穿いた時ベタベタベタベトベトだったらクラウス殿下を湖に沈めていたわ！

無事ストッキングを取り返し、私は再び湖のほうへと戻った。

(もう暫くしたら、クラウス殿下と王宮へ向かう時間かしら)

透き通った湖が、太陽の光をきらきらと反射する。湖と新緑の景色を楽しみながら歩いていた。

次の瞬間——私の髪に着けていた、花を模した飾りが風に飛ばされ湖に落ちてしまった。

湖の上とはいえ、届きそうな距離なので精一杯腕を伸ばして拾うことにした。

もう少しで手が届く——そう確信した刹那……。

背中に強い衝撃があり、私は湖に落とされてしまった。

「!?」

ドボン！　と水飛沫《みずしぶき》があがり、水を吸ったドレスが重く纏わり付く。

もがいていると、頭が何者かによって押さえつけられるような感覚に襲われる。

「ゲホッ!?」

令嬢達の悲鳴を聞きながら、意識が遠のいていく。

私の意識は暗い水底へと沈んでいった。

——目を覚ますと、私は寝台に寝かされていた
最初に視界に入ったのは、私の手を握るクラウス殿下の麗しいお顔。

「……でんか……」

「セシリアッ。気が付いたんだね!?」

服は着替えさせられており、室内にはお茶会に参加されたご令嬢方もいる。

「私、湖に落ちて……」

「そうだよ、落ちるところを何人かが見ていたからバートリー家の使用人がすぐに助けてくれたんだ」

助けてくれた使用人を含め、全員に謝らないと。せっかくお茶会に誘っていただいたのに沢山の方に迷惑を掛けてしまった……。

「皆様、ご迷惑お掛けして申し訳ございませんでした」

「お気になさらないで」

「ご無事で何よりですわセシリア様」

「……髪飾りは？　クラウス殿下から頂いた髪飾りが湖に落ちてしまって、それを取ろうとしたら」

視線を巡らせたら近くのテーブルの上に、今日着けていたアクセサリー類と共に髪飾りも置いてある。私は、ほっと胸を撫で下ろした。

「そんな物失《な》くしたところでいくらでも買ってあげるよ……」

クラウス殿下がポツリと零し、ふいに抱きしめられる。私に回された殿下の腕が震えている。

「だけど、僕にはセシリアしかいないって前にも言ったよね……」

「クラウス殿下……ごめんなさいっ」

人前だというのに、思わず殿下に強くしがみ付いてしまった。

周りで心配そうな表情をしている令嬢達も泣き始めた。彼女達には、目の前で溺れるという恐ろしい光景を見せてしまった……。肩越しに一瞬だけ目が合ったレオノーラさんには、気まずそうに視線を逸《そ》らされた。

本日の王宮へ行く予定は取りやめとなり、帰宅したのち自宅で療養するようにと殿下に言われた。

帰宅のため馬車に乗り、クラウス殿下と二人きりになったことで憚《はばか》る必要もなくなった。

先程自分の身に起こった出来事を、思い出せる限り伝える必要がある。

「クラウス殿下……皆様の前では言えなかったのですが、湖に落ちる直前に背中が強く押されたような感覚があったのです」

「他の令嬢も見ていたらしいけど、セシリアの周りには触れる距離に人間はいなかったみたいだよ」

「はい、周りに人はいなかったと思います……」

目の届く距離には人がいたが、私を湖に落とせるほど近くにいた人はいない。

「このまま王宮に連れて帰りたいのはやまやまだけど、今日の夜外せない仕事があって、その後父上にセシリアを王宮に滞在させる許可を貰ってくるから、セシリアもルーセント侯爵や母君に説明しておいてくれるかな？　荷物を纏める準備もあるだろうし」

「分かりました、ありがとうございます」

◇

「夜会でお話ししたファルセン伯爵のことを素敵だと思っていましたのに、伯爵ったら最近歳上の愛人を作られたそうで……」

「そうなのですか!?」

「まぁ、あの方は確かに素敵ですが、あまり親しくなさるのは危険ですわ」

「伯爵も浮き名が絶えない方ですから」

「私もなかなかいい相手が見つからなくて」

湖でお茶会があった次の日、クラウス殿下はお仕事で学院をお休みしている。

そんな本日の放課後、カフェテラスで一人お茶を楽しむ私の耳に、お喋《しゃべ》りをしている近くの女子生徒の会話が入ってきた。

決して盗み聞きをしようなどとは思っていない、決して。

自然に入ってくるだけです、地獄耳なので。

四人の令嬢達が、自分や他人の縁談相手の話など生々しい会話を繰り広げ続けていた。

(信じられない。愛人なんてお父様が作ったら、頭の毛を毟り取ってやるんだから)

頭の中で罪を犯していないであろうお父様の、まだフサフサの髪を毟《むし》り取る妄想をしながら私はカップに口をつけた次の瞬間——ふと目の前を見る……。

向かいの椅子に置いておいた自分の鞄が宙に浮いていた。

「ブフッ!?」

狼狽《ろうばい》しすぎて紅茶を吹き出すところだった。

逡巡している間に、鞄が宙に浮いたまま裏庭のほうへと飛んで行ってしまった。

(嘘《うそ》でしょ!?)

淑女が走るのはいけないとか、悠長なことを言っている場合ではない。このままでは鞄を見失ってしまう!

「待ってー!」

急いで追い駆けるが、こんな時でもスカートは翻さない。幸い裏庭のほうに人は見当たらなかった。

鞄に呼びかけると鞄が宙に浮いたままピタリと止まった。

(今よ！)

「ほ!!」

地面を蹴り、私は鞄目掛けて飛び上がった。

「取った……ゲェッ!?」

鞄を掴んだものの、下を見やるとそこは池の真上。

完全に鞄しか眼中になく、上しか見ていなかった。

(不味い！　鞄には教科書が入っているのに！)

鞄の中には当然教科書やノートなどが入っている、濡れてしまっては大惨事だ。

もし教科書が駄目になっても、侯爵家の財力ならいくらでも買い直せるがそういう問題ではない。

いくらお金があるからといって本を粗末に扱うなど言語道断。必ず守り抜いてみせる、そんな使命感に駆られ咄嗟に鞄を地面に放り投げた。

「オリャー！」

だが当然自分は重力には逆らえず、そのまま池へと真っ逆さまに落ちてしまった。

「あーーーっ」

ドボン!!

湖とは違い、学院の池はさほど深くはない。だが、全身ずぶ濡れとなるのは免《まぬが》れなかった。

(うぅ……二日続けてずぶ濡れだなんて、絶対呪われているわ……。教科書は守れたかもしれないけれど、殿下とお揃いのペンは大丈夫なのでしょうね!?)

一人池の中で悲嘆に暮れていると誰かが近づいてくる。

「貴女一体、何をしていますの!?」

レオノーラさんだった。

「またクラウス様にご心配をお掛けするつもりですか！　取り敢えず医務室に移動しましょう」

池から出た直後、制服のスカートを雑巾絞りして水を落とす。学院内に入り、二人で医務室へと向かった。

「演劇用の衣装なら沢山ありますから、着替えなら幾らでも用意できますわ」

レオノーラさんが簡素なドレスを取ってきてくれたので、私はそれに着替えた。

しかしレオノーラさんは気付いているのか分からないが、私はまたノーパンになってしまった。服の着替えはあっても下着の着替えなんて流石にないだろう。

何の因果か、先日レオノーラさんをノーパンにしようとしたら今現在、自分がノーパンになっているだなんて、これがこの世の理《ことわり》とでもいうのだろうか。恐ろしい。

「ありがとうございます。とても助かりました」

「いえ……。エド様、お入りになって」

医務室の外にはエドがいたらしく、レオノーラさんの呼び掛けで彼が室内に足を踏み入れる。

「失礼致します。セシリア様、ご無事でしょうか？」

「大丈夫よ。心配かけてごめんなさい」

レオノーラさんは着替えの服を取りに行くついでに、エドまで呼びに行ってくれていたなんて。

お互い安堵する私達二人に、レオノーラさんは少し躊躇《ためら》いがちに呟く。

「あの……実はお二人に聞いていただきたいお話がありますの」

◇

「私最近のセシリアさんを間近で見ていて、もしかしたら人ではない者の力が働いているのではと思い至りましたの」

それは多分当たっていると思う。同意見なので私は話の続きを聞くことにした。

「まず最初におかしいと思ったのは、先日セシリアさんに押し倒されて、下着を剥ぎ取られそうになった日です。下着を取ろうとするのもそうですが、お妃教育を受け、いつも冷静なセシリアさんがあんなにも感情的になるなんて普通だと思えません」

（いえ、それはただノーパンになってもらいたかっただけで関係ないかと）

普通に本性を出しただけだし。

「し、下着ですか……？」

「はい。セシリアさんが私を押し倒してから、私の下着を剥ぎ取ろうとしてきたのですわ」

一瞬レオノーラさんが何を言っているのか、理解できないといった表情のエドだったが、徐々に彼の頬が赤らんでいく。

何だか私達がエドに逆セクハラをしている気分になってきて、申し訳ない。

（貴女が鞄盗もうとしたのを黙ってあげる代わりに、口裏合わすって約束したでしょうが！　掘り起こすな、エドに言うな！）

「そして昨日、湖近くでお茶会をしたのですが、その日は湖に頭からフルダイブをなさって、今日は横っ飛びで学院の池に飛び込んで行ったりと……まるでお猿さんのようでしたわ」

「フルダイブに横っ飛び……ですか」

「はい、それはそれは見事な横っ飛びでした」

「そんなにも……」

(横っ飛び横っ飛び煩《うるさ》いわ！)

「えっと、纏めると下着を剥ぎ取ろうとした挙げ句、フルダイブに横っ飛びですか？」

「ええ、間違いありませんわ」

困惑するエドに、レオノーラさんは自信満々に頷《うなず》き肯定する。

(全然違う！)

自分的にはまったく違うのだが、他者の視点からはそうとしか見えないのかと思うと傷心に打ちひしがれそうになる。

しかもレオノーラさん本人は真剣そのもの。

「私……宝石に精霊が宿るお伽話《とぎばなし》を以前に聞いたことがありまして、それで実は……皆様がもう一度、セシリアさんが野生児だった事実を思い出しますようにって、お願いしてしまいましたの。そしてできれば自分が……クラウス様の婚約者になりたいって」

「野生児……？　セシリア様が……？」

「ええ。セシリアさんがです」

(やめてー！　エドに黒歴史バラさないでー！)

私の幼少期がお転婆だったと知る貴族は多くはないが、エドもその過去を知らない。

突然のレオノーラさんの暴露に狼狽しそうになるが、平静を装い指摘する。

「まぁ、野生児だなんてそんな大袈裟《おおげさ》な。前にも言いましたように、少しばかりお転婆だっただけですわ」

「まぁ、そういう事にしておいてあげましょう」

(上から目線で腹立つな！)

「では、バートリー公爵令嬢は精霊が宿る宝石をお持ちなのでしょうか？」

エドが疑問を口にする。

「分からないのです。取り敢えず所持している宝石に、片っ端からお願いしたのですが、精霊の存在自体は感知したことはありませんわ。でももし私のお願いが原因だったらと思うと……恐ろしくて……。本当はクラウス様に、真っ先にお伝えしたほうがいいのかもしれませんが……」

(暇なのこの人!?)

公爵令嬢が自室で一人ぶつぶつと宝石に向かってお願いをしている奇行を想像し、震えそうになる。

「でも私……貴女が湖にフルダイブした昨日思い知らされたのです。セシリアさんとクラウス様がとても思い合っているのを見てしまいましたから。何も知らないくせに私ったら、貴女は人を好きになった経験がないって勝手に決めつけてしまいました。それで酷い発言をしてしまい、申し訳なくて、心から反省したのです……。私は幼少の頃から完璧なマナーを求められ、抑圧されながら育ってきたというのに……。とても貴族令嬢とは思えない程の野生児っぷりと、本能の赴くままに生きているセシリアさんが、クラウス様の婚約者に選ばれるだなんて許せなくて。自尊心を深く傷付けられた思いでしたが同時に、お恥ずかしながらずっと嫉妬しておりましたの」

（謝られているのか貶《けな》されているのか分からないわね）

「そうしたら……元のセシリアさんどころか、これはどう考えてもお猿の精霊が取り憑《つ》いているとしか思えませんわ！　野生児どころか、野生の猿です！」

（は？　猿？　これが言いたくて長々と話していたの？）

そういえばさっきも猿とか言っていたけれど、猿の精霊に取り憑かれているという謎の疑惑を押し付けられ、私は頬が引《ひ》き攣《つ》る。

レオノーラさんは慈愛に満ちた表情で、完全に思考が停止している私の肩に手を置くと、諭すように語り掛けてくる。

「お猿の精霊さん、馬鹿なお願いをしてしまって申し訳ありません。私深く反省していますの、セシリアさんの身体から出て行って差し上げてね。もし南国産のフルーツなどが突発的に食べたくなったらおっしゃって。直ぐに取り寄せるわ」

（お前絶対馬鹿にしてるだろ早く帰れ！）

ちょっといい女風な雰囲気を出してくるところが、更に煽《あお》っているように感じてしまう。

しかしきっとレオノーラさんに悪意はないんだ。そう自身に言い聞かして堪えるしかない。

「わ、分かりました……ですがもしレオノーラさんのおっしゃったことが原因だとしても、クラウス殿下にはできるだけ穏便に済ませていただくよう計らいますから」

本格的に呪ったのではなくただ雑に願いを口にしただけのようだ。

願望を持つくらい誰だってあると思うし、それを口にするのが罪とは思わない。

私だって密偵になりたいとか、この世の誰より強くなりたいとか、下らない夢なら沢山持っていた。

それに私を医務室まで連れて来てくれて、着替えまで用意してくれたのはレオノーラさんだ。

(そもそも私、猿の精霊になんて取り憑かれていないですしね)

「ありがとう……。いい子ぶっているだなんて言ってごめんなさい、貴女って本当はいい人だったのね……。最近は感情も愛情も何もかも欠落した人だとばかり思っていましたのに」

(レオノーラさんに悪意はない……悪意はないのよきっと)

自分に言い聞かせるように頭の中で何度も繰り返した。

「はい、セシリア様はとてもお優しく素晴らしい方です」

エドはなんの含みもない、純真な笑顔で言い切った。

「婚約が決まってからの貴女は、非の打ち所のない令嬢になったというのに……いつまでも過去を引き合いにしてごめんなさい」

私への謝罪を口にしたその後、ようやくレオノーラさんは出ていってくれた。

私の黒歴史を掘り起こした挙句、猿の精霊が取り憑いているとかいう変な疑惑を残して。

レオノーラさんをノーパンにしようとしたら、自分がノーパンになった挙げ句――前に精霊に乗っ取られたアイラさんを密《ひそ》かに猿と呼んでいたら、今では自分が猿呼ばわりだなんて、因果応報の恐ろしさを身をもって体験してしまった気分だ。

(私も学院で魔術という観点からこの世の摂理を学ぶ身……やはり人間も世界の循環装置の一部に過ぎないのね)

まさかノーパンと猿で悟りを開きかけるとは思わなかった。しかし今は悟っている場合ではない。

レオノーラさんが残していった変な疑惑を解かないと。

「え、エド？　全然違うの。湖では誰かに押された感触があってそれで落ちてしまったの。そして今日は鞄が宙を舞って飛んで行ってしまったから焦って掴んだら真下が池で……。操られたのではなく、見えない何かに悪戯《いたずら》されているみたいなの」

「で、では下着は？」

恥ずかしいのか、彼は目を逸らし遠慮がちに聞いてきた。

（一番どうでもいい案件に食いつくな！）

「そ、そうね、それこそきっと何かに操られていたのだわ。建国祭で精霊に魅了された時と同じ感覚だったかもしれない。変態の精霊かも」

（もうこれから何か失態を犯したら全部精霊の仕業にしようかしら）

「変態の精霊……そのような精霊が存在するとは……」

私はエドに淡く微笑む。

（変態は残念なことに貴方の主君よ）

●王宮へ避難

この国ローゼンシアは、土地や気候に恵まれ、一年を通して四季折々の花に彩《いろど》られる豊かな国。

建国の神話や、王都に魔獣の侵入を許した過去がないこと。そして精霊信仰も相まって、他国からは『精霊に愛される国』『精霊に守られし国』と呼ばれている。

近年では精霊の存在が確認されることは珍しくなったものの、その呼び名の通り精霊が訪れやすい国だと信じられている。

そして昨日レオノーラさんが口にしていた宝石の逸話が気になった私は、朝から自宅の書庫で精霊について調べるべく、記述のある本を探していた。

室内は壁に沿って大きな棚がいくつも備え付けられており、本がずらりと並ぶ。

壁が本で覆い尽くされているが窓際にはテーブルと椅子《いす》が配置され、部屋の中央付近にはソファーも用意されているので、快適に本を読むことができる。

一旦お昼ご飯を食べてから再び書庫のソファーで本を読んでいると、流石《さすが》に疲れてきて眠ってしまった。

パチン……パチン……。

パチンという音が室内に響き渡る。

部屋には私しかいないはずなのに。

音で目が覚めてしまった。

それでもなお響き渡るパチンという不可思議な音。

先程読んでいた本に書いてあった。霊体の見えない存在が時折、自身の存在を示すかのように起こす怪奇な現象。

(これは……心霊現象!?)

パチン……。

音に耳を傾ける。

そういえば鳥肌と不快感が身体を駆け巡っている。

音は下から聞こえる気がする。

視線を足元に移動させると、そこは……。

スカートが捲《まく》れ上がり露《あら》わになった太腿。

ガーターとストッキングを繋《つな》ぐゴム製のベルト部分を少し引っ張り、放してはパチンと太腿に打ちつけ続け、恍惚《こうこつ》の表情でそれを眺め——更に左腿を舐《な》めたり吸ったりを繰り返している、金色の頭の変態がいた。

「!!!???」

(変態がいる!?)

精霊でも幽霊でもなく、婚約者の変態王子こと、クラウス殿下だった。

しかも何だか滅茶苦茶気味が悪い。

「で、でで殿下!? 何してるんですか!? 何をさっきからパチンパチンさせているのですか! 煩《うるさ》いんですよ! そんなにパチンパチンさせたらベルトが伸びてしまうし太腿が痛いし痣《あざ》ができちゃうでしょ！　もういい加減パチンパチンするの止《や》めて下さい!!」

(誰だ！　変態を家にあげた挙げ句書庫に侵入を許したのは!?)

まあ王太子の訪問なんて、総出でお迎えされるから普通に堂々と入ってくるのだけど。

最近ショーツを盗《と》られないようにと、せめてもの抵抗としてガーターベルトを着けるようになった。これで幾分か盗み辛《づら》くなったはず。しかもデザインも可愛《かわい》い。

だが殿下はガーターが気に入ったのか、また変な変態性に目覚めたのだろうか……。

(今度はガーターベルトにご執心となっただと!?)

しかもパチンパチンを止めろと言ったら、今度はベルト部分に指を入れたり抜いたりを高速でやり始め、それを食い入るように見始めた。やはりガーターベルトが気に入ったらしい。

「セッ、セシリア……ハァッ……起きたんだね……ちゅっ……実は……はぁっはっ美味《おい》しいっ！　僕以外誰にも……舐めさせちゃ駄目だよ……僕専用だからね……はぁっ……はぁっ……」

「喋《しゃべ》るか舐めるかどっちかにして下さいっ」

「！」

彼は舐めていた私の太腿を両腕に抱き締めながら、一心不乱に舐め回し始めた。

片一方のニーハイのストッキングは下げられているが、もう片方がそのままなのは変態による拘《こだわ》りなのか何なのか。

(しまった、言い方を間違えた！)

「間違えました！　舐めるのも止めて下さいっ！」

クラウス殿下はピタリと舐めるのを止めてくれたが、脚にしがみ付きながら切なそうに見上げてくる。

その姿がまるで捨てられそうな子犬のようで、哀愁を帯びた表情に胸が痛む。なんだか幻覚で耳と尻尾《しっぽ》が見えてきた……母性本能をくすぐられそう。だが騙《だま》されてはいけない。今騙されるととんでもない目に遭う。

「一旦離れてから用件をお伺いしてもよろしいでしょうか？」


使用人を呼んで書庫のテーブルにお茶を用意してもらったので、私達は隣り合って腰かける。改めてクラウス殿下の話を聞くことにした。

「昨日の学院での出来事をエドから聞いて、迎えに来たんだよ。すぐに王宮へ避難しよう。セシリアが王宮に滞在する許可も貰《もら》っている」

殿下がふとテーブルの上に置かれた本に目を向ける。

私が先程まで読んでいた読みかけの本達だ。

「精霊について調べていたんだね」

「はい、レオノーラさんのお話が気になってしまって。精霊の仕業かもしれないと思って」

「確かに、少し前に建国祭があったばかりだから、精霊の動きが活発になっているのかもしれない」

「そういえばレオノーラさんがおっしゃっていたのですが、宝石に精霊が宿る伝承があるのですか？」

「古い宝石や、神器と言われるような王家に伝わる武具などには、精霊が宿っている場合があるんだよ。後は古代兵器とかもね。古代では兵器に精霊を宿して戦うのが主流だったみたいなんだ」

「待って下さい、古代に兵器が存在していたのですか？」

「前に王宮の庭で精霊を倒す時に召喚したのがそうだよ。僕が召喚した兵器にも精霊が宿っている。普通の魔術で倒しきれるか分からなかったから、もっと高位の精霊の力を借りてぶつけてみたんだ」

「だとしたら私達が学院で習っている歴史が、覆《くつがえ》されてしまいます」

「教科書の勉強なんてそのようなものだよ」

言いながらあやすように頭を撫《な》でてくれた。

自分の学んだ歴史と本来の歴史がまったく異なるものかも知れない。そう思うと直《す》ぐには受け入れられず、腑《ふ》に落ちないが、王太子宮の庭で殿下が精霊を倒した時、私は殿下が兵器を召喚したのだとばかり思っていたがようやく合点がいった。

召喚された兵器が殿下の声に応えるように、光弾を放ったのを見て、まるで生き物のようだと思っていた。

そもそも意思を持たない物を召喚するなんて聞いたことがなかった。

殿下は兵器を召喚したのではなく、兵器に宿る精霊に呼びかけ、呼びかけられた精霊が殿下に応じたのだ。

「大丈夫、僕が絶対に守るから」

見上げるとサファイアの双眸《そうぼう》と視線が絡み合う。

得体の知れない何かか、変態か——究極とも思える二択を強いられ、私は暫《しばら》くの間王宮へと滞在する運びとなった。

王宮に到着すると執務のあるクラウス殿下とは一旦別れ、王宮内に設けられている王立図書館へと足を運ぶ。

この図書館は国内一の蔵書数を誇っていて、当然家の書庫の比ではない。

私はいくつかめぼしい書物を手に取る。

すると今回も一緒に付いて来てくれたアンから、更にもう一冊本を手渡された。

アンが持ってきたのがどんな内容か表紙を確認すると、それは男女の閨事《ねやごと》に関する本であった。

いらないわよー！　と叫びたいところだがここは図書館なのでどうにか堪《こら》えた。

「も、も、戻してきなさいっ」

顔を真っ赤にしながら小声で本を戻してくるよう促すと、アンも同じように小声で囁《ささや》く。

「今のうちに少しでも勉強しておかないと、いずれ困るかもしれないですよ？」

しれっと言われたが、よりによって王太子宮に滞在する時にそんな本を読むなんて、幾ら何でもあからさま過ぎる。王宮の侍女達に見られたらどう思われるのだろうか――読まないけど！

本を戻す戻さないで揉《も》めている私達二人のすぐ後ろから、声がかけられた。

「お探しの本は見つかりましたか？　お持ち致しましょう」

護衛として付いてきてくれたエドが手を差し出してくれた。

当然護衛と侍女を連れているのに、私が本を持って歩くのは不自然だが、男女の閨事が書かれた本を手にしているのをエドに知られるのは正直恥ずかしい。

どうしたものかと内心狼狽《ろうばい》していると、アンが先程私に渡してきた褥《しとね》に関する書籍をひょいと奪い取った。

「こちらは私が個人的に気になった本ですので、自分で持ちますわ」

「そちらも自分がお持ち致しますよ」

爽やかに笑顔で手を差し出すエドにアンは首を横に振る。

「いえ、夫婦の閨事が書かれた書籍ですので自分で持ちますわ。従姉妹《いとこ》がもう少しで結婚予定でして、勉強したいと言っていた気がしますので」

時が止まった。

「すみませんでした……」

エドは耳まで真っ赤になり私達が囁きあっていた声よりも、更にか細く消え入りそうな声で謝罪の言葉を口にする。

またエドに逆セクハラしている気分になってしまった。

いつもごめんね……。

◇

建国祭の時に使わせていただいた、王太子宮のお部屋を今回も使わせていただくこととなった。

庭園がバルコニーからよく見渡せる、日当たりの良い広めの客室となっている。

もはやこの部屋も、侯爵家の私室と同じように落ち着く。

婚姻後はここではなく、クラウス殿下の私室と隣接している部屋が私の寝室となる。

(また得体のしれないものから身を守ろうとしたら変態と同じ部屋に二人きりになってしまった)

就寝の時間となり、今は寝台の上で白いシャツに黒いスラックスをお召しになった殿下と、距離を取って向かい合って座っている。

静寂の中、クラウス殿下が口を開いた。

「……口付けだけ許してくれないかな？」

「口付けだけですよ？」

(口付けなら私だってしたい)

「服の下や……し、下着に口付けなんてしたら張り倒しますからねっ!?」

「分かっているよ」

殿下は甘く微笑《ほほえ》んでから私の手を取って身体を引き寄せる。ゆっくりと顔が近づいていき優しく互いの唇が触れ合った。

たったこれだけなのに、心臓の鼓動が忙《せわ》しない。

それなのに殿下は手で頭や頬を愛《いと》おしげに撫でてくれるから、蕩《とろ》けてしまいそうになる。

長い間、重ねるだけの口付けをした後、何度も角度を変えて唇が食《は》まれ……ぬるりと唇に舌が這《は》い、私の身体は少しずつ熱くなっていく。

驚き少し開いてしまった口の中に殿下の舌が侵入し、舌を絡め取られて吸い付かれる。

舌がゆっくり丁寧に歯列をなぞってきた。

(何これ……何の意味があるの……？)

密《ひそ》かに瞼《まぶた》を開けると情欲の色を纏《まと》い、自分を見つめる殿下と目が合った。

不躾《ぶしつけ》にならない程度の力で殿下の身体を押してみると手を取られた。手を繋ぎ合わせたまま、再び激しく口内を舌で蹂躙《じゅうりん》される。互いの唾液が混ざり合う生々しい音がする。

僅かに口横を伝う唾液さえもチュと音を立てて吸われてしまった。

「ん……ふ……」

長く口付けされていると苦しいのか自分でも分からないが息が漏れ出てしまい、頭が痺《しび》れてきた。

蕩けてしまいそうな意識の中、口付けしたままゆっくり寝台に押し倒され、再び手を繋ぎ合わせながら口の中を貪られる。

繋いだ手が頭の上に持ち上げられ……ノースリーブの寝衣《しんい》から覗《のぞ》く腋《わき》が無防備になってしまい、腋を……激しく舐められ始めた。

「キャーーー!!」

「はぁっはぁっ……」

「待って待って！　待って下さい！」

腋を中心に腕など広範囲に激しく舐めあげられ、舌が這い回る。

殿下は興奮しきって私の悲鳴も気にならないご様子。手も強く握り締められ、逃れられない。

「待てってて！」

「うっ!?」

膝蹴りが殿下の鳩尾《みぞおち》に綺麗《きれい》に入った。私は涙目になりながら必死に訴える。

「わ、腋も駄目です！」

「何故？」

「何故ですって……？」

クラウス殿下は鳩尾を摩《さす》りながら、不思議そうに首を傾げた。

本気で何故ダメなのか分からない、といった表情で見つめてくる。

確かに服の下ではないのだが、腋なんて想定外だった。クラウス殿下の変態はいつだって私の想像を軽く超えていく。自分自身も何だか混乱してきたのでまずお互いの認識を整理することにした。

「えっとまず、口付けって口の中に舌を入れるものなのですか?」

「そうだよ。とても一般的なことだよ」

私が無知なだけで本当にそうなのかもしれない。

今更ながら閨事《ねやごと》の指南書を読まなかったことを少し悔やんだ。

一般的か、そうでないのか自分では判断がつかない。

「で、では……腋に口付け? ……舐めるのも普通なのですか?」

「とても一般的だよ」

(何ですって!?)

衝撃が走った。

私の中の常識が激しい音を立てて崩壊していく。

「本当ですか?」

「嘘《うそ》なんてつかないよ」

殿下は先程から真っ直ぐに清廉な瞳で私を見つめて即答してくる。確かに嘘はついていなさそうだ。

「ちなみに脱ぎたての衣服や下着類を恋人にあげるのもとても一般的だよ」

「嘘つくな!」

多分これは嘘だ、むしろ嘘であってほしい。

しかし殿下は子供の頃から私に嘘をついたためしがなく、今までずっと誠実な姿を見せてくれていた。

誠実なのに変態なお陰で、私は今大変混乱しているのだが。

「嘘じゃないよ。僕はセシリアに嘘はつかない」

「うっ……」

何だか心を読まれた気分だった。しかも滅茶苦茶爽やかな笑顔で言ってきた。

(下着を渡すのが一般的？　それってこの変態の中だけの常識なんじゃないの？　一般的……そもそも一般的って何でしたっけ？)

更に激しく混乱してきた。

これを誰に確認すればいいというの!?

アンにでも聞けばいいの？

「恋人に使用済みパンツ贈るのって一般的だよね～、アンも今年彼氏にパンツ贈った？　あとやっぱり会う度に腋舐められてるの？」などと尋ねて、「お嬢様は変態ですか？」って返されてみなさいよ、私も変態の仲間入りじゃない！　変態の仲間なんて絶対に嫌！

こんな質問、絶対他人に聞けないから確認のしようがない。

そうなると普段、性的な話題を一切しない私からすると、性の基準がこの変態となる。

一生殿下の変態行為のみしか知ることがないなら、もうそれが私にとっての普通になるのでは？

普通と一般的という言葉がゲシュタルト崩壊してきた。

「セシリア？　さあ、もう一度口付けしよう」

クラウス殿下が腕を伸ばし、ジリジリと近づいてくる。

「ヒィッ!?」

「セシリア」

「もう終わりですっ、終わり！」

「そっか、残念だけど仕方がない……」

私の本日の変態に対する許容量は、とっくに限界値を突破していた。

クラウス殿下はあっさりと引き下がってくれたが油断は禁物。殿下の変態的な部分に関しては、ちっとも信用していない。

「では、ここから出ないで下さい」

侍女によりきっちりと整えられた寝台のシーツに、指で縦に窪《くぼ》みをつけるが、シーツは直ぐに元に戻った。丁度真ん中くらいを目安にしたつもりだ。

「ここ！　ここだね！」

先ほど線を引いた場所に殿下はビシリと指をさす。

(随分気合が入っているなぁ、絶対出るなよ？)

「ここで大丈夫だね！」

滑り込むようにベッドに横になり、境界の向こうではなく丁度境界線上に横向きで寝そべり私の顔を見上げてきた。

本人はギリギリセーフと思っているのかもしれないが、むしろギリアウトでは？

ここから出るなと言っているのであって、境界線の真上が定位置なんて言っていない。毎回揚げ足を取りにきて、先程の腋の件といい馬鹿にしてないか私のこと？

「もし寝返りを打ってしまって、うっかり侵入してしまっても許してほしい」

「いえ、許しません」

（ふざけたことを抜かすな）

「!?　……そ、そっか……ごめん……」

クラウス殿下は悄然《しょうぜん》と視線を下げた。

（う…ちょっと素っ気なく言い過ぎたかも。こういった物言いが他人から見たら感情が欠落しているように見えるのかもしれないわね……）

お妃《きさき》教育の賜物《たまもの》だから仕方がないと言えば仕方がない部分もあるが、二人きりの時でもこの感じでは流石に可愛げがなさ過ぎるかもしれない。

殿下の端麗な顔が愁《うれ》いを帯び、その表情を見ると罪悪感が胸を締め付ける。何と声をかけようか考えを巡らせていると、殿下のほうから言葉がかけられた。

「……ごめんね。実はセシリアにずっと謝りたかったんだ」

「どうなされたのですか？」

「僕がセシリアを好きになってしまったばかりに、王太子妃になるために日々負担を掛けさせてしまって」

（いきなり改まってどうしたんだろう……）

布団に入って真剣に殿下の話を聞いていた。

「本当はもっと子供らしく遊びたかったろうに……文句や僕に恨み言一つ言わずに直向《ひたむ》きに何年も頑張ってくれて……」

「クラウス殿下？　急にどうなさったのですか？　私殿下の婚約者になって後悔した日なんて一度もありませんよ」

「本当？」

「ええ、とても大事にして下さっていることは分かっていますし、それに……」

クラウス殿下に触れたくて距離を詰めて近づいた。

だがその瞬間、何だかナマモノのような熱くて硬い不思議な感触の物が手に触れた。

（ん？）

「あっ」

殿下の身体がビクリと反応する。

と、同時に素早く布団をめくってみた。

「ナニ出してんだ⁉」

私は殿下の胸ぐらに掴《つか》みかかった。

布団をめくった瞬間目に飛び込んできたものは、スラックスから殿下の半身ともいうべき雄の部分が、そそり勃《た》って露出させられていた。

自身の手で微妙に隠そうとしたようだが全然隠れていない。

「真面目な顔してナニ出してんだ⁉　一体いつのタイミングで出したんですか⁉」

さっきの会話でいつ出す要素があった⁉

気にはなるけど厳密に「この言葉を言ってる最中に出しました」と言われたところで反応に困るのだが。

「ごめんなさいっ！　さっき口付けした時から勃ち上がってしまって、それにセシリアと同じ寝台にいると思ったら更に興奮してしまって、一人でこっそり処理しようとしたんだけど、でもせっかくだからセシリアの顔を見て声聞きながらしようと思って出してしまいました、すみませんでした！」

私に胸ぐらを掴まれたまま許しを乞う殿下の言葉を、ドン引きしながら聞いていた。

ずっと思っていたのだが、クラウス殿下は変態のくせに普段その変態性が顔や態度に全然出ないから余計不気味に感じる。

「こんな僕でも後悔してないって言ってくれたよね？」

「さっさと仕舞って下さい」

(後悔はしていませんがドン引きはしています殿下。いいから早よしまえや)

殿下はスラックスとその更に内にある下着の中に半身を押し込んだ。膨れ上がった股間はスラックス越しにも存在感を主張し窮屈《きゅうくつ》そうだ。あまり見たくはないのだがちゃんと仕舞うか確認しなければならない。

何この拷問？　と思ったら更に怒りがふつふつと湧いてきた。

「もう！　私だってどうせなら腕枕されたり、抱っこされながら眠りたいのに何で普通でいてくれないのですか！　いい加減にしてください！」

「そ、そうだったのかっ……！」

「当たり前じゃないですか！　クラウス殿下がそんなんだからくっついて眠れないんですよ！　私

だって境界線なんて本当は引きたくないのです、分かっていますか⁉」

私はここぞとばかりに変態に対する不満をぶつけていた。

「そうか！　あ……でも……一回抜かないと……」

「ぬ……ぬく……？　ぬくって何ですか？」

「えっと、手とかで……」

「手？　手で何ですか？」

何とももどかしい物言いをしてくるからまったく伝わってこない。

「そうだ、まず手本を見せるねっ」

そう言って殿下は起き上がると下半身に手を持っていき、再び屹立《きつりつ》を取り出そうとした。

「何出してんだ！」

「ゴファッ⁉」

再び屹立を露出し始めたことにより、怒りの腹パンをお見舞いした。当然重めの。

「ち、ちがっ⁉」

「まったく、どうしてそんなに出したがるのですか⁉　癖になって外で出すようになってしまったらどうするんですか、外で出していいモノではありませんよ？　分かっていますか？」

私は怒るのではなく子供に言い聞かせるように言った。癖になって外で露出なんてされたら非常に不味《まず》い。

「外では出さないよ！　室内でセシリアと二人きりじゃないと出さないよ！」

（私の前でも出すなよ）

「生理現象なんだよっ。そもそも好きな女の子と同じ寝台にいてこうならないほうが普通じゃないんだ。もしならないなら結婚後も不能で子供すら生《な》せない可能性が……」

「!!」

殿下の反論に衝撃が走った。そういえばそうだ。

性的な行為は子を生すためのもの。もし不能なら血脈を繋ぐというとても大切な王族の務めすら果たせないどころか、もし私が王子を産まなかったら殿下は側妃を娶《めと》らなくてはいけなくなる。

この国ローゼンシアは一夫一妻制だが王のみ複数妻を持つことを許されている。

分かっていたはずなのに、今まであまり深く考えないようにしていた。というよりまだ当分先の話だと思って見て見ぬフリをしていた。

(それに学院のご令嬢方のお話では娼館《しょうかん》に赴く男やら、一人の女性では満足できず愛人を持つ貴族男性まで世の中にはいる始末。自分に変態性が向けられることに憤《いきどお》っていたけれど、他の女性に向くほうが問題じゃないの!)

「定期的に抜かないといけないし、こうやって勃ち上がったら我慢するのも身体には良くない」

「身体に良くないのですか!?」

「生理現象だからね」

「なる程……」

衝撃の連続だった。

そもそも殿下は私と同じ十八歳。若い男性の生理現象を止めろというのは確かに酷かもしれない。

王太子様の婚約者たる者、健康を阻害するわけにはいかない。

「で、では抜くっていうのをしましたら、くっついて眠れるんですね？」

「そうだよ！　……手伝ってくれる？」

「……抜くっていうのを手伝えばよろしいのですね？」

自分がくっついて寝たいと言ってしまった以上、仕方がない。我慢は良くないらしいし。具体的に何をすればいいのかよく分からないが、『手伝う』というのは多分婚前交渉まではいかない程度だと思う。殿下は一人で処理なさる気だったのだし。それならきっと大丈夫な気がする、私は覚悟を決めた。

「！　……もっかい抜くって言ってみて」

「抜く？」

「！　クラウス大好きって言って」

「？　クラウス様大好き？？」

「ありがとう！　では、クラウス大好き、セシリアが抜いてあげるって」

「クラウス様大好き……抜いてあげる……？」

「ふおおお！」

殿下はスラックスから自身の一物を素早く取り出し、高速で上下に扱《しご》き始めた。

「何してんだ！」

私は再び殿下の胸ぐらを掴んだ。

「ごめんなさい、ごめんなさい！　魔が差してしまいました、とても気持ちが良かったです！　許して下さい！」

今の反応で何となく卑猥《ひわい》な言葉なのは理解できた。手伝うとは言ったが私が無知なのをいいことに、卑猥な単語を言わせて興奮しだした変態には普通に腹が立った。

やはりアンの言う通り閨事《ねやごと》の指南書を読んだほうがいいのかしら？

◇

「さっき僕がしたみたいにコレを手で持って上下に擦《こす》ってほしいのだけど……」

スラックスの前を寛《くつろ》げ、熱を持ち膨れ上がった状態の男根を完全に露出させて、私の顔の前に差し出してきた。

「わ、分かりました」

クラウス殿下が寝台から下りて横に立ち、私はピンとそそり勃った屹立をベッドに座ったまま恐る恐る手で触れてみた。先端が透明に光っている。

（うぅ……しっかり目を開いて見ることになるなんて……本当凄《すご》い形だし変な感触……）

「ああ……セシリアがっ、セシリアが僕のを手に持ってる……！」

（やかましい……）

煩いし更に大きくなってきた気がする。

「そ、そんなモノを持って何ていやらしくて、いけない子なんだセシリアは！」

「え？　いけないんですか？　止めたほうがいいですか？」

「止めないで！」

いけないと言われたので手を放そうとすると殿下は焦って私の手を取り強制的に握らせてきた。

「ほ、ほら、ちゃんと持って、そして握ってっ」

「ちょっ、分かりました、分かりましたから顔に近付けないでっ！」

握らせると同時にぐいぐい迫ってきた。

落ち着いて下さい。

「こうやって両手でちゃんと握って……上下に動かして……そうっもう少し力を入れて」

私の手の上から自分の手を重ねて指南してくる。上下にゆっくり動かし、もっと強く握れと言われたけれど強く握って痛くないのだろうかと心配になる。顔を見上げると、彼は形の良い眉を寄せて恍惚の表情でこちらを見下ろしていた。

(やっぱり寝たフリをしているほうが楽だったわ……私には難易度が高すぎる……)

今更男根を握ったまましいきなり寝たフリなんてできるわけもなく、仕方なく続けるしかなかった。

「はぁ……気持ちいい……」

私の頭をなでなでしながら堪《たま》らないといった感じで呟《つぶや》かれ、呼吸も大分荒くなってきた。おまけに当初から透明な汁が先端から出ていたが量がどんどん溢《あふ》れ出て私の手を汚している。

(何この透明なの……それ以前にこの行為って気持ちがいいの？)

自分は女なので男性の身体の仕組みについては分からない。

「なんか、ぬるぬるしたのがいっぱい出てきましたが……」

「はぁ……はぁ……舐めとって」

「え？」

一瞬何を言われているのか分からず固まった。

「セシリア……もうそろそろ出るから口でして……」

「え……」

口でするとはどういう意味だろう？

「前何でもしてくれるって言っていたよね？　……お願い……」

（何でもするって湖のお茶会での件？　ここでそれを行使するの⁉　そもそも何でもするなんて極論言っていないし、何故自分のストッキングを取り返すために何でもしてあげなきゃいけないのよ、私に一つもメリットないじゃない！）

ストッキングを盗まれるか何でもしてあげるかの二択って何その地獄？

「お願いっ」

「あれは……むぐっ」

言い終わる前に先端を口の中に突っ込んできた。反論しようと口を開いたのがいけなかったのか。

「セシリアがっ僕のを咥《くわ》えてくれている！」

（貴方《あなた》が強引に突っ込んで来たのでしょうが！　いやああ！　口の中に入ってきた！）

更に奥まで陰茎が捻《ね》じ込《こ》められ、大きすぎて口の中いっぱいに存在を主張する雄と、その味に吐き気を堪える。

（変な味っこんな物を咥えさせられるだなんて……）

「ああ……口の中が温かくて柔らかい……凄い、気持ちいい！　妄想で毎晩してもらっているけれど想像以上だ！」

クラウス殿下は私の頭を掴むと、口に自身の雄を咥えさせながらゆるゆる腰を動かしてくる。

「ん～～！」

（私で変な妄想するな！）

「セシリアッ……セシリアッ……気持ちいいよ……うっ……」

「んん～～～!!」

（くっ苦しい……！　顎が……っ）

苦しいのと顎がしんどいのとで涙が出てきた。抗議の意味で殿下を睨《にら》み付ける。

「ああ可愛い！　僕のを咥えながら上目遣いで僕を見つめてくれるだなんて、何て可愛くていやらしいんだ！　セシリアの可愛い顔見ながら出したい！」

大喜びしながら興奮し始めた。

（喜んでいるだと!?）

睨んだら何故か変態を喜ばせてしまった。こっちはこんなにも辛いのに。

「あぁっ……もう、い、いきそう……出る…出るから全部口で受け止めてっ」

「んむー！」

（許可してないわよ！）

出るとはいつも最後に出している生臭いあの白濁液のことだろう。あんなものが口の中に吐き出されるなんて想像するだけで恐ろしい。

しかし口に肉棒を捻じ込まれたままでは拒否の言葉すら発せられない。

「うぅっ……」

「！！！！！」

殿下が呻《うめ》きながらビクリと震え、熱くて濃厚な液体が口内に射精されてしまった。

「はぁっはぁっ……ほら……全部飲みこんで……」

頭を掴んだまま放してくれず、とうとう口内に出された精液を飲み込んでしまった。

「げほっ……ケホッ……」

(苦い……飲んじゃった……)

注がれた白濁液を飲み込むとようやく頭から手が放れ、口で咥えていた男根を出すことができた。

私の口と殿下の屹立の先端から、唾液と白濁液が混ざり合った液体が糸のように繋がっている。

「ありがとう！　ありがとう！」

咽《むせ》ながら息も絶え絶えな私にクラウス殿下は大げさに感激しながら抱きついてきた。

盛大にうがいをしてから寝台に戻ると、先に待っていた殿下が頬を染め、そわそわと落ち着かない様子で喜色を浮かべながら私を迎えた。

「さあ、一緒に寝よう！　抱っこしてあげるからおいで」

煌《きら》めく笑顔で両手を広げてきた。

「あ、境界線そこですから出ないで下さい」

私は寝台の真ん中辺りを指差した。

「…………」

「境界線を越えないで下さいね？　それではお休みなさいませ」

さっさと布団の端のほうに入り、クラウス殿下に背を向けて休むことにした。しかし彼はそんな私の元に素早く移動してきた。

一瞬で境界線を突破してきやがった。

「約束通りくっついて寝よう！　抱っこがいい？　それとも腕枕がいい？　約束だったからね」

御機嫌取りのつもりかクラウス殿下は、優しく啄《ついば》むように髪へ何度も口付けをしてくる、そして背を向ける私の背後にぴったりとくっついて離れようとしない。

早く休みたい私は仕方なしに、このまま黙って眠ることにした。

そうして静寂が続いたがしばらくして異変に気が付いた。

お尻に何かが当たっている。

先程からお尻の間に違和感があるとは思っていたのだが、違和感の正体がどんどん熱を持ち、硬く大きくなって主張してきた。

（当たってる……）

殿下は私に後ろから抱きついたまま身体を小刻みに揺らし、お尻に勃起《ぼっき》したものを擦り付けだした。

「何してるんですか？」

「はっ……はぁっ……セシリアのお尻気持ちいい……」

ギロリと恨みがましい目で睨みながら振り返ると、開き直って更に盛大に腰を振り始めた。

「ごめん、一回抜かないとっ」

「はぁ!?　またですか!?」

（先程も一回っておっしゃっていませんでしたか!?）

「セシリアはそのままにしてていいからお願い！」

私が許可する間も無く、寝衣のスカートを捲り、お尻の間に自身の一物を当てると、お尻を鷲掴《わしづか》みにしながら激しく腰を振り始めた。しかもいつの間にかまた股間のモノを露出させていた。

「もういい加減にしてぇ！」

枕を抱き込みながら叫び声を上げた。

ショーツをめくり、感触と肌を確かめるように撫でながら行為を続けてくる。

「はぁっ……はっ……生のお尻の感触最高だ」

絶頂が近いのか更に腰の動きが加速していき、しばらくするとびゅるびゅると勢いよくお尻に体液がかけられた。

「熱いっ」

またも大量に白濁の液体を出され、その後もふき取るように太腿に亀頭を擦り付けながら絶頂の余韻に浸り、「セシリア……セシリア」と繰り返し息を切らしながら呟いている。

「もうっ、終わらないし眠れないじゃないですかっ。自重して下さい！」

濡《ぬ》らした布で精を拭き取ってくれた殿下を睨みつけながら、怒りを滲《にじ》ませ訴えた。

「ごめん、今まで我慢していた分が……」

(我慢ですって!?　いつ貴方が我慢したというの!?)

我慢どころか、きっかけさえあれば途端に全力で変態へと振り切っている気がするのですが、私の気のせいですか？　そもそも今まで私の狸寝入《たぬきねい》り中にしてきたことが、バレてないとでも思っているのだろうか。

——後に殿下の言う「我慢」と私の思う「我慢」の方向性が違うことに気づかされる。

そう、彼は変態なだけでなく、絶倫だったのです。

●宝石に宿る精霊

今日も王宮内の王立図書館から精霊に関する書物を何冊か手に取り、王太子宮へと持ち帰る。

図書館で借りた本をエドに手渡して、王宮の回廊を並んで歩いていた。

「随分熱心に読まれているようですが、手掛かりは掴《つか》めそうですか？」

「手掛かりかは分からないけれど、この国と精霊との関わりのある伝承や、国の風習や神話など勉強し直すいいきっかけになったわ。子供の頃に習った内容でも大人になって読み直すと、改めて気付かされる部分が沢山あるものね」

「国の成り立ちが語られる初代国王の神話は、自分も子供の頃に憧れました。それに風習ですか、普段の何げない習慣やしきたりなども意味を持っていたりするのでしょうね」

「そうだと思うわ。でも今日は読めるかしら、実は少し寝不足だから」

「本の読みすぎですか？　熱心なのも良いですが、夜更かしのし過ぎはお身体に良くありませんよ」

「……そうね、気を付けるわ」

本の読みすぎで寝不足なのではなく、原因は変態王子ことクラウス殿下にあるのだが……。

昨日は結局枕や、長椅子《ながいす》に置いてあったクッションまで用いて、殿下との間に防壁を作り上げてから離れて寝てもらった。

今朝目覚めると、既にクラウス殿下の姿はなかった。

殿下は私が起きるより前に着替えのため自室へと戻っていたようだ。

私の着替えを手伝いにきてくれた侍女が、寝台の防壁を見て首を傾けていた。

喧嘩《けんか》でもしたのかと一瞬思われたかもしれないが、朝食の席でいつも通りニコニコと私へ話しかけて下さるクラウス殿下を皆が目にしているので、その心配もない。

回廊からは庭園が見渡せるようになっている。

咲き誇る黒紅色をした天鵞絨《ビロード》のような花弁《はなびら》を咲かせている薔薇《ばら》を横目に、エドと会話を続けながら歩みを進める。緋《ひ》色の絨毯《じゅうたん》が敷かれた階段を上って執務室へと向かっていた。

執務室のある四階へと続く階段を、踊り場付近まで上りきろうとしたその時——金色の何かが上から私に向かって突進して来た。

立ち止まる私に気付いたエドが振り返ろうとした刹那、ソレは私にぶつかり、私は階段から投げ出された。

「セシリア様っ！」

エドは抱えていた本を地面に落とし私に手を伸ばすが間に合わない。

（落ちる……）

落下は一瞬のはずなのに、やけに緩慢に感じる。

だがそのまま階段を転がり落ちることもなく、私は誰かに抱きとめられた。

放心状態で顔を上げると、私を見下ろすクラウス殿下の端麗な顔があった。

私をしっかりと抱き止めてくれている。

（クラウス殿下……）

今すぐ抱き着いて縋《すが》り付《つ》きたい。

声が出ないまま殿下に手を伸ばすも、すぐに身体を床に下ろされ、温《ぬく》もりが離れていってしまった。

「ごめん。エド、セシリアを頼む」

そう言ってエドに私を託すと、大きな窓から外に飛び出して行ってしまわれた。

「セシリア様、お怪我《けが》は……!?」

「し、し、し、死ぬかと思った……さ……さん……三階……」

「はい、ここは三階です」

口をパクパクさせながら何とか単語を呟《つぶや》き、クラウス殿下が出ていかれた窓を指さす。

そんな私の顔を、エドは屈《かが》んで覗《のぞ》き込む。

心臓が壊れてしまうのではと思ってしまうほど早鐘を打ち続けている。

「クラウス殿下……三階の窓から飛び下りて……」

「クラウス殿下なら大丈夫です」

へぇ、そうなんだ。

執務室にいらっしゃると思っていた殿下が何故、後ろから現れたのかなど、様々な疑問が過《よぎ》ったが今は頭が正常に働きそうにない。

しばらくするとクラウス殿下が戻ってきた。未《いま》だへたり込んだままの私が殿下を見上げると、黄金の髪に紅玉《こうぎょく》の瞳を持つ十歳くらいと思《おぼ》しき少女の首根っこを、彼は掴んで持ち上げていた。

「子供?」

立ち上がりまじまじと二人を交互に見る。いかに子供といえど女性には絶対的に紳士であるクラウス殿下が、女の子に対しそのような扱いをするなんて驚きだった。

少女は手足をジタバタさせながら憤慨し、振り仰ぐ。

「放しなさいローゼンシアの王子！　私に無礼を働いていいと思っているの!?」

「殿下、この子供はどうなさったのですか？」

（誘拐だったらどうしよう）

もしロリコンという新たな変態に目覚めていたらという不安が頭を過る。

そう心配してしまう程、目の前の少女は美しかった。

着ているドレスは白いシンプルな物だが、自身の華やかさのお陰で少しも地味に見えない。

しかし首根っこを掴まれた少女は憤怒《ふんぬ》の形相で睨《にら》みつけてくる。

「子供じゃないわよっ」

「エドにはコレが見える？」

そんな私達のやり取りを不思議そうに眺めているエドに、クラウス殿下が首根っこを掴んでいる少女を目の前に差し出して尋ねた。

「いえ、自分には何も見えておりません」

「コレって言うなー！」

私とクラウス殿下に見えている少女がエドは見えていないらしい。


部屋に戻ると、殿下と私と少女の三人で話し合いが始まった。

「まったく、ローゼンシアの王子がこの私をぞんざいに扱うなんて信じられないわ！」

金色の髪の少女は私とクラウス殿下とは反対側のソファーに腰掛け、腕を組んでプリプリとご立腹ではあるが、やはり可愛《かわい》らしい。

そんな少女の様子にもクラウス殿下は淡然たる態度を崩さない。

「先にセシリアへ危害を加えたのは君だ」

彼の声は普段とは違い冷然としたものだった。

王太子である彼は、為政者として非情になる時もあるだろう。

そんな側面を見せられているかのようだった。

「私は代々ローゼンシアの王妃を守護し、加護を授けるために王妃の腕輪に宿っている精霊よ!?

……今は別の主人の元にいて、その人物の願いを叶《かな》えるという名目でここに来れてはいるけれど
……」

「へぇ、君は主《あるじ》とどんな契約を結んだ?」

後半言《い》い淀《よど》んだ少女の言葉にクラウス殿下は眉根を寄せて尋ねた。

「……王太子妃になりたいという願い」

「では、君の主人とは誰だ？」

「……レオノーラ・バートリー」

「レオノーラ嬢の王太子妃になりたいという願いを叶える為《ため》に、僕のセシリアに危害を加えようとしたと。では君は僕の敵ということだね」

「違うの、聞いて！　それはあくまで手段であって、私は本来の主人であるローゼンシア妃の元に戻ることを望んでいるのよ」

はっきり「敵」と言ったクラウス殿下の言葉に慌てた精霊の少女は、バートリー家が王妃の腕輪を

所有するに至った経緯を語り始めた。

「昔他国の姫をローゼンシア王妃に据えることが何代も続いた時代があったのだけれど、いずれも魔力が少なかったり、魔力を持っていなかったりで私を視《み》ることができなかったのよ。それどころか何代も魔力を持たない妃《きさき》と婚姻を続けたものだから、国王ですら魔力が弱まっていって。それで昔の王妃は私が宿っていることを知らないまま、溺愛する娘がバートリー家に降嫁《こうか》する際に、私を授けてしまったの」

「はぁ……それで腕輪がバートリー家に渡っていたわけか」

殿下は溜《た》め息《いき》混じりに呆《あき》れながら呟いた。

「理由がどうあれ君は本来守るべき対象の次期王太子妃、セシリアを害そうとしたことには変わらない。いくら持ち主が別の人間でも、それでは古《いにしえ》の契約に違反しているのではないか？」

「コレとか君とか失礼ね、私はミスティカよ！　それに元はと言えばローゼンシアの王妃が私を手放したんじゃない！　だからこんなにも遠回りなやり方しかできなかったのよ。バートリー家の娘がセシリアの代わりに王太子妃になりたいって、願ったからここまで来れたの。力が弱まってしまって契約者の願いの対象であるこの子にしか関われないから、どうしたらいいか分からなくて大分悩んだわ。そうしたら一度深夜にこの子の部屋で様子を窺《うかが》っている時に気付いてくれたから、その後も取《と》り敢《あ》えず湖に回し蹴りで落としたりしてみたけれど。私は王妃に加護を与える存在だから、悪戯《いたずら》程度の存在アピールに留《とど》めておいてあげたわ。気付いてほしかっただけで、害を与えようと思ったわけじゃないの」

（あれ回し蹴りだったの!?　酷《ひど》いっ！）

クラウス殿下に直接言えばいいのにって思っていたけれど、制約と力に限界があって自由に動き回れないのかもしれない。

「先程の階段でセシリアを突き落とそうとした件については、打ち所が悪くて死んでしまったらどうするつもりだったんだ」

(そういえばそうだ、私死にかけたんだった!)

予想外の展開に忘れかけていたが、階段から突き落とされかけて、今までより本格的に命の危険を危惧してしまった。

しかし口を閉ざす私と、真剣な眼差《まなざ》しの殿下を紅玉の瞳に映したミスティカ様は、目を見張った。

「まぁ、それくらいで死んでしまうの? 長い間人と関わっていなかったから分からなかったわ。人間って結構脆《もろ》いのね?」

ミスティカ様はキョトンと悪意なく呟いた。やはり精霊と人間の感覚は大分違うらしい。

何だかアイラさんに精霊が取り憑《つ》いていた時の、噛《か》み合わなさを思い出してしまった。

「あのっ、レオノーラさんは貴女《あなた》の存在を知っていたのですか?」

二人の会話を邪魔しないように黙って聞いていた私は、先程から気になっていた部分を目の前の精霊、ミスティカ様に尋ねた。

「いいえ、片っ端から自分が持っている宝石に願いをブツブツ言っていただけで私のことは視えていなかったわ。でも丁度建国祭でこの国の土地の霊力が高まっていたから、その力を借りて私が強引に契約を結んだの。本人も気が付いていなかったわ」

(やっぱり本人が言っていた通り、レオノーラさんは雑に願いをおまじない程度に呟いていただけなのだわ……）

そのお陰で、ミスティカ様が私の元に来られるようになったなんて……。

「殿下、レオノーラさんの事はどうか処罰しないであげてください。お願いします」

「今後のバートリー家の対応によるかな。王妃の腕輪をすぐに返還するなら考えておくけど」

「ありがとうございます」

一拍してミスティカ様が切り出す。

「それに私の力が弱まったのと同じく、レーヴァンも光らなくなっているのではないかしら？」

「レーヴァン？　……レーヴァンテインのことか？　それなら僕が立太子した時に引き継いだけど」

レーヴァンテインとは、殿下が立太子された時に受け継いだこの国の宝剣であり神器とも言われている。

「私とレーヴァンは元々対になっていて、レーヴァンテインに宿る精霊のレーヴァンとは番《つがい》なの。だから離れ離れにされて剣であるレーヴァンのほうも力が弱まってしまって光らなくなっているはずよ。お互い近くにいないと力が弱まっていくのよ」

ローゼンシア建国の神話では、神より授かりし神器レーヴァンテインを持つ選定された者、パーシヴァルが魔獣達からこの土地を奪還し国を建て、初代国王になったと言われている。

神器と呼ばれるレーヴァンテインはパーシヴァル王の子孫であり、直系の王族が手にすると光り輝き、振り上げるだけで裁きの雷《いかずち》を起こすと言い伝えられているが何代も光らず、今生きている人間で確認した者は誰もいない。

王族の中でも稀《まれ》に見る魔力の持ち主とされるクラウス殿下なら、もしかしたらという期待がされたがやはり光らなかった。

それが王妃の腕輪が王家に戻れば、お伽話《とぎばなし》の中の創作だと思われていた部分が真実になるかもしれない。

私達は部屋を出るとレーヴァンテインが保管されている、同じく王太子宮にある地下宝物庫へと向かった。

「でも、そんなにもミスティカ様を視ることや感知できない王妃ばかりではなかなか守護なんてできないのではないですか？」

歩きながら私はミスティカ様に質問をしてみた。

「視えるのが重要というわけでは無いのよ、王妃が腕輪を身につけるだけで守護することができるのだし、それに貴女は私の存在に気が付いてくれた。こうして私が視えているのですもの。本来の私の力が戻れば、今のように認識できるはずよ。でも、こんなにも力が弱まった私を視たり、触れたりできる程の魔力を持つこの王子は例外ね」

確かに殿下は王族の中でもかなりの魔力を有していて、私達が認識できない存在まで視えている。

そしてクラウス殿下はミスティカ様に触れることができていた。

(ミスティカ様の首根っこを掴んでいましたものねっ)

しかし今までは私も、エドや他の人と同じようにミスティカ様が視えていなかったはず。

「では、何故私はいきなりミスティカ様のお姿が視えるようになったのでしょうか？」

「ああ、それは僕の魔力を受け渡したからだよ」

(ん?? 殿下の魔力？ いつの間に？)

まったく覚えがなかった。

「それはいつ、どうやってですか？」

「子供がいる前では言い辛《づら》いかな」

「なっ!?　子供じゃないわよ！　今は力が弱まってこのような姿だけど、本来の私は美しい大人の姿なのよ！」

見た目だけでなく腰に手を当てて怒る仕草まで子供っぽくて可愛らしい。

「とてもお可愛らしいですわ」

「とっ当然よ！」

つい可愛らしいと口走ってしまった瞬間、怒られるかと思ったが大丈夫だったらしい。

地下宝物庫の扉前へと辿《たど》り着いた。

殿下は真鍮《しんちゅう》の輪に繋《つな》がれた鍵束の中から、一本を取り出すと鍵穴に挿し、呪文を紡ぐ。

詠唱に反応した扉が開かれた。

一番奥に存在する石の壇には漆黒の剣レーヴァンテインが祀《まつ》るように置かれている。

「ああ、レーヴァン……会いたかった……」

ミスティカ様が真《ま》っ直《す》ぐに神器の宝剣レーヴァンテインの元へ行き、抱き締めながら呼び掛けると剣は声に応えるかのように光り輝いた。絵面《えづら》的には抱きしめているように見えるが、霊体の身体では触れ合えていない。私を突き飛ばした時に力の大部分を使ってしまったのだろうか。

「安心したら眠くなってしまったわ。早く腕輪をレーヴァンの元に届けてね、お願いよ」

宝剣レーヴァンテインを抱いたまま姿が消えてしまい、目の前にはレーヴァンテインのみが残された。

ミスティカ様は建国祭の霊力を利用して無理矢理契約を交わしたと言っていたから、その力を使い果たしてしまったのだろう。

「本当にこの剣が光るだなんて、お伽話ではなかったのですね」

ミスティカ様が消えた後、宝物庫は私とクラウス殿下の二人きりとなった。殿下は漆黒の宝剣レーヴァンテインを手に取り眺めている。剣には青い宝石が嵌《は》められている。

「精霊が宿っていることは分かっていたんだけど、何度呼びかけても返事がなかったんだ。対になる別の物があったなんて。逆に母上が引き継いだ指輪やティアラには何も感じられなかったけど」

「そういえばクラウス殿下、先程私に魔力を注いだっておっしゃっていましたが、いつどうやってですか?」

ミスティカ様の姿が消え、先程の疑問をもう一度尋ねてみた。

「ああ、それは昨日の夜だよ」

(んん？　子供の前では言えない昨日の出来事……)

「セシリアが僕のを飲んでくれた時、ついでに魔力も一緒に注いでおいたんだ」

「えっ……」

「セシリアはこの短期間に二度も精霊に手出しをされて心配だったから」

「そ、そそそうですか」

(何だか嫌な予感が……)

「性魔術って言ってね、子種を魔力に変換して性器を通して相手の体内に送り込んで、魔力の受け渡しをする方法があるんだよ。昨日のも上手《うま》くいったから、視えなかった精霊の姿が見えるようになったでしょう？」

嫌な予感と共に汗が背中を伝った。

「だからこれから定期的に魔力を注ごうね？」

（襲われる！！！）

「上の口からも下のお口からもちゃんと注いであげるから、これで心配は無いね」

（助けて襲われる！　もはや犯行予告！）

目の前の王子様は爽やかな笑顔でさらっと、トンでもない発言をしておられる。

「でっ殿下!?　し、下!?　何を言って……妊娠したらどうするんですか！　婚前交渉の挙げ句妊娠してしまったら……」

昨日の夜、太腿《ふともも》に出された白濁の液体を拭いて、清めてもらっている時に「コレは何なんですか？」とお聞きしたら『子種』だと教わった。

つまり子宮に子種を注いだら妊娠してしまう。

正式な結婚の前に婚前交渉の挙げ句、妊娠なんてそんな醜聞、王太子の婚約者として許されるはずがない。

「大丈夫、性魔術の時は妊娠しないよ。魔力に変換する時点で生殖能力は失われるから」

「あ、そうなんですか？」

「それに、次期王太子妃であるセシリアが、害されるほうが問題なんだよ。この国は精霊の加護によって守られているけれど、その代わり精霊が紛れ込む場合も多くてね、精霊も皆が皆、人間に害をなさないとも限らないし、彼らは人の善悪とはまた違った概念の持ち主だからね。配偶者を守るために昔から王家で密《ひそ》かに使われていた魔術なんだよ。それに婚姻後に純潔を確認する者も手廻《てまわ》しするし、証明する血の偽造なんて簡単。そもそも結婚するまでは妊娠させないから安心して？」

「そっそうなんですねっ⁉」

（不味《まず》いっ、逃げ道全部潰された！　合法的に襲われる！）

「だからね、今夜もたっぷり愛し合おうね？」

（誰か助けて下さい！！！）

◇

本日の晩餐《ばんさん》はカリフラワーのヴルーテや合鴨《あいがも》のサラダ、仔羊のローストなどが用意され、食事の間にはシャンパンのグラニテが挟まれた。

食事を全て食べ終えた後はサロンに移動し、紅茶と共にデザートを頂いた。

食後は部屋に戻り少し読書をした後、薔薇のオイルを垂らした湯船にゆっくりとつかる。

王宮の侍女によって全身を磨き上げられ、髪を丁寧に梳《と》かしてもらったらすぐに殿下が部屋に来た。

「セシリアっ、急いで執務を片付けてきたよ」

「そ、そうですか、もっとゆっくりなさっていても良かったのですよ？」

急いで来たせいか殿下は頬が紅潮しており、それでも嫣然《えんぜん》と微笑《ほほえ》んでいる。

「部屋でセシリアが僕の帰りを待っていてくれていると思ったら、仕事の効率が上がってね、何だか新婚みたいだよね？」

待っていたのではなく、こんなに早く来るとは予想外だった。

もうそろそろ寝たフリをして難を逃れようかと思っていたのにしくじった。

「セシリアが部屋で帰りを待ってくれるだけで仕事が早く終わるなんて、やっぱりセシリアは僕の女神。どうせなら一緒にお風呂も入りたかったのだけれど……さあ寝台に行こう」

「誰か助けてください！」

私は扉を目指し一直線に全速力で駆け出した。

――元野生児セシリアはヒールでも走れる次期王太子妃へと進化を遂げていた
「変態にっ変態に襲われていますっ、誰か助けて下さいっ！」

「あっ、セシリアっ」

――だが秒で捕まった
「ほらセシリア、寝台へ行くよ？　寝台以外がいいならセシリアが好きな場所でもいいけど、長椅子でもお風呂でもテーブルでも床でも立ってでも」

(テーブル!?　床!?)

「部屋から出たがっているようだけどまさか野外!?　僕も興味はあるけどそんな、いきなり野外だなんて……！」

「違うわ！　何でいちいち考えや発言が変質的なんですかっ!?　殿下の変態っ」

「ふふ、愛し合う行為を変態って言うなんて、何だか可愛いね。僕のセシリアは本当に可愛いな」

「違いますー！　行為を変態と言っているのではないのです！　殿下個人を変態と言っているので

す！　殿下は変態です絶対変態です！　紛《まが》うことなき変態ですっ！」

生まれた時から変態だったのか、気付かなかっただけで幼少の頃変態に目覚め始めたのかは知らないが、コイツは確実に変態だ。

「えっ、僕が変態？　それは考えたことがなかったな」

（ええ!?　自覚なし!?）

「セシリアのことが好きすぎるだけだよ。セシリアを愛しすぎてこうなっているのだから、責任とっていっぱい慰めてね？」

（私の責任ですって!?　何て理不尽な言いがかりなの!?　勝手に変態に育ったくせに！　なに私の許可なく勝手に変態に育ってるのよ！　騙《だま》された！）

薄々クラウス殿下は変態の自覚がないのでは、と疑っていたからこそずっと言いたかった『変態』という事実を突きつけてみたら思った通りだった。挙げ句私のせいにしてきた!?

爽やかな美しい王子様と婚約したと思っていたら、実はド変態だったなんてこんなの詐欺すぎる。新手の結婚詐欺だ。ロイヤル結婚詐欺だ。

「大体、子種を飲まされるだけならまだしも、飲んだだけで精霊の姿が見えたのなら婚前交渉の必要なんてありません！　それに私は心の準備もできていないのです！」

「僕に精霊の魅了がかからなかったのは、王族の血に流れる古の契約によるものなんだよ。セシリアは建国祭の夜会時に魅入られてしまったよね？　それでなくても立場上、王族の婚約者や配偶者は人間にも狙われやすい。魔力の受け渡しによって、精神に作用する魔術が効かなくなるんだよ」

「うぐっ!?」

精霊の魅了にかかって手玉に取られていた学院の伯爵令息や、宰相子息は実に滑稽に見えていたが、私も魅入られて殺されかけたので他人を揶揄《やゆ》できない。むしろお二人については、今ではかなり同情している。

そして何故魅了の能力を持つ精霊の力が殿下には効かなかったのか、密かに疑問に思っていたが、それが王家の血筋に由来していたとは。私も知らなかった。

精霊が必死に魅了魔法をかけようとしている期間、クラウス殿下は私のパンツに夢中という信じられないド変態ぶりを発揮していたのだった。

「飲むより普通に性行為をしたほうが効力が良いんだよ。でもいきなり襲ったりなんかしないし、無理矢理なんてしないよ。少しずつ慣れていこうね？　セシリアがいいって言ってくれるまでしないから」

アワアワと挙動不審な私を優しく安心させるように言い包《くる》めてくる。

「で、飲むのはいいんだっけ？　今晩は口でしてくれるんだね」

（しまった、言質《げんち》取られた！）

先程は婚前交渉を逃れるため、必死すぎて口が滑ってしまった。

失言してしまい、固まっている私の耳を生暖かい何かが這う。

「ひゃっ⁉　ちょっと何ですかっ⁉」

舌で耳を舐《な》められてしまった。

「も、もうっ何ですかぁっ？」

「セシリアは耳も敏感なんだね。可愛いな……」

「んっ……」

耳の側《そば》で囁《ささや》かれると息がかかり、身体がビクリと反応してしまった。そのまま逃れられないよう肩に手が回され、耳を舐めまわされながら食《は》んだり、耳の中をも陵辱《りょうじょく》され始めた。

中で舌が動く度に頭に音が響き渡る。

「やっ」

立ったまま思い掛けない快楽が身体を這《は》い、腰が抜けそうになる。

足がふらついた瞬間しっかりと支えられ、抱き上げられた。

殿下は細身に見えるのに軽々と私を横抱きにして運ぶと、寝台の上にそっと下ろした。

(捕まってしまった……)

「明日は学院があるのですからさっさと済ませて……」

私が言い終わる前に素早く唇が合わせられた。

「んっ……！」

長く口付けられ、その息苦しさに思わず開いてしまった口の隙間から、ぬるりと舌が侵入した。

私の口内を動き回り、舌が絡み取られる。

絡み合う度にゾクリと快感が下腹部を中心に身体を這う。

顔も身体も熱く火照《ほて》ってきてしまった。

惚《ほう》けていると胸をやわやわと揉《も》まれ、服の上から突起を指で刺激され始める。

「あっ……」

「ここ敏感なんだね」

殿下の長くてしなやかな指が服に差し込まれ、直接ぎゅっと胸を掴まれる。

「んっ、駄目ですっ！」

殿下から離れ、手から逃れる。

「どうして……？　二人で一緒に気持ちよくなりたい」

「明日は学院でしょう？　だからはやく……」

明日の朝に響かないよう早めに済ませたいのと、私への接触は最低限にしていただきたい。

私はまだ性的なことに向き合う心の準備ができていないから――昨日みたいに必要最低限の『お手伝い』に留めておいて逃げ切ろうと思っていた。

殿下の下半身を一瞥《いちべつ》すると、既に屹立《きつりつ》が存在をくっきりと主張しており、下穿《したば》きを突き上げていた。

そんな私の視線に気付いた殿下は顔を綻《ほころ》ばせる。

「はやくこれを舐めしゃぶりたいんだね、セシリアは僕のこれが大好きだからね、分かっているよ。焦らなくてもセシリアの物だから存分に可愛がってあげてほしい」

イラッッッ!!

(話聞いてた!?　明日は学院があるからって言っているでしょう！)

二日続けて寝不足は勘弁してほしい。

それに殿下の股間に生えているモノは凶悪そうで、全然可愛くなんて思えないのですが？

私が思案している間に、殿下は素早く屹立を露出した。

雄々しく欲望で膨らんだそれから思わず目を逸《そ》らしてしまった。

目を逸らす私の口元に先端があてがわれ、優しく頭に手が添えられた。

「頭押さえつけないで下さいよっ!? 昨日凄《すご》く苦しかったんですから！」

「ごめんごめん、セシリア自ら可愛い舌でたっぷり奉仕してくれるんだね！ 嬉《うれ》しいなっ」

絶妙にイラつかせる言葉を紡ぐのはわざとなのか何なのか。

しかし押さえつけられることはなく、そのまま頭を優しく撫《な》でられ始めた。

殿下が寝台の上で壁に背中をもたれさせて座り、私は殿下の脚の間にしゃがんで顔を近付ける。

(単なる作業だと思えばいいのよ、その為には早急に……って、何をどうやればいいの？)

「まず、口付けを落としてくれるかな」

知識がなく、自分からするにはどうすればいいのか、思考も身体も停止してしまった私に殿下が口を添える。

取り敢えず言われた通り先端に口付けすると、ピクリと屹立が反応した。

口付けを落とす度、ぴくりと反応して意思を持っているみたいでかなり不気味だ。

先端から汁を涎《よだれ》のようにダラダラと零《こぼ》し始めた。

そして次に教わった通り両手と口を使って陰茎を刺激していく。

「んっ……んっ……」

口に含み動かしていくとちゅぷちゅぷと淫靡《いんび》な音が響いた。

「む、むじゅかしい……」

咥《くわ》えながら舌も動かし扱《しご》くように口を上下させるのはなかなか難しい。

苦戦しながらも懸命に手と口を動かす。

「せっセシリア……セシリアぁ……」

「……ふぁい……」

吐息混じりに私の名を切なそうに呼ぶ殿下の声に、口いっぱいに肉棒を頬張らせながら返事をした。

反応を見ながら殿下が快感を得る場所を探す。

不本意だが早く達してもらわないと終わらないから。

黙々と作業を続けていると、無防備になってしまっていた私の胸元に手が伸びてくる。

寝衣の中へと侵入した殿下の手が私の胸に直接触れる。

私は殿下の手を咄嗟《とっさ》に払いのけた。

「ひゃうっ⁉　集中できないから触らないで下さい、というより胸は駄目ですっ」

「そんなに熱心に……！　セシリアは、これを舐めたり咥えるのが大好きだねっ」

「ちがっ、そうでなくっ」

「じゃあ胸を露出させて谷間で挟んでみてくれるかな⁉　セシリアの胸大好きなんだ、はぁっはぁっ」

反駁《はんばく》しようとすると、何故か更なる要求が飛んで来た。自分が触れないのなら、私から胸を出させようとでも思ったのか。

「脱ぎません」

「じゃあ服の上から挟んでみて！」

「胸は駄目って言ったでしょうがっ」

（人の話聞いてた⁉　さっき胸は駄目だって言ったでしょうが！）

どうも変態モードの殿下とは話が噛み合わない。

殿下と話が噛み合わないなんて婚約してから変態が発覚するまで、一度も思わなかったのに。

「駄目です！　今日は駄目です！」

「今日は!?　じゃあ今度してくれるんだねありがとう！」

（おい……）

「もしかして明日かなっ！　僕もいっぱい奉仕してあげたいなぁっはぁっはぁっ……」

変態モードの殿下は性的にトチ狂っているように見えて、的確に言質を取ろうとしてくるから油断ならない。

適当にあしらおうとしたらまた失言してしまうので、再び作業に集中することに。

大分荒い呼吸になった殿下が、私の後頭部に手を置き股の間に深く引き寄せた。

（押さえるなっていったのにぃ！）

「イきそうだ……」

「ケホッ……うっ……」

口の中に熱い白濁液が物凄い量と勢いで注ぎ込まれる。

注がれ続ける大量の精を受け止めきれず口から零れた。

全部飲み込むなんて無理だと思い、口を離したがまだ射精が終わっておらず次の瞬間、頬にも白濁の液体が飛び散り、顔に塗《まみ》れ汚されてしまった。

「！」

びっくりしてすぐに拭おうとすると、手首を掴まれてしまう。

殿下のほうを見ると目が合い、汚れた私の顔をマジマジと食いいるように見始めた。

顔が羞恥で真っ赤になる。

「やだっ！　放して下さいっ」

「はぁっ……はっ……目に焼き付けておかないと……ほらセシリア、零しちゃった分」

存分に舐め回すような視線で眺めてきたと思ったら、指で私の顔にかかった精を掬《すく》うと、口の中に突っ込んできた。

「むぐっ!?」

そのまま指を舌に絡めて更に蹂躙《じゅうりん》される。

「……んむっ」

「……ああ……イイね、とっても素敵だよ」

目が細められ、うっとりと呟かれた。

「セシリアが可愛すぎて……は……はあっ……また、こんなに……」

「！！！」

言われて視線をやると殿下の下半身が再び雄々しく反り勃《た》っていた。

「終わらないでしょうがっ！」

変態殿下の性欲を甘く見ていた私の『早く終わらせる作戦』は失敗した。

再びそそり勃つソレに唖然《あぜん》としていると、素早くショーツが私の足から抜き去られてしまった。

(早い！　そういえばこいつ職人だった、しまった！)

ショーツを素早く抜き去るという技を持った変態に奪われた挙げ句、太股を掴まれ脚を大きく開かれる。

「胸は駄目って言われたから……こっちはいいよね」

気付けば脚の間に殿下の頭があり、蜜口付近で話す殿下の吐息がくすぐる。

先程と体勢が逆転してしまった。

「ちょっ……！　そんなわけ……っ！」

（そんなところで喋《しゃべ》るな！）

「はぁっ……はぁっ……セシリアは僕に、ここを舐められて可愛がられるのが大好きだからね……ほら、もう切なそうにヒクヒクさせて、とっても綺麗《きれい》だよ」

襞《ひだ》を広げられ、顔を近づけまじまじと見られるなんて、羞恥で頭がおかしくなりそう。

（だからどうして妄想で、私におかしな設定を継ぎ足してくるのよ！）

「なっ……好きなんて言ってませんっ、なに勝手なことを……やめ……あっ……」

唾液をたっぷり含んだ舌に割れ目をベロリと舐め上げられる。クラウス殿下は荒い呼吸を繰り返し興奮しきった様子で、そのまま舌を何往復もさせ――激しくむしゃぶりついてきた。

「あああっ……！」

「ほら、こんなに溢《あふ》れてる……女の子は気持ちがいいと、ここが濡《ぬ》れてくるんだよ」

「しっ知らないっ、そんなこと知りません！」

涙目で脚の間を見やると、金色の頭が角度を変えながら激しく蠢《うごめ》き、舌で割れ目や襞が舐め回され唇が吸い付いてくる。

羞恥と快楽とで頭がおかしくなりそう。

「あああ!!　駄目っ……！　殿下っ」

「はぁっ……は……こんな時なのに名前で呼んでくれないなんて……セシリア、お仕置きだよ……」

「いやぁぁっそれ駄目！　殿下っ！」

一番敏感な蕾《つぼみ》を口に含み、そのまま深く吸われてしまった。

悲鳴を上げる私の「殿下」という言葉に反応し、更に強く吸いながら舌先で蕾をくすぐり始めた。

「あぁぁっ……！　クラウス様っクラウス様！　もうっ……！」

奥から迫《せ》り上《あ》がってくるような快楽に大きく身体を仰《の》け反《ぞ》らせ、頭が真っ白になる。

「イっちゃったね……可愛い……こんなに濡らして、綺麗に舐めとってあげよう」

がっちりと腰を抱き込んで、ジュルジュルと激しく淫《みだ》らな音を立てながら蜜を吸い上げてくる。

達したばかりで小刻みに震える私の身体はぐったりとしていて、少しも抗《あらが》えない。

一方的に与えられ続ける快楽を受け入れるのみとなっていた。

「ふ……んんっ……」

「舐めても舐めても溢れてくるよ……美味《おい》しい……。もっと出していいよ」

一度達してトロトロになってしまった内部に舌が挿入され、また激しく痙攣《けいれん》しながら昇りつめてしまった。

「またイっちゃったね、可愛い……僕ももう限界……」

ぐったり横たわる私の上半身に跨《また》がりながら、顔に勢い良く白濁液が掛けられた。

◇

「防壁は止《や》めて下さい、昨日はごめんなさい反省しています本当にごめんなさい」

「昨日は？」

身体を清めた後、クッションで防壁を作ろうとする私に殿下は許しを乞う。

昨日は反省しているらしいが、まさか今さっきの出来事はこれっぽっちも反省していないのだろうか？　確かに私は変態殿下の性欲を甘くみていた。

私からしたら強烈すぎるひと時であり、とんでもない目に遭わされたと思っているのに。

もしかしたらアレが殿下にとっての普通なのだろうか？

今後への不安が増していく。

「昨日はセシリアの甘い匂いと柔尻に挟まれて反応した挙げ句、完全に勃ってしまったんです」

「詳しく言わなくて結構です」

(何これ、新手のセクハラ？　だったら許さんぞ)

今日は既に二度精を出されたので流石《さすが》に大人しく寝……るかどうかは不明だけど、私も「たまに寝相が悪い」という設定を持っているので何かしてきたらボコボコにする所存。

そう決意と共に警戒をしつつ寝台に入る。

防壁は作らないが離れて寝るという約束を取り付け、お互い寝台の布団に入った。

暫《しば》くして今のところ大人しく同じ布団で寝ている殿下のほうに視線をやると、ぴったりと瞼《まぶた》が閉じられ、長い睫毛《まつげ》が目に付いた。

そして規則正しい呼吸と共に胸が小さく上下している。

寝てる――と思ったのも束《つか》の間《ま》、手が私の胸元にゆっくりと伸びてきた。

（は？）

完全に寝ているように見える、伸ばしてくる右手以外。

瞼を閉じるその顔《かんばせ》は一見天使のよう。天使な彼は寝たフリをしながら私の胸を触ろうとしているらしい。変態の天使。

先程頑《かたく》なに胸を触らせなかったからだろうか？　しつこいな！

（それにしてもこれで寝たフリは無理があります！）

人のこと言えないけれど――私も散々雑な寝たフリをしてきたから。

クラウス殿下はまた「反省している」の一言で済ませるつもりなのだろうか？

随分と舐められたものだ、勿論《もちろん》肉体的な意味では無く精神的な意味で。

寝衣の中に手が侵入してくる前に対策することに。殿下の人差し指をギュっと握ると、人の指が本来は曲がらない、逆の方向に曲げてみた。

流石のクラウス殿下もビクリと腕を一瞬だけ震わせ、手を引っ込めた。

お顔はやはり眠っているようで、呼吸すら僅かな乱れもない。

実に寝たフリはかなり上手い、だが白々しいにも程がある。

このまま眠りについたとしても、クラウス殿下が触れてきたら流石の私も気付くはず。

その時は起きて返り討ちにすればいい、そう思い至ると、安心して眠りに落ちた。

――朝になり、目覚めた瞬間驚いた。

「!?」

こちらをしっかりと見つめているクラウス殿下と目が合った。

一体いつから起きてそうしていたの？

（ビックリした……）

ひたすら私の寝顔を観察していたのかと思うと、困惑と共に羞恥が込み上げてくる。

そしてちょっと不気味……おっと失言しかけた。

「おはよう、まだ侍女が来る時間ではないよ」

「そうなのですね」

まだ微睡《まどろ》んでいたいけれど、寝顔を観察されるのはやはり恥ずかしい。そう思って殿下に背を向けて再び目を閉じようとすると……。

「朝からこんなに可愛いセシリアを見られるなんて、ムラムラし……」

「……殿下？」

「あ、嘘《うそ》っ。いや、嘘ではないけれど、幸せだなって」

「…………」

寝起きの不機嫌さも相まってゴミを見る目で見てしまった。

「クラウス殿下は朝から元気ですね」

「セシリアがいるから……え、二人きりなのに名前で呼んでくれないの!?」

「な、何ですかいきなりっ」

「昨日も名前で呼んでほしいと言ったよ、昨晩は本当に嬉しかった……」

昨日クラウス殿下の名前を呼んだ時といえば、行為中の出来事……思い出した瞬間、羞恥心で私の顔は見る見る茹《ゆ》で上がった。

朝思い返す光景にしては刺激が強すぎる。

「もうっ、朝から何を思い出させるんですかっ！　着替えるから一旦出て行って下さいっ」

クラウス殿下を追い出したのと同時に、侍女を部屋へと呼んだ。

◇

学院の放課後、現在はカフェテラスでクラウス殿下とお茶を飲みながら談笑している。

ここのカフェで提供されているケーキもなかなか美味《うま》い、今日はベリーのケーキを選んだ。

「そういえば次の休みの朝、夜会用にプレゼントする予定のドレスをセシリアと一緒に選びたいと思っているんだ。セシリアの意見を聞きながら生地やレースを選んで仕立てたいし、流行《はや》りに合わせてセシリアの好みも変わってきたかもしれないからね」

クラウス殿下の提案に私は瞳を瞬《またた》かせた。

「デザートには今王都で人気の『シャンドフルール』のプディングを予約して取り寄せようと思っているよ、食べたがっていたよね？　一緒に食べたいな、まだ王宮にいるよね、次の休みまでは」

「えっと、問題は解決致しましたし、いつまでも王宮やクラウス殿下のお世話になるわけにはいきませんわ。持って来た荷物もそう多くないですし、明日にでも侯爵家に戻ろうと思っております」

朝から王宮に仕立て屋を呼び寄せるつもりらしい、私がまだ王太子宮に滞在すると見越して。

ちなみにその日はお妃教育もなく王宮への用事はない。

「えっ……」

クラウス殿下の青い双眸《そうぼう》が揺れた。

幼い子供が置いていかれたような、哀情の色を宿している。

「そんなこと言わないで」

「えっ？　でも……」

素早く手が取られてしまい、虚を衝《つ》かれた。

「そんなに急がなくても、もう少しゆっくりしていてもいいんじゃないかな？　せめて次の休みまでは」

(次の休みまで王宮でお世話になり続けるのもどうかと思うし、あと変態がセクハラしてきそう)

「セシリアはそんなに僕と離れたいの？　僕はセシリアと離れるのがこんなにも辛いのに……」

見つめながら取られた手に、口付けが落とされる。

流れるような自然な動作に一瞬思考が停止してしまった――それにしても距離が近すぎる！

ここは学院のオープンカフェテラス。

席に着いてお茶を楽しんだり、通りかかる生徒も決して少なくない。

そんな生徒達の大半が不躾《ぶしつけ》にならない程度でこちらの様子を窺《うかが》って……滅茶苦茶見られてる!?

結構な人達がこちらを凝視している、皆様の視線が痛い！

自国の美しい王子様というだけでも目立つのに、白昼堂々とこんなにも甘い台詞《せりふ》と共に婚約者の手に口付けを落とすだなんて、見るなというほうが無理があるかもしれない。

当事者じゃなければ私でも気になっていただろう。

「ちょっ殿下!?　分かりましたっ、分かりましたからっ」

（分かったから早く解放して〜！）

「本当？　まだ王宮に滞在してくれるんだね、嬉しいな。そうだ、僕は教授と少し話があるから、セシリアはここで待っていてね、すぐ戻って来るから」

甘い微笑みを浮かべ、私の頭を軽く撫でてから颯爽《さっそう》と去って行ってしまわれた。

取り残され、硬直する私に、近くの席にいたマーガレットさん達が嬉々《きき》として近寄ってきて声を掛けて来た。

「二人きりだとクラウス殿下はいつもあんな感じなのですか⁉」

「甘々でしたわね！」

「クラウス殿下って、とても情熱的でしたのね～」

「ドキドキしてしまいましたわ！」

「セシリア様は現在王宮から学院に通われているのです？」

会話も聞かれていたらしい。

普段クラウス殿下は人前でベタベタしてこないはずなのに、不意を衝《つ》かれてしまった。

私の心臓は未だに早鐘を打ち続けている。

「普段はちゃんと贈り物を自分で選びつつ、流行を考慮して意見を取り入れてくれるなんて流石クラウス殿下ですわ！」

「私なんて全然好みではない香りの香水を贈られてしまって困っていますの。ちゃんと好きな花の香りを伝えてあるのに！」

「分かりますわ、香りなんて特に好きな物でなければ、あまり付けたいとは思わないですわっ」

いた。

「セシリア様は本日も王宮へお帰りになられるのですね？」

「学院から帰ってもずっとクラウス殿下と一緒なんですか⁉」

クラスメイトのご令嬢達が盛り上がり始め、勢いに気圧《けお》された私はどうしたものかと考えあぐねていた。

そんな私の後方から凛《りん》とした声が発せられる。

「貴女方、そのような詮索するような物言いは品がないですよ」

声の主はレオノーラさんだった。

困惑気味な私を見かねて助けてくれたのだろうか。

「お二人は幼少から長年に亘《わた》り愛情を育まれ、日頃人前では節度ある距離感を保たれているのです。模範のような方々ですから、周りで騒ぎたてるような真似はおよしなさい」

落ち着いていているけど芯のある声だった、レオノーラさんの言葉でマーガレットさん達は騒ぐのをやめ、挙げ句こちらの様子を窺っていた生徒達まで視線を外してくれた。

私はレオノーラさんに目線を合わせて微笑みかけ、感謝を示した。

◇

晩餐後のデザートはフロマージュだった。

食事からデザートまで全て食べ終え、二杯目の紅茶を飲み干して暫くすると、意を決して殿下に切り出す。

「今日はの……飲みませんからねっ」

「何を？」

「クラウス殿下の……あれです」

「僕の何かな？　アレじゃ分からないなぁ、はぁっ……はぁ……」

(通じてるだろ、ハァハァすんな！)

私は無視して話を続ける。

「……どのくらいの頻度で……の、飲めば効力があるのでしょうか？」

いくら尊い方の精、それも目に見えなかった精霊の存在が見えるようになるほどの神聖な物だとしても、あんな物を頻繁に口にしてお腹《なか》を満たしたくなんかない。

「僕としては毎日がいいけど……」

(ヒィィ！)

「でも毎回なんて、セシリアに負担かけたくないからね、しばらくは魔力の受け渡しは大丈夫なんじゃないかな？」

殿下の言葉にほっと胸を撫で下ろし、内心小躍りした。

就寝時間となり、寝台に入ると殿下が口付けをしてこようとしてきたので、思わず手で制する。

「今日は魔力の受け渡しは無しのはずでは……？」

「……セシリアは僕と口付けするのも嫌？　口付けしたくない？」

「……したいです」

口付けしたいのは本心だが、言葉にするのは恥ずかしい。

顔を赤らめる私にクラウス殿下は微笑むと、そのまま引き寄せられ、愛《いと》おしそうに目を見つめたまま、そっと頬を撫でてくる。

恥ずかしくて目を逸らしたいけれど、その綺麗な青い双眸をずっと眺めていたい、そんな思いが交錯する。

ゆっくりと額や髪や頬に幾度も優しく口付けられてから、互いの唇が合わさる。

深く下唇を吸い上げられると自然と口が開いてしまった、そこから彼の舌が侵入してくる。

舌先をくすぐられ、絡め取られた。

甘く夢見心地のような気分になり、頭の中に霞《かすみ》が掛かったような感覚。

唇から離れると、今度は首筋に唇が当てられ、耳や首筋に舌が這い回る。腰に回された手の熱さえ意識してしまう。

「ああ、目がトロンとして可愛いね」

私は熱に浮かされ、とっくに蕩《とろ》けてしまっていた。そんな私を見てクラウス殿下は目元を和らげる。

その表情は優しく微笑んでいるのに、蠱惑《こわく》的な色を孕《はら》んでいた。

再び唇が合わさりながら、ゆっくりと寝衣を下ろされ、胸が露《あら》わになると膨らみが揉まれていく。

彼の手の中で、胸が卑猥《ひわい》に形を変えていた。

揉まれながら更に先端を爪先で弄《もてあそ》ばれ、もどかしい快楽につい太腿を擦り合わせてしまっていると、クラウス殿下の指が下着越しに秘所に触れた。

「ほら、下着がもうこんなに濡れてる」

「は……はずかしい………」

「愛し合う行為なんだから恥ずかしがらなくて大丈夫だよ」

胸の先端を刺激されながら、指が下着の中に入ってきて秘裂を往復する。

「んん……ふ……」

身をよじり、細《ささ》やかな抵抗をしていたはずが痺《しび》れるような刺激を繰り返され、脳も身体も快楽を受け入れ始めていた。

胸の先端を軽く舐めながら舌先で転がされると、そのまま口に含んで舐めしゃぶられ始めた。

いろんな快楽を同時に与えられてしまい、我慢しようとしても鼻に掛かった吐息が漏れ出てしまう。

「はぁっ……ん……身体がっ……熱くて変です……っ」

「一回イこうね？」

胸の頂きを摘《つ》まれながら秘処の蕾を指でグリグリと擦《こす》られ、強烈な刺激が襲ってきた。

「ああっ……！」

ビクビクしながら痙攣してしまうと、乱れた呼吸のまま、くたりと身体から力が抜けた。

力の入らない身体を殿下に預け、私は余韻に浸りながらポツリと零《こぼ》れた。

「殿下……」

「セシリア、殿下じゃなくて、ちゃんと名前で……」

そういえば昨日は『殿下』と呼んだら『お仕置き』と称して酷い目にあったのだった。

「……クラウス様……」

「うん」

昨日の光景を思い出してしまい、不安げに小さく名前を呟く私に、彼は嬉しそうに微笑む。

優しく頭を撫でてくれながら、ふいに見せられたその屈託の無い笑顔に釘付《くぎづ》けとなり、心臓が波打ってしまった。

「クラウス様っ……！」

思わず首に手を回して縋り付くように抱きつくと、背中に手を回して抱き締めてくれる。

「セシリア、愛してる」

彼は耳元で甘く囁くと私の首筋に顔を埋《うず》めた。

そういえば、私から好きとか愛しているとか伝えたことはない。

クラウス殿下はこれを愛し合う行為とおっしゃった。

貴族は血筋や家を守るための婚姻をして、子供を産み育てるのが義務であり、そこに愛のない夫婦も多いと聞く。

でも彼はとても愛おしそうに、私の身体に触れながら「愛している」と言って下さる。

私が落ち着くと、彼は再び胸をやわやわと弄《いじ》りながら、身体に口付けの痕を付けてきた。

「はぁ……子供の頃からだんだん育っていく様子も観察したかったな……」

「なっ、何言って!?」

子供の頃のクラウス殿下はそんな破廉恥《はれんち》な考えをしなかったはず、多分。

「口付けの痕が花びらみたいで綺麗だね、もっと身体中に付けたい」

「もうっ」

胸の直ぐ下やお腹など沢山痕が刻まれていく。

ようやく胸から手が離れたと思ったら、彼は私の脚を手で広げ、脚の間にゆっくりと顔を近づけると蜜口に口付けをした。

「あっ……」

そんなところに口付けされるなんて……。

自分の秘められた場所に口付けされる様子を見てしまい、あまりの羞恥に頭がおかしくなりそう。

またそこが熱を持ち、蜜で濡れるのを殿下は舌で丁寧に舐め上げた。

先程指でされたのとはまた違う快感に襲われ、腰が溶けてしまいそうになる。

ピチャピチャと音を立てながら蜜口や蕾を舌と唇で弄ばれ、気付けば嬌声《きょうせい》が抑えられなくなっていた。

「んっ……あっ……ああっ……やあっ」

「いっていいよ」

膣《ちつ》内に侵入してきた舌により悲鳴のような声を上げてしまった。

蕾を深く吸われ、ビクビクと身体を震わせながら私は再び昇りつめた。

(私、こんなに敏感だったかしら……)

今まで雑な寝たフリを何度もしてきたけれど、こんなに敏感になってしまったらもう、眠ったフリはできないのでは……。

ぼんやりとする意識の中、そう思案してしまった。

「…………」

朝起きて今回は大人しく眠っていた殿下に感心したのも束の間、お手洗いから戻ってきた私の目の前に、映し出された光景に絶句してしまった。

「はぁっ……は……セシリアの髪の匂い……っ」

「………」

先程まで隣で大人しく寝ていたはずのクラウス殿下だが、戻ってみると私が使っていた枕を抱きしめながら頬ずりして興奮なさっている。

——初めは下着好きの変態だと思っていた
その後、レオノーラさんに私の制服に顔を埋めて匂いを嗅いでいたと教えてもらった。

湖近くのお茶会では使用済みのストッキングを盗まれ、逃走されかけた。

今は私が使用していた枕に顔を埋めたり、頬ずりしたりと髪の残り香を堪能しながら興奮している。

もはや下着だけ守ればいいという状況ではないと嫌でも分かる。

(下着好きの変態だと思っていたら、多方面に亘《わた》る変態だったとは……あれ……逃げ道なくない？

……詰んだ)

「……殿下、どいて下さい。それに……私月のものが来ましたの」

私は少し悩んでから呼びかけた、変態に声を掛けるなんて勇気がいる、長年の婚約者だけど。

私の呼び掛けにクラウス殿下は顔を上げる。

「二人きりの時は名前で呼んでくれないの？　って、月のものっ？　それは大変だっ」

痴態……というか変態行為を見られた挙げ句声を掛けられて少しも動じないなんて、どんな精神しているの？　などと一瞬考えたが、そういえばクラウス殿下は自身を変態だと自覚していないのだった。

だから何とも思っていなさそうだ。

「ですのでしばらくはお相手はできませんし、変な真似をしてきたらしばきます」

「うんうん。ゆっくりしなきゃね。月のものが来た時は身体を温めたほうが良いと聞くよ。そうだ、朝はジンジャーティーにしよう」

学院の制服に着替えてからダイニングにて用意された朝食を二人で頂いた。

初夏に差し掛かり、冬に好まれるジンジャーティーはあまり出されない季節となってきたが、クラウス殿下は私に合わせて同じ物を飲んでくれている。

一杯目はストレートで、二杯目はミルクを入れた。

「ねぇセシリア知ってる？　暖かい地方で採れる作物は身体を冷やす効果があって、寒い地方で採れる物は身体を温める効果があることが多いみたいだよ」

「そうなのですか？」

「よくできているよね、世界の仕組みって。神っていえばオカルトの領域のように思えるけど、創造主は科学者だったりするのかなって考えちゃうよ。精霊が兵器に宿るのもその関係かなとか。魔術だって術式によって成り立っているしね」

朝から私が考えたことのないような話題を口にしてくる。こちらは寝起きと月のもののせいで頭が回らないが、殿下は朝から元気そうだ。

呆気《あっけ》に取られながら話を聞いてる私に殿下は微笑む。

「ということで今夜の晩餐後に出すデザートは北の地方で採れた、果物を使ったものにしよう」

本日の学院ではダンスや歴史学の授業を受けた。歴史学では他国についても触れられていた。

他の国に存在する神器についての話が印象的だったが、物によっては現在どこにあるのか分からなくなっている。

亡国の神器や、戦争により略奪されてしまった物もある。

ベルン公国という国の神器に分類される聖杖《せいじょう》は、ローゼンシアの神器とは真逆で血統での継承ではなく、杖《つえ》自ら次の所有者を選定しているらしい。

杖が選定するとは何とも不思議だ、聖杖も精霊が宿っているのだろうか？

教科書には歴代の選定者の名も記載されていた。

放課後になり、王宮へ帰る途中の馬車内で私は授業での疑問をクラウス殿下に尋ねていた。

「先程の授業で神器について触れていましたが、ミスティカ様のことは文献などに載っていないのでしょうか？　もし本などに記載されていたら、今頃王家から他の家に渡るなんて事態には……」

「文献に載せずに、口頭を重視するんだよ。たとえばほとんどの国民は知らない話だと、仮装をして祝う建国祭。精霊が紛れ込むって言い伝えられているけれど、本当は精霊を呼ぶための儀式で、彼らを呼び込んで土地の霊力を高めるためのものなんだ。今まで王都に魔獣が入って来た例はないでしょ？　建国祭っていうのは、魔の物が入れないように王都に結界を張る儀式なんだ」

「……そうなのですか……私も知らなかったです。そんな重要なことを国民が知らないままでいいのでしょうか？　私も知らずに安寧《あんねい》に暮らし、恩恵を受けていたなんて……」

「この国独自の儀式で、他国に漏らしたくないというのもあるし、一番の理由は人々には意味を知らせず、単なる祭りとして楽しんでもらうこと。というのも精霊はこの現《うつつ》の世と精霊界を行き来する曖《あい》昧《まい》な存在だから、儀式の意味を曖昧にすることも重要だから。その方が精霊を呼び込みやすいし、二つの世界の道を開きやすくさせるから」

確かに精霊が視える人もいれば視えない人もいる。そこにいるのかと思えば消えてしまったり。存在自体がとても曖昧と言えるかもしれない。

祭りの間は観光シーズンにより王都にはいつもより他国の人も多く、誰がローゼンシアの民で、誰が国外から来た人なのか判断し辛い。

そして祭りの時は仮面を着け、精霊や獣の耳などを付けて仮装する者が多い。自分以外の何者かになるような、または人間なのに、人間以外のものになるような演出。

それが全て儀式のための意味を成したものだったとは。

「その代わり口頭だと、世界から失われてしまった神秘も多いのだろうね。他の国でも何度も神器を巡って争いが起きているのも事実だし。レーヴァンテインの場合は他の者の手に渡ってしまっても、腕輪が一緒じゃないと真の力を出せないからその点においては懸念点は一つ消えるように思えるけれど。……お陰でローゼンシア王族すらこのまま永遠に光らせることはできないところだった」

ローゼンシアの神器レーヴァンテインは王家の血筋でなくては光らないらしいが、王族の血を引く別の系譜が王位を主張しても、対になる腕輪の存在を知らないと光らない仕組みだから隠されていたのだろうか。

「建国祭が儀式を兼ねているという秘密を、私が今知ってしまってもよろしいのですか？」

「もう妃教育はほぼ終了しているからね、もう伝えてもいいと思って」

お妃教育の先生も当然知らない情報のはずだから、クラウス殿下から直々に伝えられたらしい。『精霊に愛される国』などと呼ばれるこの国はその呼び名の通り、精霊と交わした古の契約が今も王族により、途切れることなく受け継がれていた。

本日の晩餐のメインは、タイムとローズマリーが香る魚のムニエルや鴨肉のピューレ添え。デザートには今朝殿下が宣言した通り、林檎《りんご》を煮たコンポート。添えられた生クリームには砕いたピスタチオが散らされている。

相変わらず貴族の女主人が料理長と相談しながら、夫の体調管理をするような気配りだ。

就寝時間になり、何もしないから寄り添って寝たいとお願いしてくる殿下に念を押す。

「今朝も言いましたが、変なことしたらぶん殴りますからね？」

「分かっているよ、お休み」

クラウス殿下は私の頬にキスすると抱き寄せながら眠りにつかれた。私も月のもののせいかすぐに眠りに落ちてしまった。

そして朝までクラウス殿下の温もりを感じたままぐっすり眠り、目覚めると就寝前と同じくすっぽりと彼の胸に収まっていたのでした。顔を上げると未だすやすやと眠っておられる殿下の美しいお顔。長い金色の睫毛が頬に影を作っている。

（やればできるんじゃない！）

褒めるよりも先に、これまでの夜の攻防の数々が蘇《よみがえ》ってくる。そして自然と整った鼻梁《びりょう》に目がいった。

（その綺麗なお鼻をつまんでやろうかしら？）

そう思いながら見つめているとゆっくり殿下の瞼が開かれ、宝石のような青い瞳と支線が絡み合う。

「セシリア……おはよう、もう起きていたんだね……」

何だか自分が殿下の寝顔を盗み見ていた形になってしまい少し戸惑う。

しかし本当に何もしてこないのであれば、逆に自分が抱きついて、もっとクラウス殿下を堪能すればよかった。かなり勿体《もったい》ないことをしてしまったかもしれない。

今更ながら後悔が押し寄せて来た途端、彼の身体が温もりと共に離れていってしまった。

「まだ侍女が起こしに来る時間には早いけど、念のため」

「そうですね」

精霊に襲われた直後や、得体の知れないものから避難するという名目でクラウス殿下と同じ部屋で寝ているが、婚約者といえど婚前なので、侍女が来る前には身体を離すことにしている。

ふいに手に何か温かい物が触れ、びくりと引っ込めかけると、殿下が私の手をしっかりと握った。

「これなら布団の中で見えないよね」

布団の中でこっそり手を繋ぎ合わせたまま再び目を閉じ、暫く微睡むことにした。

ほどなくして侍女が起こしに来ると、着替えをすませてすぐに朝食の時間となった。

テーブルにはパンやフルーツなどが並び、アップルティーが用意された。

私のお皿に取り分けてくれた殿下が口を開く。

「ねぇ、次の休みまではここにいてくれるよね、約束だったし」

「そうですね……」

僅かに歯切れの悪い私の返事に殿下は目を瞬かせたが「それにしても」と彼は続ける。

「朝からなんて可愛さだ!?」

「…………」

「セシリアはどうしてそんなにも可愛いのだろう？　そんなに可愛かったら」

「お食事が冷めないうちに頂きましょう」

朝でも頭の上から爪先まで完璧なキラキラ王子様に言われると、少し疑ってしまう。しかし毎朝元気ですねこの王子様……。スープが冷めないうちに朝食を頂くことにした。


「次の休みまで私、月のものが終わらないと思いますけれど……」

馬車に乗り込むと、私は話を切り出した。朝食の席では憚《はばか》られる話題だったため濁したが、この場で先程の話題を続けることにした。

「そうだね、安静にしないと」

「だからその、夜の……お相手は……」

「当然、ゆっくりしないとね」

「あ、えっと……」

真っ赤になって口籠る私に、クラウス殿下は真摯な瞳を向けた。

「もしかして、それを心配していたの……？　僕はセシリアが側に居てくれるだけで嬉しい。ああ、そうか最近の僕が幸せすぎて浮かれていたからだね、ごめん。昔から僕はセシリアのことを考えるだけで幸せだった。そんな僕だから愛おしいセシリアと一緒にいられて幸せ過ぎて舞い上がってしまっていた。体調がすぐれないなら無理にとは言えないけれど……」

朝っぱらから糖度の高さに眠気が一気に吹き飛んでしまった。

「……しょっ、しょうがないですわねっ」

「いいの？」

「体調も至って良好ですし」

残りの滞在期間中は身体を密着させて眠れるだろうか？　だったら嬉しい。

「ありがとうセシリア、愛してる」

甘い微笑みに思わず見惚《みと》れてしまった。

その後王妃の腕輪と呼ばれる、精霊ミスティカ様が宿った腕輪は、バートリー家からすぐに返還され、王太子宮の宝物庫に神器レーヴァンテインと並んで寄り添うように保管された。

●王妃の腕輪

王妃の腕輪がバートリー家から返還され、王太子宮の宝物庫に納められた。

返還されたミスティカ様の腕輪をクラウス殿下が見せて下さるというので、休日に王太子宮へと赴いた。以前は建国祭で高まった土地の霊力と、レオノーラさんの願いの力で、一時的に姿を現していたミスティカ様。現在は力の大半を失い、腕輪の中で眠っていてお話しすることもできないらしい。

私達の前に現れた人型のミスティカ様は、金色の髪に紅玉《こうぎょく》の瞳を持つ、とても美しい少女だった。ミスティカ様曰《いわ》く、精霊としての力が弱まっているから幼い姿だったそうで、本来の姿は大人の女性とのこと。

(本来の姿のミスティカ様ともお会いしてみたいわ)

殿下が呪文を紡いで宝物庫の堅牢《けんろう》な扉を開ける。

宝物庫の中を二人並んで進むとすぐに異変に気付かされる。

「!?」

宝物庫の中には、以前にはなかった物達がこれでもかというほど、存在感を放っていた。異様としか言いようのない光景が眼前に広がり、私は狼狽《ろうばい》した。

「ま、待って下さい！　何ですかこれは!?」

「え、セシリアだけど？」

「分かってるわ！」

私は壁に飾られた数ある絵の中の一枚を指差し、声を上げた。

というのも宝物庫の中を進めば進むほど、いろんな私の絵画が上質な額縁に収められて、壁に何枚も掛けられているのが嫌でも目に入る。

全身が描かれているものもあれば上半身のみ、見返りのもの、着飾ってドレスアップしたものや普段着ドレスやら、実に多種多様に存在している。

「何で宝物庫の至るところに私の絵が飾られているのか聞きたいのですっ」

「ああ、セシリアの絵を飾るスペースがなくなってしまったからだよ」

「へぇ……スペース……？」

「セシリアの絵を飾るだけの部屋一面に飾っていたんだけど、とうとうその部屋の場所がなくなってしまって、いくつかここに移動させたんだ」

「…………」

部屋一面に私ですって……？　ではこの絵の数々はごく一部に過ぎないというの？

「もう一部屋新たに飾り場所を増やしたいんだけど、どの部屋に移動させるか決め兼ねていてね。部屋が決まるまでの間は宝物庫に置いておこうと思ったんだよ。宝物庫に置いてある他の物より、僕にとってセシリアの絵のほうが断然宝物だしね。この見返りはにかみセシリアもとてもお気に入りの一枚なんだ」

うっとりと語っているが、貴重な品々や、各国からの献上品よりも絵のほうが大事ですって？

しかも部屋一面に私の絵を飾る部屋をまだ増やすつもりらしい。

幼少の頃からの婚約者であるクラウス殿下には、確かに大切にしていただいていると自覚はあるのだが、変態が発覚するまでは互いに穏やかな愛を育んでいると思っていた。

だけどクラウス殿下の愛情は、私が思っていたより大分重苦しい愛情なのではと思い始めた。

変態発覚と奇行の数々に気を取られすぎていて、そこに目を向けていなかったが、最近になってようやく気付くに至った。

「ほら、これがミスティカの腕輪だよ」

自分の絵に囲まれるという奇妙な体験をさせられ、完全に歩みと思考が止まってしまっていた。お陰で本来の目的である腕輪の存在を失念するところだった。

奥の石段に宝剣レーヴァンテインと共に置かれた腕輪は、年代物だが美しい金細工に、ミスティカ様の瞳の色と同じ、輝く紅玉が嵌《は》められている。

「王妃の腕輪という名称ですが、王妃様にお返ししなくても良いのですか？」

「レーヴァンテインは僕が継承したからここでいいんだ、腕を出して。これは既にセシリアの物だよ」

確かにミスティカ様は対になるレーヴァンテインが側《そば》にいないと力が弱まっていくとおっしゃっていた。レーヴァンテインの所有者がクラウス殿下だから、ミスティカ様の腕輪は今から私が継承するということになる。

殿下に言われて恐る恐る腕を出す。

「僕の唯一のお妃様《きさき》」

甘い笑みを湛《たた》えた殿下は腕輪をはめた私の手に口付けを落とす。

そんな殿下とは対照的に、自分は仄《ほの》かに複雑な思いが胸に宿ってしまった。

唯一……。

（このままずっと殿下の唯一でいられるかしら……）

「……力が戻ったらまたミスティカ様にお会いできますよね？　レーヴァンテインのほうの精霊様にもいつかお会いしてみたいですわ」

「そうだね、そのうち会えるよ……その為《ため》に性魔術で僕の魔力をたっぷり注いであげるね」

（そうだった〜！）

私がミスティカ様のお姿が視《み》えるようになったのは、殿下に魔力を注がれたからだった。

それも性魔術とかいう精を魔力に変換して私に注ぐといった方法で。

「セシリアが積極的で嬉《うれ》しいな、もしかして精霊に会いたいというのは方便で、僕と今すぐに愛し合いたくて言っているのかな？」

「えっ!?　違いますっ、魔力の受け渡しをすっかり忘れていただけです！　私ったら、ついうっかりしてしまいましたわ！」

焦りが前面に出てしまい、何だか無駄に声が大きくなる。

「恥ずかしがらなくて大丈夫だよ、そろそろお茶の時間にしようか？　僕の部屋に用意させるよ」

「王太子様の私室でお茶をするなんて、恐れ多いですわっ」

「寝台なら綺麗《きれい》に整えてあるから心配しないで」

（助けて襲われる！）

はっきり違うと否定したのに、何でこういう時のクラウス殿下って無駄に前向きなの!?

「お庭！　お庭がいいです！　久々に庭園でお茶が飲みたいなっ！」

ミスティカ様を元あった場所に戻すと、逃げるようにして先に宝物庫から出た。

そして通りがかった侍女に物凄《ものすご》い剣幕で庭園にお茶を用意するよう頼みこんだので、めちゃくちゃ喉が渇いてる人と思われたに違いない。


芳《かぐわ》しい花の香りに満ちた王太子宮の庭園。そこの東屋《あずまや》で用意された透明なガラスカップは、とても美しかった。ガラスカップは金で縁取られ、鮮やかな水色の花の絵付けが施されている。華やかさと涼しさを演出しているようで心が躍った。

「まぁ、涼しげで綺麗ですね」

「夏にぴったりだし、これはガラスだけど、耐熱性にも優れているから熱いお茶も入れられるんだ。揃《そろ》いで取り寄せたこのガラスのティーポットに、薔薇《ばら》の花を浮かべたローズティーを入れてテーブルに置いたら、より見栄えが良いと思うんだ」

「美しいだけでなく実用も兼ねているのですね。ローズティーは美味《おい》しいですし、このガラスのティーポットだときっと見た目も素敵ですね」

「じゃあ今度は花びらが映えるローズティーを用意するね」

「いろいろ楽しめますね、夏は苦手ですがクラウス殿下のお陰で楽しみが増えましたわ」

並べられたスイーツは、食べやすいサイズのタルトレットで、生クリームと共に杏《あんず》やイチヂク、ベリーなどの果物やショコラが飾られている。

お茶に入れるお砂糖は薔薇の形になっており、華やかで可愛《かわい》らしい。細部に至るまで、私が喜ぶように考えて用意してくれたのかと思うと、胸がほんのりと温かくなる。

お茶を飲み終え、ぴったりとくっついてきたクラウス殿下は私の長い髪を反対側の肩に寄せると、露《あら》わとなった首に口付けしてきた。

「んっ……外では止《や》めてください……」

「うなじが可愛かったからつい。最近は高い位置で結っていることが多いね、可愛い」

少し暑くなってきたので首を少しでも涼しくするため、高い位置に結ってはいるが、伸ばされた長い髪は背中まで届く。

「夏はパステルとか明るめの色味のドレスが多いだろうから、リボンは合わせやすいように白などを贈りたいな、サテンや絹の艶《あで》やかな物もいいし、レースの物も可愛くてきっと似合う」

髪を指に絡めながらうっとりと呟《つぶや》かれる。既に妄想が始まっているようだ。

帰る時間となり、殿下のエスコートで馬車に乗った。

クラウス殿下の政務が忙しいと一人で帰るのだが、今日は送って下さるそう。

「はぁ、帰したくない……」

そう呟きながら頭に頬ずりをしてくる。

今のところ馬車内ではくっついてきても、変な真似はしてこないので好きにさせることにしている。

窓から侯爵邸が見えると、またポツリと零《こぼ》した。

「このまま拉致して監禁しておきたい」

……冗談、ですよね？

◇

本日は応接間にて、アクセサリーをジュエリーデザイナーに見せてもらっている。

私は蝶《ちょう》の金細工の髪飾りを手に取り、見せてもらった。

「とても可愛いですね」

私と隣り合って宝飾品を一緒に見ている殿下に向けて同意を求めた。

クラウス殿下は銀糸で優美な飾り刺繍《ししゅう》が施された白に近い灰色のジレと、揃いのコート、白いブラウスにトラウザーズを纏《まと》う、その姿は乙女《おとめ》の憧れる王子様そのものだ。

そんな彼も上機嫌で蝶の髪飾りについて提案をしてきた。

「デザインが可愛らしいから、羽の部分に埋め込む宝石はセシリアの瞳の色と同じ、アメジストを埋め込もうかと思っているのだけどどうかな？」

「私個人としては青のほうが好きではありますけれど」

「淡い紫はセシリアのように可愛らしさと美しさを兼ねているから、この飾りにぴったりだと思うんだ」

クラウス殿下の甘すぎる台詞《せりふ》に押され気味になってしまう。

そんな私達のやり取りを微笑《ほほえ》ましい、といった表情で見守っていた壮年の男性デザイナーが口を開く。

「殿下のセシリア様に対するご寵愛《ちょうあい》は誠に眩《まばゆ》いものでございますね」

「当然だ、私のセシリアは可憐《かれん》で心根も素晴らしく、王太子妃になるための努力も欠かさない。そもそも妖精のようだと讃《たた》えられているセシリアだが、妖精などとは比べ物にならない程美しく……」

「も、もういいですクラウス殿下そのへんでっ」

耐えきれず、思わず殿下の言葉を遮った。

恥ずかしさを通り越して何だか頭痛がしてきた。

「未来の王太子夫妻が仲睦《むつ》まじいのは、臣民としてとても喜ばしい限りです」

「では羽の上部分をサファイアにして下部分をアメジストにするというのは、できますでしょうか？」

話を元に戻したくて咄嗟《とっさ》に先程から考えていた案を提案してみた。

「羽の部分が上羽と下羽で分かれていますから可能でございます。青と紫なら色味的に相性がいいですし、きっと素敵な仕上がりになると思われます」

「いい案だね、流石《さすが》セシリアだ。完成品が楽しみだよ」

「はい、私もとても楽しみです」

意見を取り入れてもらえたアクセサリーが完成して、手元に来るのが待ち遠しい。

話し合いが終わり、ジュエリーデザイナーが部屋を後にすると、侍女が新しいお茶を運んできてくれた。

応接間の扉をくぐった奥がクラウス殿下の私室となっている。

クラウス殿下の私室は華美に飾り立てるのではなく、上質な家具や室内装飾が適度に配置され、とても品のいい印象を受ける。もっとも、これは王太子宮全体に言えることである。

私室のほうにお茶の用意がされ、私とクラウス殿下は二人きりとなった。

暫《しばら》く二人きりの時間を過ごし、お茶を飲み干した私は口を開く。

「それでは私もそろそろお暇《いとま》を……」

帰宅を仄めかし、そそくさと立ち上がろうとすると優しく阻まれてしまった。

――脱出成功ならず
私を捕獲したクラウス様の乱れた息が首筋にかかる。

どうして興奮しているの!?

衣服越しに、硬くて熱い何かが私の腿《もも》に押し当てられる。

「何をなさるおつもりですか？　ドレスを汚したら流石に怒りますよ」

「ドレス……」

「もしドレスが汚されてしまったら私はどうやって帰宅すればいいのですか」

「ああ、大丈夫だよセシリア。安心してほしい」

これが自分の下半身を私に押し当てながら言う台詞とは――どう見ても痴漢行為の最中だし、自分の婚約者が異次元すぎて未《いま》だ信じられない。

「こんなこともあろうかと用意していた物があるんだ」

「こんなことって何です？　一体何をなさる気……」

「ついてきて」

取《と》り敢《あ》えず冷ややかな視線をその背中にぶつけつつ、彼の後をついて行くと、この部屋に隣接している部屋へと続く扉が開け放たれた。

「こちらのお部屋は……」

扉の先は煌《きら》びやかな部屋が広がっていた。装飾性に富んだ、明るい色味の上質な家具が揃えられている。

「いずれセシリアの私室となる王太子妃の部屋だよ。結婚前に模様替えをするから今から壁紙とかを考えておいてね」

クラウス殿下の私室から直接行き来ができる王太子妃の部屋は輿入《こしい》れの度、壁紙などが替えられる伝統となっている。今は使われていない王太子妃の部屋に入り、更に奥の衣装部屋へと足を踏み入れる。

そこには既に色取り取りのドレスが並べられていた。

「凄い……」

「セシリアに似合いそうなドレスも用意してあるから、たとえ汚れたとしても心配はいらないよ」

「確かにこの部屋にあるドレスは素晴らしいですが、そういう問題では……」

「せっかくだからどれか着て見せてほしいな、全部セシリアのために揃えてあるから」

「確かに、袖を通さないのは勿体《もったい》ないですよね」

「でしょ、この機会にどれか一着でも」

「そうですね……では、取り敢えずこれにします」

目に付いた水色に白のレースが施されたドレスを私は選んだ。

「僕が着せてあげよう」

選んだドレスをよく見ると背中には編み上げが施されており、一人で着るのは確かに難易度が高そうではある。ドレスを器用に着せてくれたクラウス殿下にお礼を言い、私は姿見に自身を映した。

煌めくビーズが縫い付けられた上質な水色のドレスは、開いた胸元がドレスから繋《つな》がるネックリボンで隠されているので、可愛らしさと上品さを上手《うま》く演出している。

七分袖はチュール素材で腰にはドレスと同じ絹の布の薔薇の飾り、裾には繊細なレースにフリルが施されていた。

「ああ、やはりとてもよく似合っている、いつでもセシリアが王宮に滞在できるように用意した甲斐《かい》があった」

王太子宮に滞在させていただくことはこれまでにもあったけれど、思った以上に私のためのドレスが既に用意されていると知り、改めて驚いた。

それに私の好みを熟知したうえで仕立てられたと分かる品揃えとなっている。

「ありがとうございますクラウス殿下、ではそろそろ自分のドレスに着替えようかと……」

「そうだね」

背中の編み上げが緩められ、ドレスが脱がされる。現在私の格好は完全な下着姿となっていた。

「あの……」

「じゃあ後で着せてあげるね」

今すぐに家から着て来たドレスを渡してもらわないと困るとの思いで、怪訝《けげん》な目で殿下を見上げる。

「何故後で？」

「それは……僕のモノが我慢の限界だからだよ……くっ」

「くっじゃないんですけど、引《ひ》っ叩《ぱた》きますよ？」

もはや不敬なんて言葉はとっくに捨て去った。

可愛いドレスに目が眩《くら》んで袖を通してみたいと思ったのは私の責任でもあるけれど……やっぱり計画犯だー！　衛兵さんこの人です、この変態です！　……そうか、結婚したらこの続きの扉から私室に変態がいつでもすぐにやって来れるのか。いつでも扉一つで現れる変態……怖くない？

「可愛いドレス姿のセシリアを見て、そろそろ限界だから愛し合いたくなってしまった」

「どうして殿下はすぐに……」

「殿下……？」

「え？」

「こんな時に名前を呼んでくれないなんて、セシリア……お仕置きだよ」

（こんな時って何、もう始まっているの!?　知らないし！）

クラウス殿下は『お仕置き』という言葉に似合わず、頬を染めて極上の甘い笑みを浮かべてくる。変態のスイッチも始まりのタイミングも私には見当が付かないのに。

「もしかして、僕にお仕置きしてほしくてわざと、そう呼んだのかな？」

「ち、違いますー！」

「何て可愛らしいんだ、僕のセシリアは」

「聞けよ！」

「恥ずかしがらなくてもいいからね、たっぷり可愛がってあげる」

「助けて侍女の皆さん！　衛兵さーん！　この変態です!!」

しかしドレスを奪ってから走って逃げようとするも、あっさり捕まった。

「そんな格好で人を呼ぼうなんて、もし見られでもしたらどうするの。確かに二人の行為を人に見られるのは興奮するかもしれないけど、僕以外の男に見せるなんて浮気だからね？　さあ、誰にも見られないように寝室へ行こう」

「どこからツッコめばいいのよ!?」

抵抗虚《むな》しく軽々と横抱きにされ、私は殿下の私室へと連行されてしまった。

ガーターとストッキングとショーツは着用したままだが、コルセットがずらされ、胸が露わになってしまった。

「恥ずかしいです……」

「とっても綺麗だよ」

明るい時間の室内で寝台に座らされ、うっとりと眺めてくるから、私の頭は羞恥で溢《あふ》れそうになっている。

「見ないでくださいっ」

胸を手で隠してはいるが、恥ずかしがれば恥ずかしがるほど、変態殿下が興奮してくるという悪循環に陥っていた。

それでも羞恥で身悶《みもだ》える様子を見た彼は、安心させようとしているのか、私を抱きしめると優しく髪や頭を撫《な》でてくれた。

流されるものかと反骨精神で抗《あらが》おうとするものの、抱擁と共に優しく撫でてくるクラウス殿下のしなやかな手は極上の心地よさを与えてくる。髪を梳《と》かれながら口付けされ、僅かに開いた唇に彼の舌が侵入してくる。舌を絡め、吸い上げられてしまい、すぐに私の身体は疼《うず》き始めてしまった。

（うぅ……確実に流されているわ……）

与えられる愛欲にまともな思考を奪われてしまったのかもしれない。長い口付けの後、胸の先端を弄《いじ》られながら熱い舌が首筋を這《は》い回り、ぞくぞくと痺《しび》れるような感覚が背中を伝う。

ガーターとストッキングはそのままに、コルセットとショーツが脱がされ、胸を舌と唇で舐《な》められながら彼の指がくちゅくちゅと音を立てて秘裂を這う。蜜が既に溢れていたことが知られてしまったのと、その淫猥《いんわい》な音で顔が羞恥に赤く染まる。

クラウス殿下は胸から唇を離すと、私の脚を開かせた。

彼は脚の間に入りこむと、一番敏感な場所に顔を近づける。舌に蕾《つぼみ》を弄《もてあそ》ばれながら入り口を指がなぞり、甘い痺れに私は身体を震わせる。

「んん……ん……」

「大分ほぐれてきたから、指を入れてあげよう」

「指……？　……やだ、こわいです」

「かなり濡《ぬ》れてきているし、優しくするから大丈夫だよ。それに最終的にはこれが入るんだよ？」

視線を下げるとトラウザーズを寛《くつろ》げ、殿下の下穿《したば》きの中のものが熱を持ち、大きく勃《た》ち上がっていた。

「ひっ⁉」

これまでの行為で薄々そうかなと思っていた。この部分が自分の中に入り、子種を中に注がれるのだと何となく察していた。

だが、はっきり告げられてしまうと恐怖が湧き上がってくる。

下穿き越しに秘部へと熱い塊を押し付けられ圧迫される感覚に、それだけで頭がおかしくなりそう。

なのにゆるゆると腰を動かされると、下着越しに互いの性器が擦《こす》れ合う刺激で腰が浮いてしまう。

「挿《い》れたい……」

「そんな……む、無理ですっ！　こんなのっ……！」

こんなものを挿れられるなんて想像するだけで恐ろしい。受け入れる前に壊れてしまいそうだ。

「初夜でいきなり華奢《きゃしゃ》なセシリアにこれを挿れるのは、可哀想《かわいそう》だとずっと思っていたんだよ。だから今日は指で慣らしてあげる」

そう言うと安心させるように、額や頬や唇に優しく啄《ついば》むよう口付けしながら、蜜を滴《したた》らせた花弁《はなびら》に指が割り入っていった。

ゆっくりと指が進み、入り口の浅いところをくちくちと音を立てて動かしていく。

「あっ……」

「大丈夫だから、力をぬいて」

つい身体を強張《こわば》らせてしまう。意識してゆっくり呼吸をして力を抜くと、浅いところを刺激していた彼の長い指が、だんだんと深いところまで沈んでいった。

「あぁっ……」

「そう、上手だよ。ほら、入った」

指を奥まで入れたり、引いたりと往復する度、淫猥な音が部屋に響く。

「聞こえる？　この音、セシリアが出しているんだよ」

聞こえているし言われなくても分かっているのに、甘く艶を帯びた声が耳元で囁《ささや》きながら羞恥を煽《あお》ってくる。

「どんどん溢れてくる……指、増やすよ」

「そんな……あぁっ……」

涙目でクラウス殿下にしがみ付く私が返事すらできないでいると、指が二本に増やされ、再び往復していく。

ばらばらと指が動き、音をぐちゅぐちゅと立てて掻《か》き回《まわ》され、あられもない声を上げてしまう。指を中が締め付けながら新たな蜜を垂れ流し、ひたすら与えられる快楽に身を委ねていった。

「あぁっ……あっ」

びくりと身体を跳ねさせると、彼はそれを見逃さず執拗《しつよう》にその部分を責めてくるから、快楽に耐え切れなくなった私は目の前が真っ白となった。

達してしまい霞《かすみ》がかかった意識の中、クラウス殿下が溢れた蜜をじゅるじゅると吸い上げる音が耳に響く。

「ううぅ……」

「はぁっ……は……おいしいっ」

達してしまったのにまだ許してもらえず、顔を離してくれない。

「もう……」

顔を離そうと手で制するがビクともしない……。

「しつこいですって……あぁっ」

蜜を吸っていた唇が一番敏感な蕾を吸い上げ、再び達してしまった。

「いい子だね、たくさんイって疲れちゃった？」

彼は目を和らげ、くたりと横たわる私の頬や頭を愛《いと》おしそうに撫でてくる。

唇にキスを落とした直後、僅かに唇を離した距離で囁いてきた。

「セシリアは休んでいていいからね？」

見上げると上半身を起こした彼は、下穿きの屹立《きつりつ》を露出して目の前でそそり勃ったものを扱《しご》き始める。艶っぽい吐息が荒々しくなり、しばらくして私の胸と顔に白濁液が出された。

「…………」

「全部飲まなくていいから少しだけ飲もうね？」

そう言いながら身体にかかっている僅かな精を指で掬《すく》って、口に運んできた。

「えっ」

「魔力に変換しておいたから……はぁっは……」

「ちょ、ちょっとまっ！」

「少しだけだから」

狼狽する私の口に興奮気味に指を突っ込んできたクラウス殿下は、そのまま指を舌に絡ませる。

「むぐー！」

涙目になりながら両手で腕を押しのけ、急いで彼の指を口から引っこ抜くと私は早口で捲《まく》し立《た》てる。

「も、もう今日はこれ以上何もしませんからね!?　終わりですから！」

早めに宣言しないと、また何をされるか分からないという恐怖からくる真摯な訴えだった。

私とは対照的に落ち着いたクラウス殿下は優しく、そして何の含みもなく微笑んだ。

「分かっているよ、セシリアのために我慢する。セシリアのためなら僕はこの泉のように湧き出る情欲を抑えよう」

（我慢！　我慢ですって⁉　先程のご乱心の直後に我慢と申すのですか⁉　それにこちらは体力も精神力もごっそり無くなったのに、どれだけ元気なんですか⁉）

「この欲望を抑えるのは容易ではないけれど、愛しいセシリアのためなら僕は口だけでなく行動で示せるんだ。愛は押し付けるものではないからね、ああでもセシリアからの愛は全力で押し付けられたい」

「あ、そうですか。それはどうも……」

「そうだよ。身体を清めたらドレスを着せてあげよう」

清廉な眼差《まなざ》しで真《ま》っ直《す》ぐに見つめながら言ってくるが、騙《だま》されてはいけない。やっていることはほぼ変質者だ。


いつも通り殿下が手ずから私の身体を清めてくださり、本日着てきたドレスに着替えさせてくれた。姿見で全身を確認してもどこも違和感が見当たらず、着替えを手伝ってくれたクラウス殿下の器用さに毎度驚かされてしまう。侍女としても申し分のない働きぶりは王太子とは思えないほど有能で、一体いつ何のために習得したのか――え、今日みたいな日のためにわざわざ習得したの？

今はあまり深く考えないようにしよう……。

身支度が整え終わった私を眺めるクラウス殿下のその視線は、甘い含みこそあれ少しも不躾《ぶしつけ》でないところが流石だ。変態のくせに。

一息ついたところで、私はこの寝室に来た時からずっと気になっていた、寝台の脇に置いてある黒紅の天鵞絨《ビロード》に覆われた何かに目を向けた。

「そういえばこれは何ですか？」

適度に高価な調度品が配置されているこの寝室の中で、何か分からないこの天鵞絨の物は異質だった。

「ああ、これ？」

クラウス殿下が覆っていた天鵞絨を取ると一枚の絵が姿を現した。

「何ですかこれは……？」

「セシリアだけど？」

「分かってるわっ」

何このやり取りデジャブ？

天鵞絨の下から現れたものは私が描かれた一枚の絵だった。

「何で私の子供の時の、しかも外で寝ている絵が寝台の脇に置いてあるのか聞いているのです」

「ああ、幼少の頃にセシリアと添い寝している気分になりたくて、ルーセント侯爵夫妻に頼み込んで絵師を手配して描いてもらったんだ」

よく見れば絵の中に描かれている背景はウチの庭。そういえば子供の頃はよく庭で暴れ回った後にそのまま疲れきって庭で寝ていた気がする。

侯爵庭の芝生《しばふ》の上でスヤスヤと眠っている私の様子がそのまま絵としてここに残っているとは。

幼少の頃の思慮深い微笑みを浮かべた、天使のような少年殿下が、私の寝姿を欲したと思えば微笑ましい気がする。だがこうして立派なド変態へと成長を遂げた今となると、また違った感想を抱いてしまいそう。

「誰にも見せたくないから、寝る時以外はこれで覆い隠しているんだよ。僕だけのものだからね。就寝時にこうやってセシリアの絵と一緒に眠るのが幼少の頃からの日課なんだ」

「へぇ……」

何年もの間、就寝時はこの絵と共に添い寝している妄想で眠っているですって？

何だか知らない事実がどんどん出てくるのですが、流石にもうお腹《なか》一杯です。

しかも私本人が知らないのに自分の両親が共犯ときた。

固まっているとクラウス殿下の声が落ちてくる。

「実に愛らしくてこの絵はコレクションの中でもお気に入りの一枚なんだけど、この際だからお願いしてもいいかな？」

（何だか嫌な予感が……）

「成長した今のセシリアの寝ている姿の絵が欲しいんだ。丁度良い女流絵師も見つかってね。男の絵師に僕のセシリアの寝衣姿や寝顔を見せるわけにはいかないから見つかって良かったよ」

（げっ!?）

「この幼いセシリアと現在のセシリアの絵をローテーションさせながら、セシリアと添い寝している気分に浸って眠りたい」

（でたクラウス殿下の謎のローテーション！）

煌めく笑顔で言ってくるが、使用用途が私の羞恥を煽りすぎて了承しかねる。更に「囲まれながら寝るのもいいな」とか呟きだした。

「……クラウス殿下ってこの頃から……わ、私のこと好きだったりしました……？」

何とか平静を保ちながらも無理矢理話題を変えてみた、けれどこれはこれでちょっと恥ずかしいかもしれない。でも幼少時に私の絵を欲したということは、当時から私に対して好意を持って下さっていたと考えてもいいのだろうか？　自惚《うぬぼ》れている自覚はあれど、純粋な疑問でもあった。

「え、気付いていなかったの？」

クラウス殿下が意外だと言わんばかりの表情で目を見張って見つめてくる。次第に虚を衝《つ》かれたような殿下の双眸《そうぼう》が、慈《いつく》しむような色に変わっていく。

「僕に澄まし顔で挨拶する姿も、大人にはにかんで挨拶する姿も、元気に遊ぶ姿も全部大好きだった、真面目にお妃教育に励む姿や、苦手なダンスや裁縫を克服しようと努力する姿を見てもっと好きになった。でも、理屈じゃないんだ」

胸に手を当てると、誰もが魅了される完璧な造形美と涼やかな美声が熱を持った表情と声色になり、それが今自分にのみ向けられているという事実に胸が熱くなる。

「出会った時からずっと、そしてこれからもセシリアを心の底から愛してる」

自分から話題を振ったのにもかかわらず、クラウス殿下の言葉に私の胸には甘い痺れを伴った熱が込み上げてきて、言葉を失ってしまった。

●授業中の犯行

本日の学院での講義は、それぞれ好きな場所を選んで庭の花や風景を写生する時間となっている。

学院の敷地内であれば、庭が見渡せる回廊に椅子《いす》を置いたり、カフェテラス席を使ったりしてもいいとのこと。

この時期に咲く花だとアナベルが特に好きなのだが、純白だったりほんのり色付いていたり、ライムグリーンだったりと絶妙な色味を表現するのが難しい気がする。アナベルはメインではなく、端に描くことにした。

ピンクの可愛らしい花を付けている木、百日紅《さるすべり》と低い位置に植えられているカンパニュラが見渡せ、端にアナベルを描ける位置に場所を決めた。

これなら彩《いろど》り豊かな美しい絵に仕上がりそうだ。

そう思って椅子に腰をかけた直後、私はとある失態に気付く。

「あっ……」

「セシリア、どうしたの？」

私の隣に座るクラウス殿下が、不思議そうに見つめてくる。

「ペンケースを教室に忘れてきてしまったようです……」

画材を持ってきたものの、下描き用に使うペンが入ったペンケースを教室に忘れてきてしまった。

恥ずかしさで目を伏せる私に殿下は優しく声をかけて下さる。

「じゃあ僕が取ってくるよ、セシリアは先に僕のを使って描き始めていいよ。待っていてね」

「そんな、クラウス殿下のお手を煩《わずら》わせるなんて……」

「大丈夫だよ」

躊躇《ちゅうちょ》する私を残し、颯爽《さっそう》と教室へ向かってしまった。

「相変わらずクラウス殿下は何てお優しいのかしら」

「本当、理想の王子様ですわ」

「溺愛されていますわね、セシリア様」

「………」

近くに席を置いているマーガレットさん達は先日レオノーラさんに注意されたせいか、騒ぎ立てるのではなく生暖かい目で見守りながら声を掛けてくる。これはこれで恥ずかしい。

それでも一語一句私達の会話を聞き逃さないのは流石《さすが》だ。

レオノーラさんだけは会話に混ざることなく、黙々と下描きに取り掛かっている。

生暖かい目が向けられる中、私は少し思案すると立ち上がった。

「あっ、いけないわ。私ったらペンケース以外にも忘れ物が……。取りに行って参りますね」

何だかわざとらしい台詞《せりふ》と共に、殿下の後を追うように私も教室へと向かった。

階段を上ると、大きなステンドグラスの窓が等間隔に配置された光に満ちる廊下を進む。教室が見えると扉前へ向かった。

そのまま中に入るのではなく、ほんの数センチだけ扉を開け、私はその中を覗《のぞ》き見た。

自分が使っている席に視線を向けるとそこには——ハァハァと息を乱して興奮気味に私の鞄《かばん》を漁《あさ》る

クラウス殿下の姿があった。

(何で鞄の中を漁っているだけで興奮しているのよ、あの変態!?)

とても不快なので今すぐ教室に乗り込んで変態を止めたい衝動に駆られる。

だがまだだ、まだ我慢しなくてはいけない。

そう自分を必死で抑える私の視界には、ペンケースは既に横手に起き、目的は達しているのにもかかわらずなおハァハァと鞄を漁り続けているクラウス殿下。

(しばく!　絶対に後でしばく!)

何故ならとても気持ちが悪いからだ。

怒りで爆発しそうなのを何とか耐え凌《しの》ぎ、そのまま犯罪級な気持ち悪さを発揮する、自分の婚約者を注意深く観察する。

すると最も懸念していたことが、今眼前で起ころうとしている。とある布袋を発見したクラウス殿下はそのまま自分の懐《ふところ》にそれを忍ばせようとしたのだ。

そこで私は勢いよく教室の扉を開けた。

「殿下!　現行犯ですっ!」

「セシリア?」

呆気《あっけ》に取られた顔を向けつつ、布袋はそのまま流れるような所作で迷いなく内ポケットへと仕舞い込んだ。盗《と》んなよ!

だがあまりにも堂々とした態度と自然な動作に、第三者が見ていたら決して盗みを行っているような現場になど、絶対に見えなかっただろう。

「殿下、内ポケットにしまったものを出して下さい。盗みましたよね？」

「盗む？」

「今ポケットに袋を入れたでしょ、私の目の前で」

（きぃー！　何で目の前で仕舞い込んだにもかかわらず、こんなにもしらじらしい表情ができるのよ！）

そう、この布袋の中身はパンツだ。

魔力暴走を起こして気を失っている最中にクラウス殿下からショーツを剥ぎ取られノーパンにされたり、学院の池に落ちて替えのショーツを持っていなくてノーパンになったりと学院で二度に亘《わた》るノーパンを経験してしまった私。

その過去の屈辱とトラウマにより、替えのショーツを密《ひそ》かに鞄に忍ばせていたのである。

「そもそも前に私が寝ている時にも下着剥ぎ取ったりしましたよね？　バレてないとでもお思いですか？」

ほとんど起きていたからな。というか本当に意識がなかったのは最初の一回のみである。

「盗んだなんてそんな……」

盗んだんじゃないというのなら何だというのだろうか。

「貰《もら》ったんだ。宝物だよ」

殿下はショーツを仕舞い込んだほうの胸に手を当てて、頬を薔薇《ばら》色に染めて幸せそうに微笑《ほほえ》んだ。

「はあ～!?」

何というキラキラした笑顔で意味の分からない台詞をほざきやがるのでしょうか。

あまりにも斜め上な回答に声を張り上げてしまった。

前に私のストッキングを盗んだ時も貰ったと言い張っていましたね、そういえば。頭の中はどうなっているのだろうか？

しかし今まで盗られていても黙認していたが、もう黙っていられる私ではない。

「勝手に盗っておいてよくもぬけぬけと！　早く返して下さい！」

「いや、貰った物だからっ」

返してもらおうと強引にクラウス殿下の制服に手を伸ばすが、優雅にかわされてしまった。

小癪《こしゃく》な！

「あげてないっつってるでしょー！」

変態なクラウス殿下とは会話が噛《か》み合わない。

婚約してから変態が発覚するまで、殿下と会話が噛み合わない何て思ったことは一度もなかった。

それにクラウス殿下は私を理解し、よく観察していて好きな物や興味を引いたものなど細かく把握してくれていたから。普段も彼が私に会話を合わせて下さることが多かった。

ほんの少し記憶を遡《さかのぼ》っても、蘇《よみがえ》るのはクラウス殿下の優しさと愛情深い思い出の数々。

本当に、何て理想的な婚約者……なのに何で変態な時の殿下とは噛み合わない！　どうしてこうなった!?

強硬手段としてクラウス殿下に飛び掛かろうと思った次の瞬間、教室の扉がノックされ中年の職員が顔をだした。

「これは……クラウス殿下とルーセント嬢？　講義中だというのに声が聞こえたものですから、念のため扉を開けて確認させていただきました」

危なかった、もう少しで教員の目の前で王太子様に飛び掛かるところだった。

私の次期王太子妃として積み上げて来た物がこの一瞬で無残にも粉砕するところだった。

そもそも今の時間は講義中である。

明らかに講義とは無関係な話し声が廊下に漏れ出てしまっていたのだから、教員が確認しに来るのは当然。しかし教室内は彼にとって予想外の状況となっていたようで困惑し、恐縮してしまっている。

沈黙はほんのひと時だった。

すぐに殿下が涼やかだけど通る美声を発した。

「申し訳ありません、現在このクラスは芸術の講義中でして、写生を行うため他の生徒は教室を空けている状態です。ですが忘れ物をしてしまって取りにきたのですが、無事見つかったのですぐに講義に戻るところです」

「そうでしたか。失礼致しました」

クラウス殿下の説明に教員は納得し、柔らかく微笑むとすぐに教室を後にした。

相変わらず外面《そとづら》のいい変態である。

これ以上この教室にいるのは不自然であり、すぐ写生に取り掛からなくてはならない。

(何てしらじらしい、取り返しそびれたけど絶対に逃がしはしないわ！)

何ごとも無かったように微笑むクラウス殿下——並んで写生の場に戻る私達、横を歩く殿下を見やると怒りがこみ上げてくる。取《と》り敢《あ》えず頭の中で殿下の背中に膝蹴りをする妄想をして、心を落ち着けることにした。

放課後になり、本日急ぎの用事がないクラウス殿下は王家の馬車で私を送り届けて下さる。

蔓薔薇《つるばら》の装飾が施された門を馬車が潜《くぐ》り、屋敷の前に停《と》まってからクラウス殿下にエスコートされて馬車を降りた。

そこですかさず私は彼の腕にしがみつき、上目遣いで端正なお顔を見上げた。

「クラウス殿下、今日はウチで一緒にお茶を飲む時間くらいありますよね……?」

上目遣いでおねだり作戦である。

そんな私に彼はすぐさま微笑み返してくれた。

「もちろん」

「ありがとうございます、嬉《うれ》しいですわ」

(逃がさんからな!)

おねだりに見せかけた、腕を抱き込む犯人確保の構図である。窃盗と変態の罪状が出ていますので、捕獲させていただきました。犯人捕獲完了です。

逃がしはしない、決して。

侯爵家の白を基調としたサロンにて、長椅子に並んで談笑する私達二人の前にお茶と焼き菓子の用意がなされた。

サロン内には、お茶の香りとお菓子の甘い香りが漂う。

使用人達がサロンを後にしてしばらく経《た》ち、私はバターたっぷりのフィナンシェを二つ食べ終えると、クラウス殿下を一瞥《いちべつ》した。隣の殿下は美しい所作でお茶の入ったカップに口をつけている。

そして私は視線を鋭利なものへと変え、口を開いた。

「ところでクラウス殿下、下着を返してください」

平静を保ち、毅然《きぜん》と告げた。

クラウス殿下も淀《よど》みない涼やかな美声を室内に響かせる。

「僕だって本当だったら使用済みの脱ぎたてが欲しい」

何故そんな発言をサラリと表情を崩さずに言える？

相変わらずのド変態発言に気が遠くなりそうになるが、負けてはいけない。

「なに人の下着を盗っておいて、妥協したみたいな言い方しているのですか？」

「妥協だなんてっ……既に宝物だよ。ただ……そうだ、これは返そう」

「当たり前です」

殿下は返すと言いつつも、袋を出さずに内ポケットにショーツが入っているほうの胸へと、手を当てるのみ。

どんな教育を受けたら婚約者のパンツを懐に忍ばせる王子に育つの？　そろそろ王妃様と乳母《うば》と国民に謝って？

胸に手を当てたまま彼は真摯な表情のまま一つ提案を口にする。

「その代わり、セシリアが今身につけている下着と交換というのはどうだろう？」

「いい加減にしろこのド変態があああああ！！！」

(どうだろうじゃないんだよこの変態がー!!)

叫びと共に咄嗟《とっさ》に横に置いてあった、自分の通学用鞄を手に取ると、渾身《こんしん》の力を込めてクラウス殿下の顔面に向かってぶん投げた。

次の瞬間――サロンの重厚な扉が開かれ、お父様が顔を出した。

重要な話し合いにも使われる侯爵邸のサロンの扉は、声が漏れでないよう頑丈に作られているのとこの広さの部屋だと叩扉《こうひ》しても気付かない。

それが悲劇を生んだ。

「失礼致します。御機嫌麗《うるわ》しく存じます殿下。我が娘と仲睦《むつ》まじくして下さり光栄の極……」

ゴスッ！

「殿下ーーーー!?」

クラウス殿下の顔面に目掛けて鞄をぶん投げたらクリティカルヒットした場面を、タイミングよく、いやタイミング悪くお父様に見られてしまった。

「あっ」

「く、クラウス殿下ご無事ですか!?　セシリアッ、これはどういう……」

普段声を荒げることのない穏やかなお父様も、流石に狼狽《ろうばい》しクラウス殿下に駆け寄る。

自分は不敬とか気にしなくなってしまったが、流石に不敬になれていない他人が私の不敬っぷりを目撃してしまうのは刺激が強すぎるのは分かる。

自分の家だとしても十分に気を付けるべきだった。

(でもね、不敬とか気にしていたらこの変態と渡り合っていけないのですお父様)

「大丈夫、特に問題はない」

クラウス殿下は苦痛に顔を歪《ゆが》ませることなく、顔面で受け止めた私の通学用鞄を長椅子に置くと何事も無かったかのようにお父様に向き合った。

(相変わらず丈夫だなぁこの王子様)

「セシリア……クラウス殿下に何を……」

未《いま》だ動揺を隠しきれないお父様は私とクラウス殿下を交互に見ながら狼狽中である。

まだまだ若々しいはずのお父様がこの一瞬でやつれかかっている。

「手が滑ってしまいましたのオホホ。殿下、受け止めて下さってありがとうございます。流石クラウス殿下ですわ、そして申し訳ございません」

「何ということを……クラウス殿下、誠に申し訳ございません……」

深々と頭を下げるお父様に、殿下は穏やかな口調を紡ぐ。

「侯爵、私は問題ないと言ったはずだ。セシリアは普段とてもしっかりしていて淑女としての作法も申し分ないが、二人きりの時のみ少し気が緩んで可愛《かわい》らしい失敗をする事が稀《まれ》にある。私にだけ見せてくれる一面だと思うととても嬉しい。そしてその部分すら私は愛《いと》おしいんだ」

「本当ですか⁉」

信じられないといった表情でお父様は殿下を見やる。

ここでいう可愛らしい失敗というのは滑ってクラウス殿下の顔面に鞄を叩《たた》きつけることである、お父様の反応は至極当然のものだろう。

(お父様みたいな平凡な方にはこの変態王子を理解するなんて、到底不可能ですわ。殿下は遥《はる》か遠い世界に生きていらっしゃるもの。特に変態という点に至っては)

「手が滑ってしまいすみませんでした殿下」

顔面に鞄をぶつけられたものの無傷に見える、麗しいクラウス殿下の頬に、私は自分の手を添える。殿下が穏便にこの場を収めようとしてくれているので、腸《はらわた》が煮えくり返る思いを胸にしまい込み、私も心配を装った表情を作る。

そんな私を殿下はうっとりと、最高級の宝石を愛《め》でるような視線を向けてくる。

本心では鞄をクラウス殿下の顔面に投げつけるだけでは物足りないくらいで、このまま胸ぐら掴《つか》んで往復ビンタでもしてやりたい気分だがお父様の目の前である以上我慢するしかない。

殿下は頑丈だからいいとして、お父様の精神のほうが心配。

なのに殿下は手の甲に口を付け、お父様からは見えない角度から軽く口付けしてくる。

絶対反省してないだろ?

「で、では私はお邪魔だと思いますのでこのへんで……。セシリア、くれぐれも粗相のないようにね」

「ええ、ご心配なさらないでお父様」

「それではクラウス殿下、失礼致します」

お父様は丁寧にお辞儀をして部屋を後にした。げっそりしながら。

爵位を賜《たまわ》ってはいるが、中身は至って平凡なお父様。

幼少期がお転婆だったにもかかわらず、私の婚約者がクラウス殿下に決まり、長年とても心労を掛けてしまったと自覚している。

そしてお母様が私に対して必要以上に口煩《くちうるさ》くなるのも、当然だと理解していて、両親にはそれぞれとても心配を掛けてしまった。

お父様が出て行った扉に視線を残したまま、私は小刻みに身体を震わせた。

「クラウス殿下……酷《ひど》いです……私がおりますのに、殿下は私なんかよりも下着のほうがお好きなのですね……？」

潤んだ瞳で一瞬だけ彼を見つめると、すぐに視線を逸《そ》らし俯《うつむ》いてみた。

俗に言う嘘《うそ》泣きである。

「え⁉」

サファイアの双眸《そうぼう》が驚き見開かれる。

「違う！　セシリアに会えない夜は寂しくて、セシリアを思って下着を……セシリアに見立てているだけだっ」

(悲痛な表情で何をほざくの⁉　……我慢よ、今は平静を保たないと)

「残念ですわ……後で私室にて殿下にこの身体を慰めていただきたかったのに……下着のほうがよろしいだなんて。それでしたら私には指一本触れることなく、今日はそちらの下着を持ってお帰り下さい。ちなみにソレ、穿《は》いたことのない新品ですけど」

「嫌だっ、セシリアがいい！　セシリア自身がいい！　ごめんなさい、返しますからっ」

金糸の髪の美しい王子様が這《は》い蹲《つくば》り許しを乞うてきた。

自国の王太子様が跪《ひざまず》いて許しを乞うなど、とんでもない状況のように思えるが、ただパンツを盗んで謝っているだけである。

「あと前に貰ったやつも返しますから！」

「いえ、前のは絶対にいらないです。今お持ちの下着だけ返して下さい」

前のって「セシリアに見立てて～」などと言っていたあれ？　絶対にいらんわっ。むしろそんな使われ方をしてから返還されるとか、もはや嫌がらせだろ！

再びサロンの扉が開かれる。

扉から現れたのは侍女のアンだった。

アンは跪いたままのクラウス殿下を一瞥すると、表情を崩さず私に視線を移した。

「お嬢様、お茶のお代わりはいかがなさいますか？」

「え、ええと……そうね……」

（いきなりこの状況を見たにもかかわらず、少しも動揺を表に出さないなんて流石アンね）

アンとは仲が良いだけでなく、有能な使用人としても信頼を置いている。

こういった不測の事態に出くわしても意に介さないとは、流石としか言いようがない。

お茶のお代わりについてどうしようかと逡巡《しゅんじゅん》する私に代わり、ようやく立ち上がった殿下がアンに話しかける。

「二人で課題をすることになったから、代えのお茶はセシリアの私室に運んでもらえるかな？　今そのお願いをしていたところだよ」

（王太子がそんな理由で跪かないでしょ！）

「畏《かしこ》まりました」

アンが淑《しと》やかに頭を下げてサロンを後にする。

結局変態が部屋へ入るのを許してしまった。

「これ、返します」

長椅子に腰掛ける私の足元にクラウス殿下は恭《うやうや》しく布袋を手に載せ、跪いて差し出してきた。

一枚の絵画になりそうな場面だが、掌《てのひら》の上に載せているのはパンツだ。

「信じてほしい、さっきも言ったけれど下着が好きなんじゃないんだ。セシリアが恋しくてセシリアと愛し合う妄想の結果、下着に対して行為に及んでいるだけで、下着じゃなくてセシリアを愛しているんだ」

（さっきから『だけ』の使い方あってる？）

「前に貰った下着も、セシリアが返せと言うのなら返す」

「いえ、絶対いらないですそんな物」

なおも『貰った』と主張する彼は跪いたまま、何かを切望するように恍惚《こうこつ》の表情で見上げてくる。

何だか女王様と犬みたいだ。

先程私は『私室で殿下に身体を慰めて頂きたかった』と確かに言った――でもそれは言葉通りの意味ではない。いつもパンツを盗られたり、言葉の揚げ足を取られてセクハラをされたり、その他いろいろされている私は、やられっぱなしなのが癪だった。

だからこそ、たまには殿下をぎゃふんと言わせたかったのだ。

そしてこれは下着を取り返すための名目であったため、私は素早くパンツが入った袋を奪い取った。

「あ……」

パンツが手元からなくなったからって、この世の終わりのような顔をするな。そう思ったのも束《つか》の間《ま》、今度はサファイアの瞳を潤ませて、じっとこちらを見つめてくる。

何を期待されているのか分かり兼ねますが、私にはそちら方面の知識がないので困ります……。

思索を巡らせる私を、殿下はなおも煌《きら》めく瞳で懇願するように、見つめながら呟《つぶや》く。

「膝枕とかって……」

「え？　膝枕？」

意外な言葉に虚を衝《つ》かれてしまい目を見張る。

「……だめかな？　私室だから誰か来る時は叩扉があるから、膝枕ならすぐに身体を離せるし……」

「それくらいでしたら、いくらでも……」

「本当？」

（膝枕……拍子抜けしてしまったわ。別にこれ以上の何かを期待していたわけではないけれど、いつも膝程度ならすぐにお貸ししますのに）

暫くして侍女が運んでくれたお茶がテーブルに置かれると、再び室内は二人きりとなった。

隣に座る殿下が私に口付けする。

軽く触れるような口付けだった、彼はそっと私の膝に金色の頭をのせた。

思わず指を伸ばしてクラウス殿下の金糸の髪を梳《す》く。

艶やかで輝く金糸の髪は、流れる水のように指を滑っていった。

「夏の長期休暇中に、メルキアで人気の歌劇がこちらの王都にも来るみたいだよ」

「まあ、楽しみですわ。連れて行って下さいますの？」

「もちろん。それとは別に離宮でゆっくりするのもいいよね」

郊外にある離宮、ラクス宮殿は王族が休暇の際に滞在するために建てられた。湖が自慢の広大な庭園群は、並木道や幾何学的な図案の花壇も特徴的だ。

壮麗な宮殿に自然溢《あふ》れる庭園群。

お忙しい殿下の身を考えると、あまり長くの滞在は見込めない、それでもあの場所で殿下と穏やかな時間を過ごせるなんて夢のようだ。

「セシリアは何処《どこ》か行きたい所とか、したいことはある？」

「遠乗りとか」

「遠乗りか、いいね。他には？」

彼は返事のない私の顔を見上げた。

「セシリア？」

「……はっ」

意識が遠のきかけ、返事をしそびれてしまった。

（いけない、フィナンシェを食べ過ぎたせいか、お腹《なか》がいっぱいになって一瞬だけ寝てた……）

「起こしちゃってごめん、脚も疲れてくるよね？　今度はセシリアの番、僕にもたれ掛かって」

「えっ？　でも……」

上半身を起こした殿下は、戸惑う私に手を伸ばした。

「おいで」

強引にではなく、優しく胸に頭をもたれさせてくれる。背中に腕を回し、縋《すが》り付《つ》くように胸に顔を擦《こす》り付けて堪能した。

（幸せ……）

この幸せをもっと堪能していたい、できればずっと――。

クラウス殿下の温《ぬく》もりと香りに包まれ、挙げ句優しく髪を撫《な》でられ始める。

あまりの心地よさに目を閉じると、いつの間にか彼の胸の中で眠ってしまった。

◇

クラウス殿下がお帰りになる時間となり、両親を始め、総出で王太子殿下のお見送りとなった。

王家の馬車の前に立つクラウス殿下の青い双眸を見つめる。

「お忙しいのにお引き止めしてしまい、申し訳ございませんでした。とても楽しい時間でしたわ、ありがとうございました」

「お礼を言わなくてはいけないのは私のほうだ、久々にセシリアとゆっくり過ごせて心身共にとても癒やされたよ。これで帰って政務に励むことができる。ありがとうセシリア」

「殿下、また是非いらして下さい」

クラウス殿下のお見送りが終わり、屋敷に入ると自室に戻るため階段を上る――その最中に、何か違和感に気付いてしまった。

部屋に入り、扉を閉めるとすぐに姿見の前でスカートをたくし上げてみた。

「あああああ！！！」

なんと、今日穿《は》いていたはずのショーツが消えていた。

（あいつー！　新品ショーツを返却して私がうたた寝した隙に穿いていた使用済みショーツを剥ぎ

取っていきやがった！　許さん！　明日改めてボコボコにさせていただく所存！）

あの体勢で私を起こすことなく、どうやって剥ぎ取ったというのだろうか？　また更に、パンツ剥ぎ盗り職人としての腕を磨いたのだろうか？

腕を上げたな……。

あまりの悔しさに歯噛みしていると、叩扉の音で我に返り扉のほうを見た。

「お嬢様、いかがなさいました？」

「いいえ、何でもないわ」

声の主はアンだった。一旦スカートを戻し、背筋を伸ばして毅然とした表情と声で扉の外にいるアンに向けて応答した。ノーパンのまま。

●初夏の舞踏会

本日は夜会の予定があり、夕方になるとクラウス殿下が侯爵邸まで迎えに来て下さった。

殿下から贈っていただいた髪飾りと、ドレスを纏《まと》いお出迎えをする。

王室お抱えの金細工職人による、精緻な加工が施された蝶《ちょう》の髪飾りは、注文通り上羽がサファイアで、下羽にはアメジストが埋め込まれた美しい瑠璃《るり》アゲハのような仕上がりとなっている。

薄桃の薔薇《ばら》と連なった二連のパールが揺れる飾りを、重ねて着けると一層華やかなものになった。

瑠璃アゲハが薔薇に止まり、瑞々《みずみず》しい雨露が零《こぼ》れ落ちている様をイメージしているらしい。

菫《すみれ》色のオフショルドレスは、右腰に大きなリボンとその真上には薔薇のモチーフ。

そこからドレープが斜めに流れて開き、中からは精緻なレースが覗《のぞ》く。

「贈った飾りもドレスも想像以上に似合っていて、本当に綺麗《きれい》だ……！」

「クラウス殿下、素敵なドレスと宝飾品をありがとうございます」

贈っていただいたドレスと飾りを身につけた私に、煌《きら》めく笑顔を向けて下さるクラウス殿下は、シルバーの上着をお召しになられている。今宵《こよい》もいかにも『王子様』といった風貌である。

クラウス殿下にエスコートされ、私達は馬車に乗り王宮へと向かう。

会場に着くとすぐにエドを発見した。

今日のエドは伯爵家の嫡男、エドワルド・グリフィスとしてまだ婚約者が決まっていない、妹のエイダをエスコートしている。

「エド、エイダ御機嫌よう」

「クラウス殿下、セシリア様、御機嫌よう」

カーテシーをするエイダは、エドと同じ薄い茶色の髪と、緑の瞳が魅力的で可憐《かれん》なご令嬢。

「御機嫌ようエイダお会い出来て嬉《うれ》しいわ。久々にお目に掛かれて随分と大人びていたから見違えたわ。今日のドレスも髪型もとても素敵ね」

「ありがとうございます。セシリア様こそ素敵なドレスがお似合いでっ」

「今度お茶会を開いたら来ていただけるかしら？」

「はいっ是非お呼びいただけると嬉しいです」

懸命に答えてくれるエイダがとても可愛《かわい》らしい。

そんなエイダを見守っていた兄のエドが口を開いた。

「ありがとうございます、セシリア様。妹は少し緊張気味のようでして」

「当然ですお兄様っ、クラウス殿下とセシリア様を前に緊張しないのは無理があります」

エイダは顔を赤らめて兄に抗議した。

私は殿下とはたまたま同い年で、彼と接するのは昔から然程《さほど》緊張はしなかったけれど、目上の方や殿下以外の王族の方などと、挨拶をさせていただく際には少なからず緊張してしまう。それもあってエイダの初々《ういうい》しい反応に親しみを感じていた。

それでも兄のエドに似て、真面目で誠実な彼女は今後素晴らしい淑女へと成長するに違いない。

煌々《こうこう》と灯《あか》りを灯《とも》した煌びやかな会場で、楽士達の優雅に奏《かな》でる音色に合わせ、ペアになった男女が踊り始める。

女性陣の色取り取りのドレスの裾がふわりと舞い、会場は一層華やいだ。

ファーストダンスを踊っている最中、共に踊る殿下が私に囁《ささや》きかける。

「さっきお茶会の話をしていたけれど、セシリアが王太子妃になって、王太子宮のサロンや庭園でお茶会を開くようになったら華やかになるね」

「いつか皆様を王太子宮に招待できるなんて、楽しみですわ」

「サロンもセシリア好みの模様替えを考えないとね」

「まあ、少し気がお早いのでは？」

「直前になって慌てるより、今のうちにじっくり決めておいたほうが余裕はできるかなって」

（確かに）

私は殿下と二曲続けて踊ると、ダンスフロアから離れることに。

夜会では別行動をするのも珍しくない私達、殿下とは一旦離れ貴賓席を目指す。

そんな私に話し掛けてくる存在がいた。

すぐに捕まってしまうとは……。

話し掛けてきたのは二人組の中年貴族男性。

一人は恰幅《かっぷく》のいい男性で、もう一人の髭《ひげ》を蓄えている方は、いつも大きめの宝石が付いた指輪を嵌《は》めているのが特徴的である。頭の中で瞬時に二人の顔と名前を一致させていた。

「セシリア嬢は今宵も大変お美しい。殿下とセシリア嬢の先程のダンスも素晴らしく、私を含む会場中の注目の的でした」

「これほど美しく、淑女として完璧な方だと殿下の溺愛ぶりは当然と、誰もが思っております」

並べられた二人分の美辞麗句が、盛大に耳を滑っていく。

仕方がないので悠然と微笑《ほほえ》みながら退屈な話を受け流し、相槌《あいづち》は正確に、それとは別に頭の片隅ではとある物に意識が傾きつつあった。

（スイーツが食べたい）

こっそり視線をスイーツに移して一瞥《いちべつ》すると、ご令嬢方が食べやすいように、小さめに作られたマカロンやショコラなど、宝石のようなお菓子の数々が可愛らしく並べられていた。

当初の予定では、貴賓席で用事を済ませた後はスイーツに直行する気だったのに。

「このご様子だと、いずれ殿下が側室を迎えられるようになっても、セシリア嬢へのご寵愛《ちょうあい》は揺るがないでしょうな」

（ん？）

表情は微笑みを浮かべたまま、毅然《きぜん》と背筋を伸ばす。

「御子《みこ》を何人もお産みになられるとなると、お身体のご負担は相当なものですから、溺愛なさっているクラウス殿下も心配なはず」

「何人も御子を産む役目は側室に任せて、セシリア嬢は国母としての務めに専念すればいいのです」

「まったくです、ちなみに今殿下と踊っているのは私の姪《めい》なのですが、セシリア嬢には及びませんがなかなか見目麗《みめうるわ》しく、気立ての良い娘なのですよ」

（血縁の令嬢や自分達の息がかかった貴族の令嬢達が、側室として娶《めと》られるのも視野に入れておけと言いたいのね、宣戦布告かしら）

「聡明《そうめい》なセシリア嬢なら側室を教育し、纏め上げることも容易なはず、もし側室を娶られても殿下のお心は貴女《あなた》にありますから何も心配なさることはございません」

「私共も貴女は国のために判断できる、素晴らしい方だと期待しております」

もし側室を娶るのが国の為《ため》、クラウス殿下のご意向なら私は受け入れる、それくらいの覚悟なんてとっくにできている。

人の良さそうな笑みで牽制《けんせい》してくる貴族達に、内心うんざりしながら私は口を開く。

「そういったことは殿下や陛下がご判断なさいます。私は国やクラウス殿下のために助力するのみですわ」

私はやんわりと微笑む。嘘《うそ》と欺瞞《ぎまん》が溢《あふ》れる貴族の世界において、心を隠し続けるのは当然。

「セシリア様」

名前を呼ばれて振り返るとエドが立っていた。

「王太后様がお呼びです」

「分かったわ。では、失礼致しますね」

二人にカーテシーをして、その場を離れた。

「ありがとうエド」

「いえ」

先程の二人組に捕まってしまったが、私は元々王太后様に挨拶をしに行く予定だった。

「王太后様とのお話が終わったら、少し夜風に当たりたいわ」

「お供致します」

「エイダはいいの？」

「今は学友のご令嬢方と談笑していますし、先程はダンスにも誘われていましたので、兄の自分が側《そば》にいては邪魔だと思いまして」

会場を見渡してエイダを探すと、今もご令嬢達と歓談の最中だった。

エドのことだから、遠目からエイダと私の両方を気にかけてくれていたのだろう、余計な心配をかけてしまった。

近いうちに王太后様やクラウス殿下の従姉妹《いとこ》君と一緒に観劇の約束がある。挨拶に行かせていただく際に、私の予定を王太后様にお伝えするつもりだ。

王太后様は演奏会や観劇がお好きで、自分の離宮でも会場を作り、劇などの催し物を開かれている。庭園が見渡せるように、庭に面した部分はガラス張りになっているので、奥行きと開放感のある素敵な会場となっている。

殿下のお祖母様であらせられる王太后様は、好奇心旺盛で少女のように花を咲かせた微笑み、そして王妃として深みのある人生を歩んでこられた大人の女性の魅力を併せ持つ、とても魅力的な方だ。髪も艶やかで美しく、それも若々しさを引き立てている理由の一つに違いない。

魔力を持つ人間は、魔力を持たない人間に比べて老化の速度が少しだけ遅い傾向にあるが、膨大な魔力量をお持ちの王太后様はそれが顕著に表れている。

王太后様は私の髪飾りを見るなり「まぁ二人の色が一つの飾りになっているのね、素敵。私もカルロスとの飾りを作ってもらおうかしら」

と楽しそうにお話しされる姿は、やはり少女のようだった。カルロスとは前国王陛下である。

王太后様に予定を告げ、少しお話しさせていただいた後、私はエドを連れてテラスへと向かった。

「こちらなら大丈夫でしょう」

私達は会場からテラスへ、一歩出たところで歩みを止めた。ここからでも充分、夜風と夜の庭園を堪能できるのと同時に、ホール内の様子も窺《うかが》える。夜会中の庭園は、貴族達が逢瀬《おうせ》を楽しむ場所でもある。

逢瀬の予定が無い者は、この位置から庭園を眺めるのが通例だ。

しかしせっかく気分転換をしようと思いテラスに来たのにもかかわらず、近くの木に一組の男女が寄り添っているのが見えてしまった。

(イチャイチャするならもっと奥で隠れてしなさいよ!)

せっかく夜風と花々で癒やされようと思っていたのに不愉快極まりない物を視界に入れてしまった。これではまったく癒やされないではないか。

さっさと視界に入らないよう、身体の向きごと変えようとしたが私はふと、とある疑問が浮かんでしまった。

『口付けとは本当に舌を絡めるのだろうか?』

という件についてだ。

殿下はやたらと口付けの際に舌を絡めてくるが、それは果たして本当に一般的なのだろうか? いけないと頭では理解しつつも、木陰の二人の様子をついじっと見てしまう……――そして男女の顔が次第に近づいていく。

「え、エド……口付けが始まりました。あの二人、口付けをしていますよっ」

小声でエドにしか聞こえないよう囁き、しっかりと二人の様子を視界に捉える。

そしてついに衝撃の瞬間が訪れる――。

「し、舌が……絡んでいる……!?」

驚きの光景だった。

クラウス殿下の言っていた言葉が本当だったなんて……半信半疑だったのに。これで殿下が正しかったと証明されてしまった。

「知っていました!? 口付けって舌を絡ませるのが一般的なのですねエド、見ていますか!?」

「見てないです自分は何も見ていないですっ!」

エドを一瞥すると彼は顔を両手で覆い、俯《うつむ》く姿は私とは対照的でさながら乙女《おとめ》のようだった。

そんな乙女な反応をするエドの耳は真っ赤だ。

(あのような口付けが一般的なのは理解しました、ではその他は……!?)

「腋《わき》とかはどうなのでしょう、エドはどう思いますか?」

「せ、セシリア様~っ!」

腋は本当に舐《な》めるのが一般的なのか、とても気になる。だが見たいかと問われれば、あまり見たいものではなかった。むしろ見たくない。

「ごめんなさい、取り乱しました……これ以上は見苦しいので別に見たくはないです……」

「安心しました……」

このような話題、他の男性には決して振れないがエドなら大丈夫という絶対の安心感からか、盛大に巻き込んでしまった。

いつも逆セクハラ紛《まが》いの事態に陥らせてしまい、隣で安堵《あんど》に胸を撫《な》でおろすエドには申し訳ない気持ちでいっぱいだった。

「大体、こんな人目に付きやすい所でイチャつくのが悪いのよ、庭園のお花が可哀想《かわいそう》だわ」

「まったくです」

自分を棚に上げる私の言葉に、エドは盛大に頷《うなず》いて同意した。

これ以上は見たくないので目線のみならず、身体ごと別のほうへ向けると、庭園の奥から誰かがこちらへ歩いてくるのが見えた。

「これはセシリア嬢」

落ち着きのある声色に名前を呼ばれ顔を確認すると、アッシュグレーの髪に榛《はしばみ》色の瞳の美丈夫《びじょうぶ》が私の目の前で立ち止まった。

(この方はファルセン伯爵?)

学院でのご令嬢方の噂《うわさ》によると、彼は女性との浮き名が絶えないのだとか。

やはり夜会の庭園では、このような方と出くわしてしまう確率が高いようだ。エドを伴っていて本当に良かった。

「セシリア嬢、夜会の最中に庭園に出られるなど珍しいですね、夜風に誘われて来てみたら貴女のような妖精と出会えるなんて。妖精の貴女が私にかけた魔法なのでしょうか、貴女に魅せられるなら本望。私も貴女のような方とひと時くらい夢を見ていたいと思ってしまいます。思うだけなら許していただけますか?」

(無理‼ 鳥肌が止まらない! ポエム吐いてないと死ぬの? ポエムを吐かないと死んでしまう世

界にでも生きているの？）

もしそのような世界が存在しているのであれば、私は確実に生きていけない自信がある。

エドのほうを一瞥すると、エドも死んだ目をしていた。

良かった、私の感覚は正常なのだわ。

「よろしければ、今すぐ夜の散策をお願いしたいところですが……」

目を見つめてくるファルセン伯爵が言い終える前に、すかさず私は制した。

「ごめんなさい、もう中に戻る予定でしたの。ねぇ、エド？」

「ええ、セシリア様。今すぐホールに戻りましょう」

エドも間髪いれずに答えてくれた。こういう時の私達は息がぴったりで、長年の付き合いからなせる業だった。

しかし伯爵も表情を崩さず、なおも穏やかな声音で話しかけてくる。

「分かっております。たまに息抜きでもしたくなったら、いつでもお声を掛けて下さいね。貴女のためならすぐに馳《は》せ参《さん》じます」

（しつこいわね、もうすぐ夏だし蚊の類かしら？　殺虫剤とか効かないかしら？）

「ほら、殿下も」

そう呟《つぶや》いたファルセン伯爵が指を指すほうに、つい目を向けてしまった。

そして直《す》ぐに後悔した。伯爵を無視して直ぐにホールに戻ればよかったと……。

私の視線の先には殿下が女性を伴って薔薇のアーチを潜《くぐ》り、薔薇園から出てきたところだった。夜の庭園で遠目からでも分かる、殿下の金糸の髪が月明かりに照らされている。

（お隣の女性は、リアナ様？）

リアナ様は空色の髪に琥珀《こはく》の瞳をお持ちの美しきご令嬢。

リアナ様のお家ハーシェル家は、クラウス殿下のお祖母様の王太后様と、お母様の現王妃様を妃《きさき》として続けて輩出している由緒正しき家柄。

一族代々魔力が高く、神官長としての役目があることから、一族で最も魔力の高い男子が当主に選ばれるという珍しい家だ。そしてリアナ様は現当主様の娘に当たる。

二代に亘《わた》りこの家から妃が輩出されたため、王族の特別な血と、ハーシェル家の高い魔力を受け継いだクラウス殿下は、類まれな魔力を生まれながらに持っている。

そんな経緯からリアナ様はレオノーラさんと同じくクラウス殿下の妃候補の中で有力だったはず。

じろじろと見るのは悪いと思い、すぐに踵《きびす》を返して会場の中に入った。エドも直ぐに私の後について来てくれる。

「待って下さい」

「まだ何か？」

ファルセン伯爵の声が私の背中に投げ掛けられた。

睨《にら》みつけそうになったが、何とか持ちこたえて微笑みながら振り返った。

だが私の心境とは裏腹に、伯爵はにこやかに手を差し出してくる。

「ダンスを申し込みたくて、踊っていただけますか？」

婚約者以外とは二曲以上踊れないので、一曲踊れば解放してもらえるだろう。仕方なく「喜んで」と心にも無く返した。

「番犬かな？」

曲が始まり、ファルセン伯爵とのダンスの最中、くすりと笑う伯爵の目線の先を見やる――こちらをムッとした表情でエドが見ている。

見ているというより、見張っていると言ったほうが正解かもしれない。

ファルセン伯爵は単純ではないステップを踏みながら会話を交わし、視界の隅にいるエドの表情にまで気にかけるなんて、なかなか器用にこなせるタイプのようだ。

常に余裕を感じ取れる姿に、何となくこういった殿方が好きな女性がいるのは理解できた。

(私的にポエマーはお断りだけど)

「夢のようでした。また貴女をダンスに誘える機会があればいいのですが、その時はお願い致しますね」

ようやくダンスが終わったと思ったのに、何故別の日のお願いをしてくるのか。

貴族特有の社交辞令だが、できれば頷きたくない――そう思案していると、とある一角に目がいく。

「伯爵とお話ししたがっている素敵なご婦人方があんなにいますのに、私ばかりが独り占めしてしまうなんて……」

私に釣られて伯爵がご婦人方に目を向けると、熱い視線を伯爵に送っていたご婦人方がこちらに寄って来たので、私は邪魔にならないよう密《ひそ》やかに場を離れた。助かった。

解放された後は念願のスイーツを食べて過ごしていると、クラウス殿下が私の元へやってきて二人で残りの時間を過ごした。

ようやく帰れる時間となり、国王夫妻に挨拶をしてから再び王家の馬車に乗って帰宅する。

殿下が送って下さるそうだけど、今夜は何だかいろいろと疲れた。

「ファルセン伯爵とダンスを踊っていたね、妬《や》いてしまったよ」

「クラウス殿下も庭園に出ていたようですが」

「ああ、ちょっと気になることがあってね……」

殿下が言葉を濁す。口籠るのは、何か後ろめたいことでもあるのだろうか。

王太子として国の機密事項などを数多《あまた》に抱えていらっしゃるから、こういう時はこれ以上触れないでおくのが得策だ。

「今日はあまり、セシリアと一緒にいられなくて残念だった」

「そんな日もあります、仕方ないですわ」

「僕が側に居ない隙に、他の男がセシリアに近づいて言い寄っていたらと思うと気が気じゃなくて」

「そうですか、私はクラウス殿下がどの方と踊ろうが庭園に行こうが気にしないですけどね」

「……そっか」

短い返事と共にリアナ様を伴ったクラウス殿下が、薔薇園から出てきた光景を思い出し、少し苛《いら》立《だ》ってしまった。

「特に言い寄られてなどいませんが、嫌味な貴族からクラウス殿下の側室についての話をされ……」

「そ、側室！！？」

想定外の言葉だったためか、珍しく殿下の声が裏返り、私にしがみついてきた。

「誰がそんな勝手なことを……！」

「貴族の集まる場なのですから、中にはそのような方もいます、一枚岩ではいきませんわ……それに私としても国やクラウス殿下のご意向には従いますし、必要とあらば覚悟はできています。側室の件だって……」

「そんなこと言わないで……」

国益のため、他国の姫君を迎えることだってあるかもしれない。

「……嫌だ、セシリアの口からそんな言葉聞きたくない……」

声を震わせる彼に私はこれ以上何も言えなくなってしまった。

侯爵邸に着くまで馬車内は沈黙が流れ、そのまま気不味《きまず》い空気を伴ったままお別れをしてしまった。

私室に戻ると侍女にドレスを脱がせてもらい、湯浴《ゆあ》みをして寝衣《しんい》に着替える。

侍女が髪の水けを取り、香油を塗って櫛《くし》を入れてくれた。

暫《しばら》くして室内は一人きりとなった、寝台に横になりながらぼんやりと見慣れた天蓋《てんがい》を見つめる。

貴族達に側室の話をされたり、特に聞きたくもない変なポエムを聞かされたりと、疲れていたせいかクラウス殿下を傷付けるような辛辣《しんらつ》な物言いになってしまった。

喧嘩《けんか》を売る気はなかったのだが、殿下が私を大切にして下さっていると分かっているのに、彼にあのような表情をさせてしまうなんて。

やはりクラウス殿下とリアナ様が薔薇園から出てきたのを見てしまったのが、一番私の心に影を落としていた。

(ポエマーがわざわざ教えてこなければ、私も知らないままでいられたのに、ポエマーめ！　……いえ、違うわ。他責はいけない、クラウス殿下を直接傷付けたのは私……)

明日の朝、クラウス殿下が迎えに来てくださった時に馬車の中で謝ろう。

側室の話だなんて、まだ結婚もしていないのに持ち出して、お互い気分が良くなるような話題ではないのに。

早く明日になってクラウス殿下にお会いしたい。

そう思うのに、薔薇園からリアナ様を伴って歩いていた彼の姿が脳裏から離れず、なかなか寝付けなかった。


朝になり、侍女によって金糸と銀糸の精緻な模様が施された、純白の制服を着させてもらう。

寝不足気味なこともあり、いつも以上に念入りに鏡の前で身なりを確認してから朝食を取った。

食後のお茶を飲み干すと王宮から馬車が到着した。

馬車から降りてきた御者が、今日は急遽《きゅうきょ》殿下が学院に行くことができない旨《むね》を申し訳なさそうに告げてくる。

クラウス殿下が学院をお休みなら、自分の家の馬車で登校するのにと思いつつも断れないので一人、王家の馬車へと乗り込む。

こういう日に限って学院での講義は座学のみで、講義を受けている合間にも考え事が頭の中を占めてしまう。

クラウス殿下と言えばやたらキラキラと眩《まぶ》しくて、それでいて突拍子もなくて……主に変態方面において。

一緒にいると衝撃の連続で存在感があり過ぎる分、いないと心にぽっかりと穴があいたような違和感が拭えない。

これまでもお仕事が多忙なクラウス殿下に会えないことは多々あったが、昨日の夜の出来事の影響が大きいのか、何だか落ち着かない。

何故昨日は我慢できずに余計な言葉をぶつけてしまったのか。

本当は殿下が他の女性と踊るのも嫌だけど、彼はこの国の誰もが憧れる王子様。

いちいち嫉妬する姿を見せていてはそれこそ呆《あき》れられてしまう。

だから嫉妬を隠すのは大分上手《うま》くなったと自負していたのに。

沢山の人がいるホールでのダンスと違って、薔薇園で二人きりという状況はこうも心を掻《か》き乱《みだ》すのか。


そして次の日も殿下は学院に来なかった。

放課後、レオノーラさんとマーガレットさん、そしてお二人とよく行動を共にされているキャロルさんとナターシャさんに声を掛けられた。

今日は演劇のサロンはお休みなのだとか。

「セシリア様、よかったらカフェでお茶をご一緒しませんか？」

「ええ、是非」

カフェ内から庭が見渡せる席を選んで、それぞれ紅茶とケーキをテーブルに置いて座った。

「今メルキアで公演されている歌劇が、とても評判が良いみたいなのです。近々この国でも開演されますが、セシリア様も見に行かれるご予定ですか？」

歌劇の話をマーガレットさんは、嬉々《きき》として話し始めた。

やはりマーガレットさんとレオノーラさんは演劇のサロンに参加されているだけあって、観劇がとてもお好きなよう。

王太后様が演劇や演奏会がお好きなことから、王都の国民も演劇が気軽に楽しめる国となり、レオノーラさん達のように貴族が趣味として、演者の立場で演劇を嗜《たしな》むのも流行《はや》っている。

平和な世は芸術や文化が発展しやすいと聞く。

長年大きな戦のないこの国は、歴代の王妃様達がもたらした祖国の文化や芸術を上手く取り入れ、歴史ある自国の文化と融合を果たしていた。

ローゼンシアの国民達も様々な芸術への関心がとても高い。

「メルキアの歌劇でしたら、クラウス殿下とは都合が合えば二人で見に行く予定です」

「まぁ！　既にクラウス殿下と約束をされていたのですね、相変わらず仲がよろしくって羨ましいですわ。そういえば、最近クラウス殿下が学院にいらしてませんけど、お忙しいのですね」

「ええ、そうみたい。私も最近お会いできていなくて」

「会えない日が続いても、お二人の絆《きずな》の強さがあれば心配無用ですわね」

にっこりと微笑んでくれるマーガレットさんの笑顔に、少し心が軽くなった。

すると今度はナターシャさんが、瞳に好奇の色を宿して声を弾ませる。

「むしろ会えない時間もまた、お二人の愛を育てるのですわ！　ところで先日の夜会でのセシリア様のドレス姿もとても素敵でした、髪飾りはやはりクラウス殿下からのプレゼントなのでしょうか？」

「ええ、私は青が良いと言ったのですが、殿下は紫が良いって意見が分かれてしまって、それで両方の色を取り入れることになりましたの」

「まあ、最初からあの配色では無かったということ？」

珍しくレオノーラさんが興味深げに食いついてきた。

髪飾りと聞いて直ぐに分かるなんて、しっかり私の衣装をチェックしていたようだ。

「本当仲がよろしくて羨ましいですわ。私の婚約者ったら、唐変木《とうへんぼく》で何も褒めてくれたり、甘い言葉も語って下さらないんです。クラウス殿下は二人きりの時ってやっぱり甘いのですか？　先日のテラスでも、とても溺愛されているようにお見受け致しました」

ナターシャさんはよくご自分の婚約者を引き合いに出すが、先日の夜会で遠目から婚約者と二人でいるところを見ていたら、とても仲睦《むつ》まじそうに思えた。

もしかしたらこれは新手の惚気《のろけ》なのだろうか？

「えっと……褒めて下さいますし、二人きりだと甘い……かも」

甘いどころか激甘なうえド変態ですけど。

私的な話題はできれば避けたいのと、自分自身やはり恥ずかしくなってしまったので、少し濁しておいた。

同時に、私はとある事実に気が付いてしまった。

（ん？　褒めないし、甘い言葉を語らない？？　あれ、それってもしかして私じゃない？）

男性の場合は、女性に甘い愛の言葉を囁かなくてはいけないらしい。

では、女性の場合はどうなのだろう。

（普通の恋人はどういった時間を二人きりで過ごすのかしら？）

今更私がこの場で「恋人同士の一般的な過ごし方はどういったものかしら？」などと尋ねたりした

ら不思議に思われてしまうだろうか？

　淑女のマナーや公式な場での立ち回り方など沢山学んできたけれど、恋愛についてなんて誰も教えてはくれなかった。

　そういえば参考になるかもと、前に流行りの『恋愛小説』なる物を読んだが、冒頭から王太子の婚約者である主人公が婚約破棄を言い渡されていて、読んでいて卒倒しかけた。

　私と同じく王太子の婚約者、という似た立場の令嬢が主人公の話だから選んだにもかかわらず、驚きの展開だった……最後まで読んだけど、面白かったし。

（そもそも、クラウス殿下が素敵だなんて私が言わなくても分かりきっているし。私が口にするほうが、わざとらしいと言うか……）

「……他の皆様方はどなたか良い方がいらっしゃいますの？」

　ナターシャさん以外は決まった相手や、気になる殿方はいらっしゃるのだろうか？

　貴族社会だと相手が決まればすぐに耳に入ってきそうだが。

　そう思案しつつ皆の顔を見渡せば、キャロルさんが恥じらいながら口を開く。

「私は……先日の夜会でファルセン伯爵に話し掛けられまして、とても素敵な方だと思いましたの」

　私は紅茶吹き出しかけた。

「まぁ、ファルセン伯爵？　女性との浮き名が絶えない方ですよ」

　キャロルさんの思い人の名に、レオノーラさんは眉を顰《ひそ》めた。

（しかもポエム聞かせてくるのよ？）

　レオノーラさんに追随したかったが、言葉を呑《の》み込んだ。

「で、でも女性の扱いに慣れていらっしゃるっていうかっ」

(それは単に女ったらしだからでは?)

「それに言葉の端々が詩的で素敵なのですっ」

(素敵なの!?)

何と、ポエムが素敵に感じるらしい。

キャロルさんの意外な感性に内心狼狽《ろうばい》していると、レオノーラさんは目を光らせた。

「まあ、そこは高得点ね」

(高得点なの!? 分からん! 乙女心がまったく分からんっ)

私も一応乙女の部類に入る気がするけれど、ご令嬢方のポエムに対する感覚と、自分の感覚との間に壁を感じてしまった。

それも空高く聳《そび》える強固な壁を。

そういえばレオノーラさんは以前にクラウス殿下が私の制服の匂いを嗅いでいたのを、目撃したのにもかかわらずそれを『普通』と言ってのけた。

統合するとレオノーラさんの好みは、女性の衣服の匂いを嗅ぎながらポエムを口ずさむ殿方ということになる。何ですかその面白い人……。

「以前朗読会のサロンにて、あの落ち着きのある美声で詩を朗読された時なんて、その場の全員が絶賛だったそうよ」

(クラウス殿下の声のほうが素敵ですし、圧倒的に美声ですから! そもそもクラウス殿下自身が素敵ですし! ポエム呟いたら止めるけど)

レオノーラさんが伯爵の声を褒めた途端、私は何故か殿下を持ち出して頭の中で張り合っていた。

そもそも私だって詩集くらい読む。

詩集や、詩人が詩を朗読したりするのは素敵だと思う。

しかし会話にポエムを挟まれるのはまた別の話だ。

「でも止《や》めておいたほうがいいわ」

レオノーラさんの言葉に私もうんうんと頷く。

友人にはっきりと意見を言えるレオノーラさんは、やはり頼りになる。

「セシリア様もそう思いますか？」

「そうね、やっぱり結婚前に浮き名を流す方は信用しないほうが良いと思うわ」

「そうですか、相談に乗って下さってありがとうございます……」

(私が一番相談に乗ってもらいたいです……)

今回は無難に答えたけれど、恋愛知識が然程ない私にとって、人様に助言するという行為はなかなかに難易度が高く感じてしまった。


本日のお妃教育を終えた私は、金の燭台《しょくだい》やステンドグラスが等間隔に配置された王宮の廊下を歩いていた。

豊かな土地に恵まれ、一年を通して四季折々の花に彩《いろど》られるローゼンシア国。

年中美しい景観を保つこの国は、精霊信仰も相まって他国から『精霊に愛される国』や『精霊に守られし国』と称される。

王宮内はステンドグラスやオーナメントなど、精霊を模した物が多い。

ステンドグラスにも美しい乙女の姿となった薔薇の精霊、そして初代国王パーシヴァルが宝剣を賜《たまわ》る様子なども描かれている。ステンドグラスや薔薇窓は芸術品としても素晴らしく、文字の読めない人々でもこの国の神話を知る事ができるように、神話の一節を描いたという歴史がある。

「セシリア様」

廊下を歩いている最中、エドに呼び止められた。

「あらエド、クラウス殿下はお元気でいらっしゃるの？」

「はい、今は宮廷魔術師達と訓練をしています」

「訓練？」

「見に行かれますか？　休憩中ならお話できると思いますよ」

「つ、連れて行ってもらえるかしら？」

「勿論《もちろん》です」

にっこりと微笑んでくれたエドと共に訓練場へと向かう――辿《たど》り着いたのは、魔防壁に囲まれた屋外の魔術訓練場。

(ついエドについて来てしまったものの、仕事場まで押し掛ける面倒な婚約者だと思われたらどうしましょう……)

今更ながら不安になってしまった。

訓練場では宮廷魔術師達が、殿下を取り囲むようにして円形に陣営を組んでいた。

そして殿下の身体が空中へ浮かび上がると、地上にいる魔術師達へと無作為に光弾を放っていく。

魔術師達は防御魔術で防ぎ、その後はそれぞれが攻撃をクラウス殿下に仕掛ける。

炎や雷、氷など、個々が得意とする魔術を使っているようだ。

クラウス殿下は死角から放たれた攻撃すら、魔術で防いだり回避したりしている。

何だか見ているほうが肝を冷やしてしまう。

殿下が一人で多勢を相手にしている事実にも驚いたが、それよりも気になったことがあった。

(クラウス殿下……飛べたんだ……)

そういえばミスティカ様に階段から落とされた時、音も気配もなく私を抱き止めてくれたり、その後はミスティカ様を追って、三階の窓から飛び出していった。

あれらが可能な理由は、浮遊魔術を会得していたからだと、たった今理解できた。

(クラウス殿下が浮遊魔術を使っているところなんて、初めて目にしたわ。幼少の頃からの婚約者のはずなのに、知らない部分がまだまだあるのね……)

そもそも浮遊魔術を使える人間自体、見るのが初めてだった。

クラウス殿下といえば、変態だと発覚したのもほんの三ヶ月くらい前の出来事であり、大量に私の肖像画を所持していると知ったのもつい最近だった。

自分の知らない婚約者の一面なんて、きっと他にも沢山あるのだろう。

「クラウス殿下一人で相手をなさっているのね……」

「はい。実は辺境のほうで最近魔獣の出現が増えているらしく、国は魔術師達を派遣する方針で、その前にこうやって殿下と訓練をしているのです」

前にクラウス殿下が王都には結界があるから、魔獣は入って来られないと言っていた。それでも王都から離れた辺境の地にはごく稀《まれ》に魔獣が現れると聞く。

その出現率が増えているとは穏やかではない、今は魔獣への対策としてクラウス殿下が筆頭になり訓練を行っている最中。

当たり前だがクラウス殿下は為政者として、王太子として日々役割を全うしている。

魔獣の件や魔術師との訓練以外にも、彼が数多に仕事を抱えているのは明白だ。

それは分かりきっていたはずなのに、私が余計な物言いをしたせいで避けられている可能性を考えてしまっていた。

「ありがとう、エド。戻るわ」

「え、休憩に入られたらお話くらいはできると思いますよ？」

「大丈夫よ」

彼は聡明な王太子だ。常に恋愛や私のことばかりが頭の中を占めているわけではない。

会いたかったけれど、私はクラウス殿下の助けになりたいのであって、邪魔をするような真似だけはしたくない。

次に会った時に幻滅されないように、私は自分のできることをしておかないと。

クラウス殿下の母君の王妃様は、魔力の高いハーシェル家出身という以外に、外交の手腕も高く、そして国王陛下が不在の際には政務を取り仕切る才女と名高い。

私も国王夫妻のようにクラウス殿下と信頼し、助け合いながらこの国を守る夫婦になりたい。

一目元気そうな彼の姿を見られただけでも嬉しかった。

●迷子姫と精霊

本を読みながら家で過ごしていると、クラウス殿下から手紙と共に、王太子宮で咲いている薔薇《ばら》を花束にした物が届いた。

王家の刻印がされた封蝋《ふうろう》を開けると、縁に浮き彫りの加工が施された上質な便箋が入っていた。

手紙には今は忙しくて時間が取れないことへの謝罪が書かれていたのと、早く私に会いたいという内容だった。

魔獣について記載がないのは、私を不安がらせないための配慮だろうか。

一目見て高い教養を受けたと分かる、彼が書いた綺麗《きれい》な字を指先でなぞった。

◇

爽やかな青空が広がる昼下がりの王宮――本日はお妃《きさき》教育の休憩中に、テラスから庭園が見渡せる場所でお茶と甘いお菓子の用意がされていた。

三段になったケーキスタンドには柑橘《かんきつ》の皮を砂糖漬けにして、チョコレートで包んだオランジェット、宝石のようなショコラ、色取り取りのマカロンなどが盛り付けられている。

ウィスキーで香り付けた紅茶と共に癒やしのひと時を堪能していると、何処《どこ》からともなく声が聞こえてくる。

「甘い匂いがする～～」

とても可愛《かわい》らしい声だが、小さな男の子だろうか？

辺りを見渡しても、声の主は見当たらない。

「お菓子だ～いいな～」

視線を前方に戻すと、何だかモフモフした物がテーブルの下から見えてきた。尖《とが》った耳と丸い手。

モフモフの手をテーブルに掛けてよいしょと身体を乗り上げ、菓子を羨ましそうに見つめる銀灰色の長い毛並みを持つ美しい猫が顔を出した。

（ね、猫⁉）

「……良かったら召し上がる？」

驚きのあまり何と声を掛けるべきか逡巡《しゅんじゅん》したが、取《と》り敢《あ》えず食べたそうなのでお菓子を勧めてみた。

「いいの⁉　やった、ありがとう！　どれにしよっかな～」

モフモフした手を口元に持っていき、真剣に悩みながらフサフサの尻尾《しっぽ》を左右に振る様子が物凄《ものすご》く可愛らしい。

「どれでも、好きなだけいいわよ」

「本当⁉　お姫様ありがとう～」

私は王女様ではないのだが、王宮で侍女に囲まれて一人お茶をしているせいか、姫だと勘違いさせてしまった。

そして一瞬にして、全ての種類のお菓子が適量ずつ、猫と共に消えていった。

根こそぎ全部持っていく可能性も考慮していたにもかかわらず、何てマナーを心得た知能の高い猫なのだろう。

感服しながら、私はとある重大な失態に気付いてしまった。

（しまった！　お菓子あげる代わりにモフらせてもらえば良かった。あまりの衝撃で声をかけることに窮《きゅう》してしまい、お菓子を勧めるのが遅れてしまった。お陰でモフモフさせていただくお願いを失念するなんて……何て惜しいことをしてしまったのかしら!?　思う存分モフりたい！　……でも猫ってお菓子を食べても大丈夫なの？）

駄目な気がする。そもそも人語を話す猫って、猫なのだろうか？

見た目は猫そのものだったけど……まさか精霊？

もしかしなくても精霊だろう。

普通の猫ならば人間の言葉を話すはずがない、やはり猫の精霊だったのか。

先程の美しい毛並みの猫を思い浮かべていた直後、精霊と思《おぼ》しき存在が認識できた理由に私は思い至った。精霊の存在を見ようとするには、特別な魔力を持っていなくてはいけない、何故私が唐突に精霊を認識したのか――

脳裏を過《よぎ》ったのは「魔力を注ぐ」という名目のクラウス殿下とのいかがわしい行為……やっぱりあれが原因!?

あの行為のお陰で、精霊が見えるようになったとしか考えられない!?

「セシリア様、お茶のお代わりはいかがですか？　それと、お菓子の追加もお持ち致しましょうか？」

「あ、えっと、お茶だけいただくわ。ありがとう」

衝撃の数々に打《う》ち拉《ひし》がれる私に、近くに控えていた王宮の侍女が声をかけてくれた。

侍女の様子を鑑《かんが》みるに彼女にはやはり、猫の精霊が見えていなかったようだ。

やり取りを目にしていない侍女からすると、私が短時間でお菓子を半分以上食べ終えたように思われたに違いない。何だか物凄くお腹《なか》が空《す》いていた令嬢に見えてしまっているかもしれない。

でも、王宮で用意してもらうお菓子はいつも食べ切れないほどの量が用意されるので、猫さんに貰《もら》っていただけてむしろ良かった。

彼は王宮に住んでいるのだろうか、それならまたお茶会をしている時にでも会えたら嬉《うれ》しい。

できればお茶も一緒に飲みたいけれど、猫舌かもしれない。猫だけに。

冷ましたミルクを用意すれば良いのかしら？　などと一人思案していた。

侍女の一人がお茶のお代わりを取りにいっている最中、先日クラウス殿下とリアナ様が二人で出てきた薔薇園に目を向けた。

クラウス殿下が軽率に浮気なんてするはずがないから、何か事情があったのだろう。余程薔薇が見事だったとか、それとも何か別の理由があったのか——

気になって椅子《いす》から立ち上がり、私は薔薇園のほうへと足を向けた。

薔薇のアーチを潜《くぐ》り抜けると高さのある薔薇の垣根に囲まれ、外界から閉ざされた夢のような薔薇の庭園が広がっている。

薔薇園に足を踏み入れるのは久々なので、せっかくだからゆっくりと見て回ることにした。

確かに見事なまでに薔薇が咲き誇っている。

途中まで薔薇を楽しんでいたのだが奥へと進むにつてれだんだんと、心に違和感の影が広がっていく。

「……あれれ？」

何だかおかしい。

子供の頃から何度も足を運んで熟知している王宮の薔薇園、そのような場所なのに、私の知る構造と違う気がする。

「もしかして改修工事でもしたの……？」

少し入り組んでいるからといって、迷うとは思えない。改修した後だからクラウス殿下達は見に来ていたのだろうか？

でも薔薇園が改修した何て聞いていないし、お妃教育で週に何度も王宮に来ているはずなのに気付かないなんてあるのだろうか。

不安にかられて後ろを振り返り、引き返そうと思ったが、先程まで歩いていた道とは明らかに異なっていた。

「……困ったわ」

不安と恐怖で途方に暮れていると、背後から声がかけられる。

「おやおや、迷ってしまったのかな？」

振り返ると、恐ろしく美しい人がそこにいた。

声の主は白銀の長い髪に人間味のない、透けるように白い肌を持つとても美しい男性だった。

声も中性的だが、女性の物ではない。

(綺麗な人……声の感じからいって男の人よね？)

「可愛らしいお嬢さん、お困りのようですね」

「迷ってしまいまして……貴方《あなた》は？」

「では、お近付きの印にこれを」

質問には答えてもらえず、代わりにその人が差し出したのは一輪の薔薇だった。

それも青い薔薇。

「青い薔薇……？」

青い薔薇なんて初めて見た。

「でも、どうして？」

「これを手にすれば、ここから出られるよ」

逡巡し、恐る恐る手を伸ばそうとしたその時……。

「セシリアっ！」

名前を呼ばれ、振り返ればずっと会いたかった人が息や金糸の髪を乱し、走って来たのが窺《うかが》える様子でそこに立っていた。

「クラウス殿下……？」

「セシリアっ、今すぐこっちに、早く！」

「えっ？」

突然の事態に咄嗟《とっさ》に身体が動かなかったが、きっと彼の言う通りにしたほうがいい。

――動いて！

自分の足に叱咤《しった》し、クラウス殿下のほうへ駆け出すと、彼に強く手を引かれて身体のバランスを崩してしまった。

「あっ」

しかし身体は倒れることなく、クラウス殿下がしっかりと抱きとめてくれた。

「目を瞑《つぶ》って」

囁《ささや》いた直後にクラウス殿下が文言を唱え始めると、私は言われた通り目を瞑った。目を閉じていても感じる強い光に反応し、瞼《まぶた》に力を込める。

光と共に魔術の破裂音がして、殿下に強くしがみついた。

「もう目を開けてもいいよ。ごめん、驚かせたね」

「あ、あれ？」

少しの間、クラウス殿下に抱きついたままの状態だったが、耳元で優しく囁かれビクリと身体が反応してしまった。

恐る恐る目を開けて、キョロキョロと辺りを見渡すと、そこは私の知る薔薇園が広がっていた。

「さっきの人は？」

白銀の髪を持つ男の人が居た場所を見ると、クラウス殿下が放った光弾により花壇の一部が焦げて破壊されていた。ではさっきの人は花壇の上に立っていたのだろうか？

「取り敢えず場所を移そうか」

手を繋《つな》いで薔薇園から出ると、侍女達が血相を変えて駆け寄ってくる。

「セシリア様っ！」

「ご無事でよかったですわー！」

「急にセシリア様のお姿が見当たらなくなって、私達どうしたらいいか分からなくて、そうしたらクラウス殿下が上から降って参りまして……！」

お茶のお代わりを取りに行った侍女の他にも、周りに控えていた者がいたにもかかわらず、私が突如消えたなんて狼狽《ろうばい》して当然。

挙げ句クラウス殿下が上から降ってくるなんてそりゃ驚くわよね……。

殿下はバルコニーから地上まで、飛び降りてきたのか。クラウス殿下は浮遊魔術を会得しているから、落下を軽減できるのだろう。

申し訳ないことをしてしまった。今度改めて何かお詫《わ》びをしないと。

「ごめんなさい、心配を掛けてしまって」

「ご無事で何よりですわ、セシリア様」

「セシリアと話があるから、王太子宮に連れて行くと伝えておいてくれ」

クラウス殿下は侍女達に指示をし、そのまま手を引かれた状態で私は王太子宮に向かった。

◇

王太子宮にあるクラウス殿下の私室に着くと――長椅子にて、何故か殿下の隣ではなく膝の上で横抱きで座らされた。

（な、何この体勢!?　恥ずかしいけど嬉しい……いえ、やっぱり恥ずかしいっ）

私はクラウス殿下の膝の上で密《ひそ》かに動揺していた。

「強い魔力を感じた瞬間バルコニーに出たら、セシリアが薔薇園に入って行くのを見かけて……しかも薔薇園が精霊によって結界が張られていたから……ぶち破ったけど」

（ぶ、ぶち破った……？）

縋《すが》り付《つ》くようにクラウス殿下は私の首元に頭を寄せる。私は金糸の頭を優しく撫《な》で、頬を寄せた。

「やはり先程の人は精霊だったのですね？　一体何がしたかったのでしょうか？」

「媒介になっていた薔薇を焼き払ったから、一応精霊界に追い返しはしたけど。セシリアを薔薇園に導いて結界を張るなんて……。たまたま近くにいたセシリアを気に入って精霊界に連れて行こうとしたのかもしれない。セシリアが精霊に惑わされないように今すぐにでも交わりたい……」

（ふぁっ⁉）

どうやらまた精霊に惑わされてしまった。精霊の力が働いていたから侍女達にも気付かれず、薔薇園に足を踏み入れて出られなくなっていたらしい。

精霊に誘拐されかけたと聞いて狼狽している私に、更に『交わりたい』というクラウス殿下からの言葉が追い打ちとなって余計にに混乱していた。

「でもいくら精霊から守るためだからって、セシリアの心を無視するような行いはできない……そんなことをして、もしセシリアに嫌われたら、僕は生きていけない……」

「きっ、嫌わないです！」

「………」

「この私がクラウス殿下を嫌いになることなんて絶対にあり得ません！」

「……本当？」

「当然じゃないですかっ、嫌うわけないでしょう！」

彼の青い双眸《そうぼう》が潤む。

嫌わないと言っているのに、どうしてそのような表情をなさるの？　これ以上貴方を悲しませたくなんかないのに。

「僕が悪いんだ……セシリアを危険に晒《さら》す前にちゃんと解決しておかなかったから……」

「解決……薔薇園のことですか？」

「うん」

「もしかして夜会の時……薔薇園を調査なさっていたのですか？」

「よく知っているね、ファルセン伯爵から何か聞いていたのかな？」

「いえ、伯爵は特に何も」

「そうか……実はユーリとリアナ嬢と話している最中に庭園のほうから強い魔力を感じたから三人で見に行ったんだ。特に薔薇園は念入りに調べたんだけど」

「えっ、三人……⁇」

ユーリとは、リアナ様のお兄様だ。

「リアナ嬢は現在婚約者がいないから兄のユーリがエスコートをしていて、ホールで挨拶をしに来てくれた二人と話していたんだけど、談笑中に強い精霊の気配に気付いたんだ。だからそのまま話を切り上げて、三人で庭園に出て調べに行ったんだよ」

流石《さすが》ハーシェル家兄妹。

魔力で国を守ってきた家だけあって、殿下と共に精霊を瞬時に感知するなんて……。

「さ、三人……!? 私、殿下とリアナ様が薔薇園から出てくるのをエドやファルセン伯爵と見ていたのですが、ユ、ユーリ様もいらしたのですねっ!?」

クラウス殿下としては、私が何に対して狼狽しているのか見当がつかないようで、不思議そうに顔を覗《のぞ》き込んできた。

「そういえば薔薇園から出る時、ユーリが背後を気にして出てくるのが遅れたような……。見ていたんだね。薔薇園に入る前、通りがかりのファルセン伯爵には三人で挨拶したけど」

では、ファルセン伯爵は殿下達が三人でいる事実を知っていてあの瞬間を私に見せたのか。

もしかして、からかわれた?

ポエマーぁぁぁぁぁぁぁ!!!

……いえ、彼が意図していたかは定かではないし、単純に私が早とちりしてしまったのが一番の原因だわ……それなのにクラウス殿下に当たるなんて、なんて失態を犯してしまったのかしら。

自責の念に震えが止まらない。

(完全に八つ当たりじゃないっ!)

現にこうやって精霊に拐《かどわ》かされかけたのだから、庭園に精霊が潜んでいたのは事実であり、クラウス殿下の話は真実なのだろう。

しかも薔薇園と言えば、高い垣根に囲まれ入り口には薔薇のアーチが続いている。

薔薇のアーチが死角になっていて、殿下より後ろにいたユーリ様が見えていなかったなんて……。

「夜会の後や次の日もハーシェル公を筆頭に庭園を調べたけれど、精霊も見当たらないし原因も分からないうちに今度は辺境に魔獣が何体も出現しているという報告を受けて、そっちにも人員を持っていかれて……だからって、一番大切な人を危険に晒してしまうなんて何が王太子だっ」

「あ……あわ……アワワワ」

多くの精霊は基本霊体のまま。

霊体の精霊が見える人間なんて稀《まれ》で、その人達は王族に偏っている。また見れなくとも感知できるのはハーシェル家や宮廷魔術師といった面々。そもそもユーリ様は現在宮廷魔術師に所属していて、先日もクラウス殿下と魔術修練場にいた。精霊探しの人員が満足に確保できないのは仕方がない。

「薔薇園のことを聞かれて話そうか迷ったんだけど、セシリアは王宮に来る頻度が高いでしょ？　話すと意識しすぎてしまって、逆に精霊の方がセシリアに接触してくる可能性を考えて言わなかったんだ。前にアルヴィスが言っていたことを覚えているかな、深淵《しんえん》を覗く時、深淵もまたこちらを覗いているって。アルヴィスの言葉はデタラメではないんだよ。なのに姿を一向に現さないからもう精霊界に帰ったのかと思っていた、それがまだ潜んでいて、よりによってセシリアに接触してくるなんて……」

きつく抱きしめてくるクラウス殿下の背中に私も腕を回す。

見当違いな嫉妬をしてしまった私と違って、多忙の中助けに来てくれたクラウス殿下が自身を責めるなんて……ちゃんと謝って、自分の思いを伝えなければいけない。

「側室の件だけど」

「あ、あのっ！　クラウス殿下のおっしゃる通りだと思いますっ。ですが私のそれは失言であって、夜会の時に薔薇園から殿下とリアナ様が出て来るところを見て、気が動転してしまいすぐにホールに戻ったから、ユーリ様が出てくるところまでは見ていなかったのです。それでてっきり二人は逢瀬《おうせ》をしていたのかと勘違いして、あのような発言をしてしまいました。私だって側室なん絶対に嫌です！……クラウス様が、他の女性を見るなんて耐えられません。勝手に嫉妬して、クラウス様を傷つけてしまって……本当にごめんなさい！」

言いたいことが上手《うま》く纏《まと》まらないけれど、全て伝えなければ。

「そうか、不安にさせてしまっていたんだね」

「私が早とちりして、勘違いしてしまったんです。だからって殿下が誰と踊っても何とも思わないとか余計な物言いをしてしまいました……。本当は殿下が他の女性と踊るのだって何も思わないわけがないです」

「そうだったんだ」

「……はい」

「それと側室の件だけど、後継を残さなかった王の代わりに継承権を持つ親戚が即位して、偉業を成したり、結婚後十年経《た》ってようやく生まれた王子が後に賢君と呼ばれる王になった。なんてことは歴史上多く見受けられるんだよ。子は天からの授かりものとも言うし、国の行く末は僕ら人間では考えが及ばないと思うんだ。もちろんできる限りの努力はするけど。ローゼンシアは王以外一夫一妻制の国だから、なかなか子が生まれなくても上手くいっている夫婦に無理に側室は求めないよ。最終的に決めるのは王本人だし。多少煩《うるさ》いのはいるだろうけれど、そういう者はこの問題に限らず常に一定数はいるからね」

「うぅ……煩い一定数の言葉なんて、普段は聞き流していたのに……もしいつかクラウス様の口から側室なんて言われたらと思ったら、悲しくなってしまって……」

涙声になる私の頭を殿下は優しく撫でてくれる。

この国は一夫一妻制だが、貴族においては結婚と恋愛は別だと、跡取りが生まれれば愛人を持つ貴族も中にはいる。

特に男性は自分が愛人を何人も持っていたとしても妻の不貞を許さなかったりと、この国に限らず女性の立場というのは圧倒的に弱い。

「立場的に王に言われたら受け入れるしかなくなるからね……セシリアが不安に思うのも仕方がないよ。もっとセシリアに安心してもらえるように努力する。だから僕の、唯一のお妃様でいてくれる？」

「クラウス様の唯一でいたいです……心から愛しています」

クラウス殿下の首に腕を回して抱きついた。

◇

「…………」

「…………」

「……殿下」

「…………」

「……何か当たっていますクラウス殿下……お尻に」

しばらく抱きついて堪能していたが、私はとうとう指摘してしまった。

実は抱きつく前から気になっていた。

お尻に熱いモノが当たっていると。

それの硬度と熱が抱きついた途端、より増していた。

「御免なさい！　セシリアと密着しているとどうしても興奮してしまって……嫌わないで……」

「だから嫌わないですって！　クラウス殿下も私を信頼して下さいっ」

貴族平民に限らずこの国の女子は、誰もが一度は彼のお妃様になることを夢見ただろう。

誰よりも美しく、その身に流れる血は神話から受け継がれる高貴な血脈であり、この国において神にも等しい。それでもその身分に傲《おご》り高ぶらず、日々国民のために尽力する事を惜しまない王太子。

そんな彼を誰が嫌うというのだろうか。

それなのに私に嫌われたくないと、涙を浮かべて訴えてくる。

「これくらいで嫌いません。今となっては変態じゃない殿下なんて、クラウス殿下じゃないとさえ思ってしまいます。むしろ私も、もっと触れてほしいです」

「セシリアは、こんな僕でも愛してくれる!?」

「だ、だからっ、さっきから何度も殿下にそう言っているじゃないですかっ」

「セシリア、名前で呼んで……」

「クラウス様」

恥ずかしさのあまり、つい目を逸《そ》らす。こんな時なのにどうしてもっと可愛く言えないのだろうと後悔していると、勢いよく抱きしめられた。

「セシリア！　愛してる！」

「わぁっ!?」

横抱きにされて膝の上にのせられたまま、感極まった殿下に勢いよく抱きつかれると、心臓が早鐘を打ち始めた。

しばらく頭に頬ずりされたり、啄《ついば》むように耳や顔に口付けされてから唇が合わされた。

クラウス様の手が私の頭に回されたまま、何度も角度を変えて、やがて口腔《こうくう》内に舌が侵入してきた。

「セシリアも舌……絡ませて……」

「んん……」

唇を食《は》まれたまま囁かれ、恐る恐る絡ませるとクラウス様の舌が誘導するように絡みついてくる。互いの舌が絡み合うと、痺《しび》れるような快感が下腹部を襲った。

口付けがこんなにも気持ちいいなんて。

「寝台に行こうか」

唇が離され、少し寂しく感じてしまった。

しかし、囁かれた言葉の意味を理解すると、恥ずかしくて返事ができずに、クラウス様の服を強く握る。

彼は細身に見えるのに相変わらず軽々と私を抱き上げ、そして寝台へと向かった。

そっと寝台に下ろされ、ドレスや下着など、身に着けている物が全て脱がされてしまった。

クラウス様はまだ服を着ているのに、私だけ何も纏っていない状況が羞恥心をより煽《あお》る。

彼はうっとりと、恍惚《こうこつ》の表情で見つめてくる。

食い入るように眺められた後は足の指から、付け根に至るまで舌が這《は》わされ、お腹や胸、首筋へと全身くまなく舐《な》められ口付けが落とされた。

「はぁっ……セシリアは、何処も甘くて美味《おい》しい……」

丹念な愛撫《あいぶ》により既に蕩《とろ》けきり、全身が敏感になってしまった。

首筋が念入りに舐められ、その間も手で胸が刺激され声が漏れ出ながら身体が過剰に反応してしまう。

唇や頬に軽く口付けられると、閉じられた脚が開かれ、金色の頭が脚の間に近づいた。

舌が花弁《はなびら》を割り、ぴちゃぴちゃと音が立てられる。割れ目に尖らせた舌を差し入れられたり、蕾《つぼみ》を舐め上げられ、頭が突き抜けた快感に襲われた。

「やっ、あああっ……」

達して余韻に浸る間も無く、蜜をこぼす蜜壺《みつつぼ》に指がゆっくりと入れられ、中を往復していく。

一本だった指が二本に増やされ、内壁を擦《こす》るたびにグチュグチュと鳴り響いた。

響き渡る程激しく水音が鳴り、さらに蜜が溢《あふ》れ出てきてしまう。

「ほら、音聞こえてる？」

「あっ、……言わないで……あああっ！」

音がこんなにも響き渡っているのだから聞こえているに決まっている、しかも顔を覗き込んでくるなんて、快楽を感じている表情を見られてしまう。

身体が跳ねると、再び唇に深く口付けられた。

「んむっ……！」

クラウス様の舌が私の舌を絡めとり、唇を食みながらも指は割れ目を往復する。

同時に与えられる快感で既におかしくなりそうなのに、しばらく唇を貪った後は顔を離して下腹部に移動すると、彼は指を内部で動かしながら一番敏感な蕾の部分を舌で刺激して深く吸った。

「や、やだっ……あああっ」

また限界が来てしまい、殿下の指を内部がキツく締め上げ、身体を仰《の》け反《ぞ》らせる。

「舌でも指でもイくなんて、いい子だね」

(達していることがバレバレなんて恥ずかしすぎる……)

朦朧《もうろう》としていても羞恥はしっかりと自覚してしまう。

ぐったりした私の隣にクラウス様も横になると、優しく頭を撫でてくれた。

ピタリと身体を密着させるから、トラウザーズ越しにも分かるクラウス様の屹立《きつりつ》。

私の太腿《ふともも》に熱いものが押し当てられている。

「入れて……下さい……」

「セシリア……入れたい……でも無理しなくてもいいからね、嫌と言われたらすぐに止《や》めるから」

「大丈夫、入れてほしいです……精神魔術が効かないように、という理由は置いておいて……クラウス様としたいです……」

「セシリアっ」

しなやかな指でシャツのボタンを外し、胸元をはだけさせると彼の程良く鍛えられた身体が露《あら》わになる。目のやり場に困り、つい視線を逸らした。

自分なんて全裸なのに、意識しすぎてしまい露骨に態度に出てしまった。

私が視線を逸らしているうちに、カチャカチャとベルトを外す金属音が耳に響く。

取り出された屹立がゆっくりと蜜口に押し当てられた。

「んっ……」

「力抜いて」

何故か余計身体が強張《こわば》ってしまう。

意識して力を抜くのがこんなにも難しいなんて。

指や舌でほぐされたとはいえ、受け入れるには狭い内部に陰茎が少しずつ侵入してくる。必死に浅く呼吸を繰り返した。

不安になり顔を上げると、クラウス様の情欲の色を纏った青い瞳、上気した頬――。

その顔を見ただけで下腹部に熱が灯《とも》った。

熱い塊が私の中にどんどん侵入していき、奥に入ってくる圧迫感が不思議な感覚を生む。

「いたっ」

「大丈夫?」

「大丈夫です……」

「半分入ったから、もう少し……」

強引に腰を沈めるのではなく、優しく腰を動かしながら進めてくれるからきっと耐えられる。

「入った。動くよ、大丈夫?」

「は、はい……っ」

ゆるゆると動かしていた腰の動きがだんだんと大きくなり、律動に合わせて繋がった部分からぐちゅぐちゅと淫猥《いんわい》な音が立てられる。

最初は痛みだけだったのが、徐々に快楽がそれを上回っていく。

それでもキツくて苦しいのは変わらないが、クラウス様の少しだけ掠《かす》れて、興奮した荒い息を聞くとこちらまで疼《うず》いてしまう。

内壁を擦る痺れを伴った甘い快感に瞳が潤む、視界をぼやかせながら必至にクラウス様に縋り付くと、安心させるように口付けをしてくれた。

口付けをしたまま好きな人と繋がれるのは、こんなにも幸せなのか、そう思いながら首に腕を回すと、中に入っているモノが更に大きさを増すのを感じて身震いしてしまう。

「……んんっ」

深い部分に熱を打ち付けられ、あまりの快楽に回した腕の力が緩むと、手を握ってくれた。今度は手を繋いだまま打ち付けてくる。

肌がぶつかり合う音と、ぐちゅぐちゅという水音が室内に響き続ける。

「ああっ……あああっ……」

「はあっ、凄く可愛いよっセシリア、セシリアの感じてる顔も凄く可愛いっ！　気持ち良い、セシリアも気持ちいい？」

「あっ、は、はいっ……」

「愛してる、愛してるセシリアっ、僕の名前呼んでっ」

「あっ、く、クラウス……さまっ」

返事をするのもいっぱいいっぱいで、必死に名前を呼んだ。

名前を呼んだ瞬間更に激しく腰を打ちつけられ、目の前にチカチカと星が飛んだ。

「や、ああっ、クラウス様っ、はげしっ……！」

「い、イきそう、セシリア……！　受け止めて」

それが何を意味するのか、今はもう分かる。

蜜口が収縮して熱杭を締め上げると同時に、クラウス様が身体を震わせながら中で果て、熱い欲望が膣《ちつ》内に注がれる。同時に私の頭は真っ白になった。

「あ、ああ、気持ちいい……っ、セシリアっ」

意識が朦朧としつつも、膣内に出された飛沫《ひまつ》の熱さに驚いた。なおもクラウス様は白濁の液体を注ぎ続けると、覆い被さり唇を重ねてきた。


「大丈夫？　ゆっくりだよ、無理しないで」

暫《しばら》くぐったりと横たわっていたが、起き上がる時にクラウス様は身体を支えてくれて、そして私の身体を清めて下さった。そして服を着せて髪を丁寧に梳《と》かしてくれたりと、侍女並みに尽くしてくれる。というより最早《もはや》介護の域に達しているかもしれない。

身なりを整え終えると、今日は王太子宮でゆっくりしていってはどうかとクラウス様から提案された。

精霊絡みの騒動があった直後とあって、用心するに越したことはなく、側《そば》にいたほうが私を守りやすいといった理由だ。

精霊界に精霊を追い返したから大丈夫な気はするけれど、いつもの如《ごと》く王太子様自らが護衛役という名目で同じ部屋に居てくれるらしい。

晩餐《ばんさん》前にクラウス様が何人かの宮廷魔術師や、神官達を引き連れて一部破壊した薔薇園の花壇の調査に向かった。それ以外はずっと一緒に居てくれて、残りの書類整理なども同じ部屋で行っていた。

調査から戻ってきた時にクラウス様から少しだけ説明がされた。

「ベルン国から輸入した、魔術の実験により品種改良された薔薇が媒介になっていたみたいだ。魔力を帯びた薔薇が強大な力を持つ精霊を呼び寄せてしまったらしい。今後魔術で改良された薔薇の輸入は、慎重にならざるを得ないね」

お伽話《とぎばなし》による『薔薇の精』など、花に宿る精霊の話はありふれている。私が知っているのは『薔薇の乙女《おとめ》の精霊』という女性のイメージだったが、今日出会ったのは男性――。

(何となく神話やお伽話の影響で花の精は女性だとばかり思っていたけれど、男性もいるのね。とても中性的だったけれど……)

「普通精霊の媒介となるのは、月の光を膨大な期間浴び続けた石とか、もっと特別なモノじゃないと宿らないはずなんだ。精霊界と人間界を行き来できるような、もっと弱い精霊なら別だけどね。力が強大すぎる精霊は何かを媒介にするか、術者が召喚しないと人間界に留《とど》まれないんだよ。ミスティカとかがそうだね。宝石に宿っているからこそ、こちらの世界に留まれる」

それが、薔薇と魔術の品種改良と、ローゼンシアの土地との相乗効果で起こってしまったらしい。

晩餐後のお茶を二人で飲んでいる時に、何げなくクラウス様に尋ねてみた。

「今日も魔獣討伐の訓練をされていたのですか?」

「ああ、それは朝のうちに済ませたよ。他の仕事も溜《た》まっているからね」

相変わらず最近のクラウス様はお忙しそう。

「そういえば先日、修練場まで会いに来てくれていたらしいね」

（うっ、エドめ。バラしたわね……）

修練場まで連れて行ってくれたのはエドだが、私がクラウス様に会わずに帰ったと、報告されていたらしい。

「そ、そういえば、修練場で見ていたのですが、クラウス様って飛べたのですね？　浮遊魔術という物でしょうか、最近のクラウス様は私が見たことのない魔術、それも決して学院などでは習わないような、高度な魔術を使っているようにお見受け致しますが」

「あ、うん。そうだね……魔術に至っては幼少時からかなり訓練をしているかな。実はセシリアの前では使わないようにしていたんだけど……」

やはりか、故意に私の前で高度な魔術を使用するのを避けているのではと、薄々感じていた。

「それは、何故ですか？　言いたくないのなら別に言わなくても大丈夫ですけど」

「いや、もう大丈夫だから言うよ。昔のセシリアだったら、浮遊魔術や古代魔法を目にしたらきっと好奇心が刺激されて、魔術訓練に勤《いそ》しんだ挙げ句、何か危険が起きた時に自ら立ち向かっていきそうで……それが怖くてセシリアの前では使わないようにしていたんだ」

「そ、そういう理由ですかっ!?」

クラウス様の言い分が的確すぎて、瞠目《どうもく》した。

確かに昔の私ならやりかねない。

流石クラウス様、私の性質を的確に理解していらっしゃる。

動揺が隠せず、分かりやすく狼狽《うろた》える今の私の姿を見れば、教育係達に叱られてしまいそうだわ。

しかも実は浮遊魔術が羨ましすぎて、こっそり勉強しようかと思っていたのだった。

魔術も簡単な物なら学院で教わっているのと、人間の刺客から身を守る術《すべ》は、護身用としてお妃教育の一環で教え込まれている。

中途半端に実力を身につけて、護衛達がいるにもかかわらず並んで戦いだしたり、先陣を切って走って行ったりする行為をクラウス様は懸念しているのだろう。

そして以前私を襲ったアイラさんに取り憑《つ》いていた、精霊などに向かって行ったりするのではないかと心配しているように思える。

「確かにっ、昔の私はそんな感じだったかもしれませんが、もう大丈夫です！　無意味にこの身を危険に晒して、国にもクラウス様にも迷惑を掛けるわけにはいきませんもの！」

「そうだね、分かっているよ」

ふわりとクラウス様が微笑《ほほえ》むと、彼の付けているコロンの香りと共に、優しい温《ぬく》もりに包まれた。

「セシリアの爪先から、頭の天辺《てっぺん》、髪の毛一本すら僕のものだから。僕が強くなって、セシリアを守りきれる自信がつくまでは黙っておこうと思っていたんだ」

「……私も決して、クラウス様の信頼を裏切るような真似は致しませんから、安心して下さい」

きっと魔術の勉強も強さの理由も、大半は国や国民のためであり、王太子としての義務だ。そんな彼を誇りに思うし、だからこそ私は好きになった。

それでも、ほんの少しでもその理由に私が存在していたら嬉しいと思った。

◇

就寝時間は、私ばかりがクラウス様にベタベタと触れていた。

「しばらくはゆっくり身体を休めたほうがいいね」

クラウス様はそう言って頭を撫でてくれる。

しなやかで長い指に撫でられるのは、とても心地いい。

「でも」

「どうしたの？」

「お休みの口付けはほしいです」

おねだりすると、優しく口付けを落としてくれた。クラウス様にすり寄って身体を触ったり、さらさらの金糸の頭を眠くなるまで存分に撫でたりした。クラウス様も笑って許してくれる。

そして瞼が重くなってくると、目一杯抱きついて堪能させてもらった。

朝になり、横で眠っている彼に視線を向けると、カーテンの隙間から漏れ出た日の光が金糸をキラキラと輝かせている。あまりの美しさに見惚《みと》れてしまいそうになるが、やはり美しいと言えばクラウス様のお顔。

室内が明るくなってきたお陰で、寝顔がよく見えるようになった。

（あーー！　寝顔がよく見えるっ！　ありがとうございます！）

どうせなら頭も撫で回したいけれど、起こしてしまって寝顔を見る時間が減るのは悲しい。

眺めたいし、触れたい。大いに悩む。

葛藤していると少し掠れた声が囁かれる。

「セシリア……」

（やばっ！　起きちゃう!?）

「セシリア……ドレスの下に……下着を着用せずに……僕の部屋まで来てくれるなんて……ありがとうございます……」

「どんな夢見てんだ!?　とっとと起きろ！」

瞬時に頭の下から枕を抜き取ると、それを顔面に振り下ろした。

ふかふかの枕だからきっと痛みは感じないはず――様子を見ていると更に彼は口を動かす。

「ありがとうございます」

何故か感謝されてしまった。

謎の感謝に戦慄し、黙らせるためにもう一度枕で彼の顔を押さえ込んだ。

夢や寝言まで変態とは、本当にどんな世界で生きているのだろう。

しかし枕で顔面を押さえるのは、長時間は危険なのでほどほどにしておくことにした。

「おはよう、セシリア。……とても幸せな夢を見ていた」

（しょーもない夢を見やがって！）

「夢で一人仕事をしている僕の部屋に、セシリアがサプライズで来てくれたんだけど。目の前に立ったセシリアは自らドレスを捲《まく》り上げてくれて、そしたら何と下着を穿《は》いていなかったんだ」

「言わなくて結構です」

下着を寄越《よこ》せと言ってきたり、下着を穿いてないと嬉しいと言ったり相変わらず思考が忙しい変態ですね。

胸中で呟《つぶや》きながら呆《あき》れていると、起き上がったクラウス様に抱きしめられた。

「起きてもセシリアがいるなんて、何て僕は幸せ者なんだ。もしかしたら先程見た夢、下着を着用せずに僕の元へきてくれるというのがそのうち正夢になるかもしれない」

「それは絶対にないです」

次の日は流石《さすが》に体力も回復したので、クラウス様と一緒に執務をこなすことにした。

王太子宮に滞在させていただく際の居室にて、私は備え付けのテーブルで、クラウス様はもう一つ机を運び込んでそれぞれ書類を捌《さば》いていた。

お互いが黙々とそれぞれの作業をこなしつつも同じ空間にいる、この状況も好きなことに気が付いた。

改めて少しでもクラウス様の助けになりたいと強く思う。

本日クラウス様が再び薔薇《ばら》園の調査に行っている間にも、私は書類整理をしていた。

そうした時間を一人で過ごしていると、クラウス様は戻って来た際に分厚い紙の束を手にしていた。

「セシリア……これ……」

おずおずと手にしている束を差し出してくる。

「追加の書類でしょうか？　お任せ下さい」

「いや……」

クラウス様に頼られるのはとても嬉《うれ》しい。

そう思って紙に目を通すと、ローゼンシアの歴史において子を生《な》さなかった王や、その代わりに継承権を持つ王族が即位後に成した功績など、箇条書きに延々と書かれていた。

かと思いきや何故か私との出会いから振り返り「一目会った日の夜はあまりの衝撃に加え、セシリアのことを考えすぎて寝込んだ程だった」と語られ始めている——私を一目見て寝込むなんて、呪われでもしたのですか？　などと若干疑いたくなるような内容などを含め、クラウス様が私をどれ程愛しているかという説明が夥《おびただ》しい文量で埋め尽くされていた。

「…………」

（字だけは相変わらず綺麗《きれい》なのに、クラウス様がいかに混乱していたのかがこの手紙から察してしまう……私のせいですね、すみません）

「……何でしょうかこれは？」

「えっと、馬車内ですぐに言えなかった思いを文字にしてみようと思って……。あの時は思考が停止してしまったから、当日部屋に戻ってから急いでこの手紙を書いて……」

「私のせいですね……」

「僕が即座に話を聞いてあげなかったからだよ、セシリアは悪くない。セシリアに安心してもらおうとすぐに手紙を書いて送るつもりだったんだけど、この量になってしまった。そしてこの手紙の束をセシリアに渡してしまって、気味悪がられたらと躊躇《ちゅうちょ》していた。内容を要約しようにもどの部分を抜粋すれば一番伝わるか鑑《かんが》みたけれど、自分では分からなくなってしまって、すぐに渡せなかった」

（下着を盗まないという考えには至らないのに、この無駄に分厚い手紙の束を渡したら気味悪がられるかも、などといった配慮はできるの!?　どれだけ不思議な思考をしているの！　むしろ手紙が分厚いくらいで不満なんかないわっ）

婚約者の使用済み下着をコレクションにしているほうが、遥《はる》かに不気味ですよと言いたいが口を噤《つぐ》んだ。

そして手紙の内容を考えすぎた結果が先日送ってきた、シンプルな手紙だったのですね。

もしかして睡眠時間を削ってまで、歴史書を引っ張り出して該当する人物や功績を書きだしていたのだろうか。

「ところでクラウス様、こちらのお手紙の束はいただいてもよろしいのですか？」

「え、貰《もら》ってくれるの!? 勿論《もちろん》セシリアに宛てた物だから大丈夫だよ！ あ、でも、重いって嫌がらない!? 気味悪がらない？ 死後の世界に行っても、生まれ変わっても一緒にいたいって書いたけど……引かないかな、大丈夫？」

量が多くてすぐに一文を探し出すのは大変そうだけど、そのようなことも書いてあるらしい。

ぱらぱらと紙を捲《めく》ると、偶然その文章を見つけてしまった。確かに書いてある。死後の世界も一緒にいたい。生まれ変わって、姿形が変わろうとも――と。

世間一般的に言えばクラウス様の愛は重いと言えるのかもしれない。でも一般的なんて、他の方々は関係ない。

「別に重いなんて思いません。死後も生まれ変わってもですか、何を今更。いつまでも何処《どこ》までもご一緒致します」

そう言った途端強く抱き締められ口付けされた。

変態なんて好みではないはずだった。

それでも今後、私の前に乙女《おとめ》が理想とする物語から出てきたような、変態ではない完璧な王子様が現れたとしても、きっと私はときめかない。

私の王子様はこの方だけ。

この恋は理屈じゃない。

●番外編　幼き姫と幼き王子

セシリア・ルーセント当時十歳。

この頃のセシリアはまだローゼンシアの王子、クラウスの正式な婚約者ではなく、婚約者候補のうちの一人にすぎなかった。

幼少の頃のセシリアはアメジストの瞳と相まってそれはそれは可愛《かわい》らしい、妖精のような外見の令嬢だった。

しかし見た目とは裏腹に、中身は活発な少女といえば幾分か聞こえは良いが――ひと度『遊び』となると貴族達の目からは信じられない生き物に映っていたに違いない。

この時もルーセント侯爵家の庭で、セシリアは何処《どこ》から拾ってきたか分からない謎の木の棒を振り上げては、同年代の貴族子息相手に「かかって来いやー！」などと雄叫《おたけ》びを上げていた。

「セシリアっ」

気が付けばすぐ側《そば》にいた自身の母ルーセント侯爵夫人が、見下ろしながら怒りを滲《にじ》ませている。

「げっお母様っ」

遊びに夢中で気付かなかった。

セシリアと同じ亜麻色の髪の美女である。美人が怒ると怖い。

「貴女《あなた》は、どうしてそのような遊びをしているのです？　男の子と遊ぶなとはいいません。品のない言葉遣いはしてはいけないと、いつも言っているでしょう。癖になってしまいますよ」

静かな怒りが逆に怖かった。

「お言葉ですがお母様、今は元農民の剣士が聖剣を懸けた戦いに挑んでいる最中という設定なのです。元農民の剣士は貴族令嬢のような言葉遣いは致しません」

（じゃあ『かかってくるのです、ワタクシがお相手してさしあげましょう』とか言えばいいんですか？

はぁ～興醒《きょうざ》め、本当お母様は分かっていないわね、平民が身分だけ高い鼻持ちならない貴族に勝って成り上がっていくのが燃えるのに）

セシリアは既にこの頃から頭の中で他人を煽《あお》りまくっていた。

そんな母娘の様子をサロンのガラス戸越しから見つめる、金髪の小さな王子に向かって、屋敷の当主ルーセント侯爵は「誠に申し訳ございません殿下！」と謝罪をしている最中である。

セシリアは客人達が帰った後もこってりと母親に絞られたが、説教がひと段落するのを待っていたと言わんばかりに次の瞬間には言い訳の言葉を捲《まく》し立《た》てる。

「ですがお母様、私は何ごとにも全力なのです。淑女教育もダンスもピアノのお稽古もちゃんと真面目に取り組んでおりますし、こうして遊ぶ時も全力を心掛けているのです。それに、大人になったらこのような遊びはできないじゃないですか！　戦いごっこも、木登りも大人になってできなくなるのなら今のうちに全力で私は遊びたい!!」

本能と欲望に忠実なくせに、言い訳を咄嗟《とっさ》に子供なりに正当化させる知能だけは持ち合わせていたのだった。

◇

穏やかな陽光に包まれた春。

王都の外れにある湖のほとりにて、王子と同年代の令嬢達が招かれ、お茶会が開かれた。

小さな淑女達は花のように愛らしい、高位貴族の令嬢ばかりであり、クラウスの婚約者候補であろうことが察せられる。

このお茶会にはセシリア及び、ルーセント家も当然のごとく招待されていた。

しかし当のセシリアは心の中で独りごちる。

(可愛い子ばかりだけど何だか弱そう、あの中で私と戦って勝てる子なんているの？ もっと強そうな子連れてきなさいよ？)

斜め上の発想だった。

金髪にサファイアブルーの瞳を持つ、天使のような外見の王子を前に令嬢達は一様に頬を染め、可愛らしい声で順に話し掛けていく。その隙にセシリアだけは好機だと言わんばかりに、テーブルに並んだお菓子を食べまくっていた。

皆が王子に釘付《くぎづ》けとなっている中、セシリアは王室のパティシエが作ったお菓子に夢中。

王子などまったく眼中にはない。

お腹《なか》が満たされた直後、貴族令嬢ばかりの交流があまりにも退屈に感じていたセシリアは、即席で遊びを思いついてしてしまう。

それは――どうやって大人の目を掻《か》い潜《くぐ》って森の中に入り込むか。

幸い皆席を立ち、湖や景色を眺める時間へと移行しようとしていた。

結果見事に成功し、大人達に気付かれる事なく森へ駆け出した。

(誰にもばれてない！　私密偵みたい！　女の密偵って格好よくない!?　将来の夢決まったな！)

隙を見て颯爽《さっそう》と森を駆けているこの瞬間、セシリアの心はとても高揚していく。

しかしその気分をぶち壊す存在がいた。

「何処に行くのセシリア、あまり森の奥には進まないほうがいいよ、迷子になってしまうよ？」

煌《きら》めく金糸の髪にサファイアブルーの瞳の少年。

この国の王子、クラウスだった。

大人の目は欺けても、何故かこの王子には気付かれてしまったらしい。しくじった。先程までの高揚していた気分は何処かに吹き飛んでしまった。それにしても王子はついさっきまで女の子達に囲まれていたはずなのに、一体どうやってここまで来たのだろう。大人も連れていないようだが、クラウスが誰にも気付かれずにここに来るなんて不可能なはずだ。

「何をしていたの？」

「べ、別に」

セシリアは返答に窮《きゅう》する。

正直婚約やら王太子妃やら意味自体は分かるが、それらはまだ幼いセシリアには明確な想像ができない。

そして婚約者候補と言っても王子と必要以上に仲良くはおろか、お近づきになりたいとも特に思っていなかった。

しかしこの王子は毎回自分の側にくると何故か離れようとしない。だからきっと今日も――。

（この王子様、また私に付き纏《つまと》ってくるつもり？　もしかして私と決闘でもしたいのかしら、それなら受けて立つけど）

見つかってしまったのはしょうがないが、馴《な》れ合《あ》うつもりはない。セシリアはついてくるクラウスを視界に入れないよう振り返ると、一羽の野ウサギを目にする。そして次の瞬間には瞳を輝かせて走りだしてしまった。

「うさぎっ」

「あっ、セシリア待って、危ないよ」

いきなりウサギ目掛けて突進するセシリアを、クラウスは焦って手を伸ばし、引き止めようとする。

ドレスで本気走りしてくるセシリアに、ウサギは慌てて逃げ出した。

だがウサギを追う事しか頭になかったセシリアは、地を這《は》う木の根に引っかかり躓《つまず》いた瞬間、短い悲鳴を上げながら頭から盛大に草むらに突っ込んでいった。

「ぎゃっ!?」

「セシリアー!?」

上半身が隠れて、側《はた》から見れば草むらからお尻が生えているような状態となっていた。その上ドレスのスカートはめくれ上がり、下着が丸見えとなっている。

――その時、クラウスは人生で二度目の運命の瞬間に直面していた

彼は現在セシリアの下着とお尻に釘付けとなっている。

一度目の運命の瞬間はセシリアに初めて会った時、二度目は尻。

だがクラウスはすぐに我に返り、セシリアに駆け寄ると草むらから助け……引っこ抜いた。

今は見惚《みと》れている場合ではなかった、お尻に。

「セシリア、大丈夫!?　どこも擦りむいたり怪我《けが》してない!?」

「あっ、え、ええっと……」

顔を覗《のぞ》き込んで心配そうに自分に問いかけてくる金髪の王子様。セシリアはこんなにも狼狽《ろうばい》するクラウスを初めて見た。

「足とか擦りむいたり怪我をしているかもしれない、見せてみてっ」

「あ、顔面からイったので足は大丈夫だと思います」

セシリアは一瞬ドレスを捲《まく》れと言われているのかと思い困惑した。一応羞恥心は持ち合わせていたらしい。

「そっ、そっか……って、顔なんてもっとダメだよっ。セシリアの綺麗《きれい》な顔に傷がついたらどうするの！　早く皆の元へ戻って大人に見せよう。さぁ掴《つか》まって」

立ち上がって手を差し伸べてくれる綺麗な王子様。

あんなみっともない姿を見せたにもかかわらず、クラウスは優しい。頭や服についた葉っぱも丁寧に一枚ずつ指で摘《つ》まんで取ってくれた。他の同年代の男の子とは全然違う。

これがセシリアが初めて異性を意識した瞬間だった。

一方クラウスは、先ほど見てしまったセシリアのパンツとお尻の事ばかり考えていた。

女性が脚を見せるのは卑猥《ひわい》だと思われている中、セシリアは気にせず走ったり高いところに飛び乗ったりしてヒヤヒヤさせられる。

結果盛大に下着を晒《さら》すこととなってしまったのだが。

クラウスも異性の下着姿を初めて見た瞬間だった。

しかも相手は好きな女の子。

流石《さすが》に「お尻を見せてほしい」とは言えないけれど、願わくばもう一度パンツが見たい。

（当然中身が見たいけれど、それをお願いするのは更に困難だ……。そういったことはセシリアとの信頼を築いたうえで結婚、せめて正式に婚約してからにしよう）

クラウスが初めてセシリアに会った運命の日、一目見たその瞬間から既に自分の結婚相手はセシリア以外考えられなかった。

だから現在この場に供を連れていない状況で、セシリアのあられもない姿を目撃したのが自分以外いない点だけ、クラウスは安堵《あんど》している。

（他の男が見てなくて本当に良かった、それにしても兎《と》に角《かく》下着が見たい……！）

それからというもの、朝昼晩。

クラウスはどうやったらセシリアのパンツがもう一度見られるのだろうかと、真剣に考えていた。

パンツなら誰のものでも良いというわけではない、大好きなセシリアのパンツでないと意味がない。

セシリアのパンツが見たい。

王宮で日々を過ごす中、クラウスは脳裏に焼き付けたセシリアのパンツを思い返しながら、勉強や他をこなしていた。

器用な彼はパンツのことを考えていても、決して顔には出さない自信がある。

元々得意とする同時並行作業を、更に磨いていったのだった。

正にパンツが施した英才教育……だったかは定かではないが。

見ようと思っても見られる物ではない。

見られないと思うと尚更《なおさら》見たい。

それがセシリアのパンツ――。

本日もクラウスは思いを馳《は》せていた。

◇

湖でのお茶会から少し経《た》ったある日。

ルーセント侯爵夫人とは昔からの友人である王妃と、その息子クラウス王子が侯爵家を訪れていた。

親同士の会話が弾む中、セシリアとクラウスは中庭へと向かった。

しばらくすると突如セシリアは木へと登っていき、何を思ったかそこから飛び降りた。そこまで高い位置ではなく、木登りもそこからの着地も、セシリアとしては慣れた遊びの一つだ。いつも通りそのまま地面に着地するはず――と思いきや、地面ではない物を踏んだ感触がする。

セシリアが恐る恐る下を見てみると……なんと自分はクラウスを下敷きにしていたのだった。

「きゃーーー！！」

知らないうちに王子を下敷きにしていた事実に、セシリアは驚き悲鳴を上げた。

いつも通りセシリアの側を堪能している最中だったクラウスは彼女が木によじ登りだしたのを目にし、あわよくば下からスカートの中が覗けるのではないかと思い付く。そして下で待機しつつスカートの中が見えそうな位置を探していたのだった。

セシリアが木の上から飛び降りたその瞬間、真下ならスカートの中が覗けるかもしれないと直感したクラウスは一切の迷いなく、光の如《ごと》く駆けて行った。

結果、当然下敷きとなった。

「殿下っ、お嬢様っ!?　どうしましょう!?」

「旦那様と奥様を呼んで来ないと、それとお医者様っ」

使用人に呼ばれて駆けつけた侯爵夫妻は、倒れているクラウスと狼狽するセシリアを目にし「知らないうちに王子殿下を下敷きにしてた！」という自分達の娘のとんでもない発言に、顔面蒼白《そうはく》となった。

国唯一の王子を自分達の娘が下敷きにしていたのである。不敬どころの騒ぎではない。

クラウスを介抱しつつ、侯爵夫妻は王妃に謝罪を繰り返す。

まさか自分のスカートの中を覗かれそうになっていたとは思っていないセシリアも、流石に今回は反省していた。

「本当にウチの娘が申し訳ございませんでした。娘はかなりお転婆でして、親から見ても決して王太子妃などになれる器ではなく……」

王妃に婚約者候補からセシリアを外してもらうよう嘆願すると、侯爵が言い終わる前にガバリと物《もの》凄《すご》い勢いでクラウスが起き上がり声を上げた。

「そんなの嫌だっ！」

「クラウス？」

「で、殿下、ご無事でっ⁉」

「セシリアじゃないと嫌だ‼　セシリア以外は嫌だ‼　セシリアが僕のお妃《きさき》にならないなら王太子にも王様にもなりたくない‼」

　普段あまり感情を表に出さないはずのクラウスが声を荒げる姿を前に、王妃と侯爵夫妻は驚き目を見張る。

　しかも倒れた直後とは思えない程元気だ。

　そんな息子を見て王妃は口を開く。

「クラウスもこう言っていることですし、今回の件は不問でいいのではないかしら？」

　クラウス本人はピンピンしている。

　細いのに頑丈そうだし、もしかしたら気絶していたのではなく、スカートの中が見えなくて落ち込んでいただけなのかもしれない……。

　涙を流しながらクラウスは、自分を下敷きにした張本人セシリアを抱き締める。

「ですが妃殿下……」

「うわぁぁぁぁぁぁ」

　クラウスはとうとう声を荒らげ泣きだした、セシリアに抱きついたまま。

「まぁ、クラウスが声を上げて泣くなんて赤ん坊の時以来だわ……」

「ひっく……」

「クラウスもセシリアを気に入っているようですし、よければこのまま正式な婚約者に」

「妃殿下っ!?」

「ひっ……」

王妃の言葉にクラウスはピクリと耳を傾けた。そんな王子にルーセント侯爵夫人は問いかける。

「クラウス殿下は本当に、ウチのセシリアを気に入っておいでなのですか?」

「勿論《もちろん》っ」

クラウスの瞳に希望の光が差し込み、そのまま涙を拭う。

そしてセシリアに跪《ひざまず》き、手を取った。好機だと言わんばかりに。

「取り乱してすまない。みっともないところを見せてしまったね」

「い、いえ……私のほうこそ……」

「改めて言わせてほしい。セシリア、僕の婚約者になってくれませんか?」

「え……」

自分のほうこそ、みっともないところを見せているのに加え、下敷きにしようが失望する素振りを見せないクラウス。

クラウスが望むなら、婚約者になってあげてもいいかなとセシリアは思った。

「は、はい……」

こうしてセシリアは婚約者候補から正式な婚約者となったのだった。

セシリアがクラウスの婚約者となってから、ひと月。

クラウスの上に着地して下敷きにするなど、自らが招いた事件に自責の念を感じたセシリアは、お転婆を表には出さないようになっていった。

そんなセシリアは王宮にて、苦手なダンスレッスンを終え、クラウスと共にお茶をしている最中である。

「私のダンスが下手《へた》だからって、先生に監視されるような視線を向けられていたら、もっと踊りにくくなります」

クラウスと打ち解けてきたセシリアは彼に向けて、愚痴をぶつけていた。主にダンスに対しての不平不満を。

前回同様、ダンスのレッスン中にクラウスの足を踏んでしまったのは申し訳なく思うし、セシリア自身も何とかしなければと練習を重ねている。だからといって、すぐにダンスの腕が向上するとは限らない。

優しい微笑《ほほえ》みを浮かべながらも、真摯にセシリアの言葉を受け止める彼はこう提案する。

「それなら、今度二人きりで練習してみようか？」

「え」

「明後日とか急かな？　別の日が良いなら他に時間を設けよう」

婚約者からの想定外の提案にセシリアは虚を衝《つ》かれていた。

優しく柔らかなクラウスの眼差《まなざ》しがセシリアを見つめている。

次期王太子妃として完璧であれと強要しているのではなく、善意のように思えるが、彼は完璧な王子様だから心の内が分かり辛《づら》い。

帰る間際、王妃殿下とお茶会をするため王宮を訪れていたセシリアの母を交え、新たな日程が組まれた。こうしてクラウスとセシリア、二人きりでダンスの練習をすることとなった。

◇

二人きりのダンスレッスン当日――。

「あっ」

早速クラウスの足を踏んでしまったセシリアは動きを止め、即座に謝罪の言葉を口にする。

「……申し訳ございません、殿下」

「大丈夫だよ、気にしないで。それにしてもセシリア、前よりステップが上達したんじゃないかな？　真面目に練習している証拠だね」

「えっ」

「次は僕の足を踏んでも止まらず、そのまま最後まで踊り切るようにしてみよう」

二度、三度と通して踊ると、少しずつセシリアがクラウスの足を踏む頻度は減っていった。

「上手だよセシリア！　短時間でこんなにも見違えるようになるなんて、セシリアは凄いな。きっと近いうちに皆が君のダンスに釘付けとなるよ」

「ほ、褒めすぎですっ……！」

最後まで踊り切ったこと、ステップが上達していくセシリアの様子を自分のことのように喜ぶクラウスの笑顔は、年相応で一層キラキラと眩《まばゆ》く映った。

（こんなふうに笑うんだ……）

側から見ている時は同い年とは思えない、思慮深い笑みを湛《たた》えている彼。

それは同年代である、貴族の子供達と接している時も変わらないはずだったのに。

自分に向けられる偽りの無い笑顔があまりにも美しくて、見惚れて微動だにしなくなったセシリア。

そんな婚約者を前にして、小首を傾げるクラウスにセシリアの頬は見る見る薔薇《ばら》色に染まっていった。

クラウスは優しく寄り添ってくれるだけでなく、正確なリズム感とリードで導いてくれる。

少しずつダンスの苦手意識を克服できたのは、彼への信頼と与えてくれた安心感のお陰。

手を取り合って最後にもう一度踊っていたその時、ふいにセシリアの表情がふにゃりと緩む。

「ふふ」

「セシリア?」

「ダンスって楽しいですね、殿下。殿下と踊るまで知りませんでした」

この方となら手を取り合って、困難も乗り越えていける、そうセシリアが確信した瞬間だった。

踊りながら楽しそうに笑い掛けてくれたセシリアに虚を衝かれ、クラウスは珍しくステップを踏み間違えてしまった。それでも何とか気付かれないよう、取り繕ってごまかした。


――その夜、笑い掛けてくれたセシリアの顔が脳裏から離れなかったクラウスは一睡もできぬまま朝を迎えることとなる。

そしてセシリアはクラウスとの特訓の甲斐《かい》あって、ダンスの腕をめきめきと上げていき、後に淑女の手本と言われるまでとなった。

●エピローグ

――ローゼンシア王宮の主殿、庭園が見渡せる回廊をセシリアは歩いていた。

歩み進む途中、貴婦人達の談笑が耳に届く。


「もう少しでメルキアの歌劇がやってきますわね、とても楽しみですわ」

「人気の舞台が真っ先にローゼンシアに来てくれるなんて嬉《うれ》しいわ」

「歌劇団のみならず、国外からの商人達も口を揃《そろ》えて言っていたのですが、やはりローゼンシアの国境に近づくにつれて明らかに魔獣と遭遇する頻度が下がるようですよ。安全面を考慮してもローゼンシアを優先することが多いのだとか」

「これもローゼンシア王族が精霊に愛される、神に等しい方々だからこその恩恵に違いありませんわ」

「おっしゃる通りですわ。私達は日々、陛下への感謝の心を忘れてはなりませんわね」

階段を上ると、私は踊り場の大きなステンドグラスの前で立ち止まる。

見上げると初代ローゼンシア王が宝剣レーヴァンテインを掲げる様子が描かれており、左端には輝く乙女《おとめ》の姿。

乙女は精霊なのか女神なのか意見が割れていたが、今になって思えば描かれているのはミスティカ様なのではないかと考え至る。

乙女は瞼《まぶた》を閉じているから瞳の色までは分からないが、波打つ髪はミスティカ様と同じく輝く金色。

陛下の祈りと、精霊の加護により魔から守られたローゼンシア国——その平穏が魔獣に脅《おびや》かされつつあるのだという。

この状況について知る者は王都内では僅か。

といっても、今のところ報告が上がっているのは国内の東側に位置する辺境、シュタンブルクのみ。

そしてメルキア国は西側に隣接している。

メルキアの歌劇が予定通りローゼンシア王都で開演されるようで、西側の魔獣被害報告は今のところ上がってこない。それらを鑑《かんが》みるとローゼンシアの魔除《まよ》けの加護が薄れているとは考え難《にく》い。

(どうしてシュタンブルクだけ？)

何か別の問題がシュタンブルクの地で起きていると思い至るのが自然である。

魔獣の件で現在奔走しているクラウス様の姿が脳裏に浮かぶ。有能な彼からすれば、私の助けなんて細《ささ》やかで取るに足らない程度の力だろう。

私は瞼を閉じ、思わず胸中で祈りを捧《ささ》げる。

ローゼンシアに暮らす民の平和が脅かされませんように。

そしてこの先、何があっても側《そば》で彼を支えていけますように——。

あとがき

『眠り姫と変態王子』をお手に取って下さり、誠にありがとうございます。
結城《ゆうき》ユキチと申します。
小説を書いたことがなかった自分が物語を本一冊分執筆するというのは当初考えられないものでした。

本作は「美形の変態王子様と、ツッコミ系ヒロインの侯爵令嬢」カップルということで、書き始めた頃はフザけすぎたり過激なツッコミを多用したりで、怒られてしまうのではないだろうかと思っていたのですが、温かいお声に支えていただき、ここまで書き続けることが出来ました。そして書籍という形に出来たことを心から感謝いたします。

その時の自分の情緒によってヒーローのクラウスが変態すぎて読者様に引かれたらどうしよう？　と不安になったり、逆に「こんなの全然変態のうちに入らない、出直してまいれ」と思われるのではないかと心配になったものです。

ですが読者様達から「本当に変態だった」と言っていただけて、とても安堵したのを覚えております。

ありがとうございます！


作中は季節が春から初夏に差し掛かったところですが、作業中は夏真っ盛りということで皆様体調など大丈夫でしたでしょうか？

国内は年々暑さが増している気がして、この時期は特に服のデザイン性よりも通気性ばかりを重要視するようになってきました。

売っている服自体も昔の物と比べて幾分か涼しい着心地になっているように感じます。勿体ないから昔買った服も着たいのに暑い。


この酷暑ですから出掛ける頻度がめっきり減り、原稿が終わっても引き籠って『眠り姫と変態王子』の続きを執筆するか、ゲームをするかの選択肢になっている状態です。

この本が出る頃は秋ですから今よりは過ごしやすくなっている筈ですので、引き籠りがちな生活から一変させ、少しは遠出したいですね。そろそろ運動不足が気になって参りました。

運動不足と同時に気掛かりなことがあります。低いテーブルにてずっとパソコン作業をしていると、少々体勢が気になってきたので、作業用にデスクを購入いたしました。

でもまだ椅子は届いていないので、しばらくパイプ椅子作業の予定です。優雅さの欠片もない！

現在の私は作業を快適にしてくれる椅子と秋の涼しさに思いを馳せております。

自宅が快適になればなる程、引き籠りを継続しそうな気もしますが……。

カフェ巡りをしながらオタ活などもしたいですね、オタクなので。

話を戻しましてゲームについてですが。夜中に徹夜でゲームをしていた直後のテンションでこの『眠り姫と変態王子』を書き始めたのがきっかけだったと記憶しております多分（鳥頭）。

小説を書くなら絶対にコメディを書きたい。そう決めたものの、ヒーローがヒロインの身体を無理やり……などという展開はコメディ的には笑えなくなって駄目な気がする。

でもある程度斜め上な性癖でヒロインを翻弄させたい、ではどうすればいいのか？などと思い悩みました。

そこで閃いたのです。

ああそうだ、ヒロインの身体ではなく、パンツにヒーローの欲望が向かえば許されるかもしれない。そしてあくまでクラウスが好きなのはセシリアだから、あとから同意を得て正式に結ばれれば良くて、それまではパンツを収集させようそうしよう。

それなら変態のコメディ風になるかもしれない。

などと思い至り、勢いで執筆を開始したのでした。

本作の最後の方で正式に身体も結ばれましたが、クラウスのセシリアパンツ収集は終わったわけではありません、これからもきっと集め続けることでしょう。

それでも好きなのはパンツではなくセシリアです、本当です！　パンツが一番ではありません、ストッキングやガーターベルトなどセシリアの身に着けた下着類は全部好きですが、一番はセシリアです！　パンツが一番好きだと勘違いされないようクラウスの名誉のために強調しておきました。名誉って何だろう？

セシリアさんは何だか不憫ですがこれからも頑張って下さいね！


精霊など、おとぎの国、ファンタジー要素のある物が好きなので「おとぎ話」「ファンタジー」「コメディ」「変態」「ツッコミ」を詰め込みました。

纏めると「おとぎの国に変態王子がいた！」がテーマになります。

「眠り姫」というタイトルもおとぎ話っぽくて気に入っています。


ファンタジーとコメディを書くぞと意気込んでばかりでしたが、二人が思い合っている様子はどうすれば伝わるのか？　むしろそこも肝心なのではないかと後から判明し、未だに恋愛部分に苦戦している感じです。変態だけでなく、ちゃんと恋愛も書けるように成長したいです。

推敲しながら最初から読み返していると物語開始の頃はセシリアがクラウスのことを「殿下」と呼んでいて、今となっては懐かしく感じます。

二人の距離感を感じてある意味新鮮でした。

距離感があるのと同時に、物語開始直前までクラウスは変態性をセシリアに隠していたわけですが、ここまで様子がおかしいのに隠すのは可能なのか？

「ここまでの変態を隠すのは無理があるだろう」と読者様のツッコミも聞こえてくるようです。

長らく変態性を隠していたのは婚約者として真摯に向き合っていた期間と考えると健気に思えてきました。セシリアに好きになって貰えるように彼は頑張ったのでしょう。

そして抑えていた反動で溢れ出した状態が現在となります。

変態性が爆発しましたね。


本文が基本的にセシリアの一人称で進む中、クラウス視点の一人称が存在しないのは、作者である私でも彼の内面を表現しきれないと思ったからです。怖いもの見たさでいつか挑戦してみるのもいいかもしれません。

クラウス殿下のルーティーンなどを一人称で……いや、やはり無理かもしれない。

この作品を読んでくれた方々が少しでも笑ってくれたり楽しんで下さると嬉しいです。

物語の最後は少し不穏な要素もありつつ幕を閉じましたが今後の展開と「眠り姫」というタイトルに関しまして少しお話を――。

「眠り姫」ことセシリアさんはもう完全に起きているから、このタイトルはどうなってしまうのか。

寝ている間に婚約者からセクハラをされている様子を「眠り姫」と称していたものの、そもそも完全に寝ていたのは最初だけ。

ずっと狸寝入り姫になって実況しながらツッコミを入れていましたからね。

今後も定期的に眠り姫スタイルを出せるのか、そしてクラウスが新たにパンツを手に入れることが出来るのか、色々と自分でも気になって参りました。

眠り姫要素も入れたいし、クラウスはずっとパンツを盗んでいて欲しいです。

セシリアさんがパンツを盗まれるのは可哀想で良心が痛んだりもするのですが、最近のクラウスはパンツをゲット出来てないと気付くと、それも可哀想だなという方向に気持ちが持っていかれます。

ちなみに文中「パンツ」だったり「ショーツ」だったりと呼び方を変えていますが、語感的にパンツの方が読んでいて面白いかな？　という箇所をパンツにして、それ以外はショーツで書き分けております。凄くどうでもいい余談でした。

あとがき用のページを沢山いただいたので、何を話そうか悩みながら作品のことを語らせていただきましたが、長くなってしまった分「変態」や「パンツ」の話題に触れずに語るのは厳しくて途中から開き直ってしまいました。健全且つ真面目に話そうと思っていたのに……クラウスのせいです。

最後になってしまいましたが、イラストを担当していただいた沖田《おきた》ちゃとら先生にはクラウスとセシリアをこんなにも麗しいイケメンと美少女に描いていただけて感激しております！

美しい絵柄の先生に下ネタコメディという物凄いギャップをお願いすることになり、大変申し訳ないやら嬉しいやらで頭が上がりません。

イラストを見せていただくたびにテンションがうなぎ上りとなっていて何度も何度も見返しています。正装姿が美しく、学院の白制服もとても素敵なデザインでイメージしていた物より遥かにすばらしくて歓喜しっぱなしでした。

こんなにも白の制服が似合う可愛い女の子が婚約者のせいで不憫な目に遭うなんて、お前のことだぞ隣のクラウス（イラストのクラウスを凝視しながら）。

クラウス……なんて美しくて完璧な光の王子様なんだ。きっと彼は邪な心など一切持ち合わせない、清廉潔白な王子殿下に違いない。

カバーイラストのドレスのフリルや、衣装の細かな部分、背景に至るまで本当に綺麗で華やかで惚れ惚れしていました！

そして担当様、書籍化について右も左も分からない私を導いて下さり、本当にありがとうございました。

一迅社様を始め、校正様、デザイナー様、出版に関わって下さった全ての方々。

Ｗｅｂで応援して下さった方々、本を手に取って下さった皆様。

この物語に触れて下さった全ての方に改めて深く御礼を申し上げます。

眠《ねむ》り姫《ひめ》と変《へん》態《たい》王《おう》子《じ》

結城ユキチ

2024年10月5日　初版発行

著者　結城ユキチ

発行者　野内雅宏

発行所　株式会社一迅社
〒160-0022 東京都新宿区新宿3-1-13　京王新宿追分ビル5F
電話　03-5312-7432（編集）
電話　03-5312-6150（販売）
発売元：株式会社講談社（講談社・一迅社）

印刷・製本　大日本印刷株式会社

DTP　株式会社三協美術

装丁　モンマ蚕（ムシカゴグラフィクス）

ISBN978-4-7580-9677-5

MELISSA

●本書は「ムーンライトノベルズ」（https://mnlt.syosetu.com/）に掲載されていたものを改稿の上書籍化したものです。
●この作品はフィクションです。実際の人物・団体・事件などには関係ありません。